伯爵と一輪の花

ダイアナ・パーマー
香野　純 訳

JN266305

ランダムハウス講談社

Midnight Rider

by

Diana Palmer

伯爵と一輪の花

登場人物

バーナデット・バロン………………バロン家の次女。ぜんそくの持病がある

コルストン・バロン…………………一代で財を成した富豪

マリア……………………………………バロン家の使用人

エドワルド・ラミレス………………バロン家の隣人。スペイン貴族で牧場主

ドロレス・マリア・コルテス………エドワルドの祖母。伯爵夫人

ルペ・デ・リアス……………………エドワルドの婚約者候補

クローディア…………………………ラミレス家の使用人

第一章

一九〇〇年、テキサス南西部

春の間はぜんそくの発作に襲われて家に逃げこむこともときおりあるが、バーナデットはこの世の何よりも自分の庭を愛している。テキサス南西部にはたくさんの花がある。それに、行事も何かと多く、ヴィクトリア朝様式の精巧な父の屋敷は、その都度花で満たされる。コルストン・バロンは、ヴァリャドリド郡の少なくとも半分を所有している。この郡は、豊かな町サン・アントニオと、それより小さなメキシコ国境の町、デル・リオとの中間地帯だ。

鉄道建設の肉体労働からスタートしたアイルランド移民としては、彼は大成功を収めている。合衆国に来て三十三年目のいまでは、ふたつの鉄道を所有しているのだ。彼にはありあまるほどの金がある。だが金をかける家族は少ない。

富は手に入れたが、彼の人生にはまだ欠けているものがあった。上流社会の承認と尊敬だ。粗野なアイルランド訛《なまり》があるうえ、伝統的な作法も知らないため、コルストンは時の名士たちから疎外されている。彼はなんとしてもこの状況を変える決意だった。そして娘のバーナデットは、その道具にされようとしていた。

コルストンの最愛の妻、エロイーズは、バーナデットを産んだ直後に感染症で亡くなっている。長女も出産で命を落とした。ひとり息子のアルバートは、すでに結婚して小さな子供もおり、東部で漁業を営んでいる。彼は父親とは疎遠だ。父親のお膳《ぜん》立《だ》てしたよい縁談をことわって愛のために結婚し、その不興を買ったのだ。いま家に残っているのは、バーナデットだけだ。兄は自分の家族を養うのがやっとなので、彼女は働けないかぎり、そのもとへ身を寄せることはできない。けれども健康上の理由から、教師になるなど、仕事に就くのは無理だった。当面は、社会的野望にとりつかれた父親を適当にあしらっておくしかなかった。

バーナデットも生涯独身でいたいわけではない。彼女にも、家庭と家族に対する夢はあった。けれども、父は彼女の夫を、その社会的地位によって選ぼうとしているのだ。財産があるだけではいけない。コルストン・バロンは娘を、爵位を持つ男性、または、相手がアメリカ人ならば、超一流の家柄の男性に嫁がせる決意なのである。彼が最初に白羽の矢を立てたのは、イギリスの公爵。これは完全な失敗だった。もともとは、この没落貴族にも充分気があったのだ。ところが最初の顔合わせに、バーナデットは本人と神のみぞ知る理由から、兄のものだったぼろぼろのジーンズに、汚れたシャツという格好で現われた。歯の二本はワックスで黒ずませ、長く美しいプラチナブロンドの髪には、車軸用のグリースらしきものが塗りたくられていた。公爵は、身内が危篤なので、と突然言いだし、すぐさま帰っていった。テキサス南西部のこんな僻地《へきち》にいて、どうやってそのことを知ったのかは謎《なぞ》だが……。

コルストンがどんなにどなり散らしても、バーナデットの考えは変わらなかった。それどころか、生意気にも父に向かって、爵位めあてで結婚する気はさらさらない、と言い放った。この牧場には兄の着古した衣類が少し残っている。父親が花婿候補を家に連れてきたら、いつでも頭のおかしい女になりすますつもりだった。けれどもきょうの彼女は、警戒を解いている。青い格子縞《こうしじま》のドレスを着て、プラチナブロンドの髪をいつもどおりゆるやかに束ね、大切な薔薇《ばら》たちへの愛情に緑の目をなごませているところは、男まさりには見えない。優美な黒馬にまたがり、物陰から彼女を見つめているその男性はそう思った。

突然、彼女は見られているのを……鋭い黒い瞳《ひとみ》に観察されているのを感じた。もちろん彼の目だ。信じられないわ、と彼女は思った。わたしったら、彼がどんなに静かに近づいてきても、必ず気配を感じるみたい。

彼女は立ちあがり、振り返った。そのエレガントな黒衣の男性の姿に、頬が紅潮し、淡い緑の瞳が輝く。彼は仕事着姿だった。ジーンズ、ブーツ、革のオーバーズボン、シャンブレーのシャツ、そして、デニムのジャケット。癖のない黒髪は、熱い日射しから顔を護る大きな帽子に隠れていて、ほとんど見えない。

「お辞儀いたしましょうか、閣下?」彼女は意地の悪い笑みとともに、挑戦状をたたきつけた。ふたりの間にはいつも軽い敵対感情が流れているのだ。

エドワルド・ロドリゴ・ラミレス・イ・コルテスは、冷酷そうな薄い唇に笑いを浮かべ、皮肉っぽく会釈した。彼は色の黒い天使のようにハンサムだ。ただ、一方の頬には、若いころ喧嘩《けんか》をしてナイフでやられたという傷痕《きずあと》が斜めに走っている。年齢は三十六歳。鋭い顔と、褐色の肌と、黒い瞳を持つ、危険な男だ。

スペインの貴族である彼の父は、何年も前に亡くなった。サン・アントニオ社交界の花だった金髪美人の母は、ニューヨークで新しい夫とともに暮らしている。エドワルドは母親の容貌《ようぼう》を受け継いでいないのと同様に、その気性や行動様式にも染まっていない。彼はあらゆる点でスペイン人だ。牧場の働き手たちにとっては、旦那《エル・ヘフエ》。スペインでは、伯爵《エル・コンデ》――しかも、ヨーロッパ各地の王家に親戚《しんせき》がいる。そしてバーナデットにとって、彼は敵だ。そう、ときには敵にもなる。彼女はいつも彼と言い合いし、自分の胸の内を悟られないよう努めている。だがこの二年、気持ちを隠すのはますますむずかしくなっていた。

「父をさがしているなら、いまあの人は、サン・アントニオの富豪たちを一ヵ月後の土曜の夜の舞踏会に招くことで頭がいっぱいよ」バーナデットはややとがった口調で言った。帽子のつばの落とす影のなかに、彼の黒い目のきらめきがわずかに見える。彼は紳士らしからぬ横柄な態度で彼女を眺めまわした。その目にさげすみの色が浮かぶ。まるで、すらりとしていながら丸みを帯びた彼女の体や小さな胸には、少しも興味を引かれないとでも言いたげだった。バーナデットは思い出した。彼の死んだ妻は、爵位も持つ、社会的地位の高いスペイン女性だったが、実にグラマーだった。バーナデットは、彼の気を引くために太ろうとしてきたが、努力もむなしくそのほっそりした体には少しも肉がつかないのだった。

「お父さんは、ヨーロッパの貴族と縁組みなさりたいようだが」エドワルドは答えた。

「きみはどうなんだ？」

「いっそ毒を飲んだほうがましよ」彼女は沈んだ口調で答えた。「候補者を追い払いつづけてるわ。でも父はまだあきらめないの。舞踏会は、新しく鉄道を買収したお祝いだけど――本当の目的は、ヨーロッパの没落貴族をふたり、わたしに会わせることなのよ」

彼女は大きく息を吸い、激しく咳《せ》きこみだした。発作はなかなか収まらなかった。花粉の影響はときどき出る。彼女はエドワルドに弱いところを見せたくなかった。

彼は鞍頭《くらがしら》の上で腕を交叉《こうさ》させて、身を乗り出した。「花の咲いている庭は、ぜんそくにはよくないだろうに」

「わたしは花が好きなの」彼女は、縁飾りのある刺繍《ししゅう》入りのハンカチをベルトから取り、口もとにあてがった。その上の緑の目は、敵意に満ちていた。「さっさと家に帰って、奴隷たちをこき使ったら？」

「うちには奴隷はいない。地元の人たちに、牛の世話と家の切り盛りをたのんでいるだけだ」いつになく興味深げにバーナデットを見つめながら、彼はたくましい膝をゆっくり片手でさすっていた。「お父さんは、貴族の男と見ればきみを差し出すのはもうやめたのかと思っていたよ」

「候補者はまだ尽きていないの」バーナデットはため息をつき、自分で思っている以上に不安げな顔をして彼を見あげた。「よかったわね。あなたは狙《ねら》われていないのよ」

「なんだって？」

「あなたも爵位は持っている。そうでしょう？」

彼は静かに笑った。「まあ、そうだね」

「あなたは伯爵、エル・コンデよ」彼女はなおも言った。

「確かに。でもきみのお父さんは、ぼくに結婚する気がないことをご存じなんだよ。息子が死んでからずっとそうだから。息子と妻とがね」彼は苦々しく言った。

「あなたが二度と結婚したくないなら、安心だわ」

彼女は、エドワルドの悲劇についてはほとんど何も知らない。ただ、事件から数日のうちに、〝氷の男〟はその激しい怒りによって地元の伝説となった。それは、彼の家柄と同様、並々ならぬものだった。大の男でも彼を見かけると身を隠したものだ。バーナデットも一度、ひどく酔って、拳銃《けんじゅう》を振り回している彼に出くわしたことがある……何があったのかは、誰《だれ》も知らない。ただ、エドワルドが帰宅すると、幼い息子が死んでいたという話だ。彼の妻は、その後まもなく、頭を撃たれ、急死した。誰も逮捕されず、罪を問われる者もなかった。エドワルドはそのことについては決して語らない。だが、彼が子供が死んだことで妻を責め、彼女を殺したのだ、という噂《うわさ》もある。いまその顔を見ると、彼なら人を殺してもおかしくないという気がした。これほど非情な男性をバーナデットはほかに知らない。また、彼女の見たところ、彼は怒るだけの理由があるときは、容赦のない男だ。怒りを爆発させることはめったにないが、その冷ややかな態度はなぜか怒号よりも恐ろしかった。

バーナデットは、彼が平然と男を撃つのをその目で見たことがある。町で、酔っ払ったカウボーイが、ピストルを乱射しながら彼に向かっていったときのことだ。

エドワルドは伏せようともしなかった。ただ銃弾の雨のなかに立ったまま、冷静に銃の狙いをつけ、発砲した。男は傷を負って倒れたが、死にはせず、医者のもとへあずけられた。エドワルドは、腕に軽い怪我をしていたが、バーナデットの応急処置の申し出をことわった。ほんのかすり傷さ——落ち着き払って彼は言った。大騒ぎするほどのことはない。

父もいつかこの男性と自分との縁組みを考えるかもしれない——バーナデットはそんな一縷《いちる》の望みを抱いていた。エドワルドこそが彼女の生きがいだった。あのひんやりした力強い手が素肌に触れることを想像しただけで、全身がぞくぞくする。だが、両家の間に縁談が持ちあがったことはない。父は未来の花婿を、地元ではなく、ヨーロッパにばかり求めてきた。

「きみは結婚したくないのか?」突然、エドワルドが訊《たず》ねた。

その質問は不意打ちだった。「わたしは胸が悪いから」彼女は言った。「それに、美人でもないし。父にお金があるおかげで望まれるけれど、相手は財産めあての男性ばかりよ」彼女はほっそりした美しい手で無意識にスカートのひだをいじった。「自分にそれ以上の価値があったらと思うわ」

「きみは愛されたいんだね」

彼女は驚いてぱっと視線を上げた。なぜわかったのだろう? 彼ははっきり知っている。顔を見ればそれはわかった。

「愛はめったに得られない、しばしば危険にもなりうるものだよ」彼は無頓着《むとんちゃく》につづけた。「避けられれば、それに越したことはない」

「生まれてからずっとうまく避けてきたわ」彼女は気持ちを抑えつけて、そう答えた。

エドワルドの目が細くなった。彼女を見つめたまま、彼はジャケットをさぐり、金のケースから黒く太い葉巻を取り出した。手際よくケースをしまうと、マッチを擦って葉巻に火をつけ、さりげない優雅なしぐさで燃えさしを放り捨てた。「生まれてからずっとか」彼はつぶやいた。「二十年間だね。ご一家でここに越してきたとき、確かきみは十歳だった」考え深げにそう付け加える。「きみが最初に馬に乗ったときのことを、覚えているよ」

バーナデットも覚えていた。馬は彼女を泥の水たまりに振り落としたのだ。エドワルドはそのなかで茫然《ぼうぜん》としている彼女を見つけた。そして、服の前面が泥にべったり覆われているのもかまわず、彼女をかかえあげて自分の鞍の前に乗せ、父親のもとへ送り届けたのだった。

彼女はきまり悪げにうなずいた。「あなたにはいつも恥ずかしいところばかり見られているわね」そのいちばん最近の例は、思い出したくもなかった。

「あの男の名前は、確かチャールズだったね?」彼女の心を読んだように、エドワルドはそう言って、皮肉っぽくほほえんだ。

バーナデットは彼をにらんだ。「あれは誰にでも起こりうることよ！　二輪馬車の馬が暴走するのはよくあることだわ！」

「そうだね。だがあの馬の脇腹《わきばら》には、はっきり鞭《むち》の痕《あと》があった。そして問題の〝紳士〟は、陸に打ち上げられた魚みたいに暴れるきみを押さえつけ、きみのドレスは――」

「やめて！」彼女はいたたまれなくなって、喉《のど》へ手をやった。

彼の視線がドレスの胴部へと移る。その微笑はバーナデットをぞっとさせた。エドワルドに見られたのは、コルセットだけではない。薄いモスリンのシュミーズは引きはがされ、彼女の小さな胸はむきだしになっていたのだ。彼女が必死で胸もとを覆う前に、エドワルドははっきりそれを見てしまった。口をきく暇も与えず、エル・コンデはチャールズに襲いかかった。

いつも冷静沈着なエドワルドが、めずらしく怒りを露わにし、親が大富豪であることなどおかまいなしに、相手が血を流し、ひざまずいて許しを請うまで、その海運王の息子をさんざん殴りつけたのである。チャールズは急ぎ足で町へと向かい、それっきり二度と姿を見せなかった。バーナデットの父親は、もちろん、チャールズが消えたことと バーナデット自身の取り乱した状態について、よくできた話を聞かされた。彼はその説明を受け入れた――たとえ信じていなかったとしても。しかしこの一件の後も、爵位のある男たちを娘に差し向けるのはやめなかった。

「きみのお父さんはとりつかれているんだ」エドワルドはそうつぶやいて葉巻を吸い、腹立たしげに煙を吐き出した。「娘を危険にさらしているんだよ」

「わたしがピストルを持っていたら、ミスター・チャールズ・ラムジーは一発撃ちこまれて、地面に横たわっていたでしょうよ！」

エドワルドはただほほえんだだけだった。彼の知るかぎり、バーナデットは拳銃を撃つことはおろか、装塡《そうてん》することもできない。エドワルドは無言で葉巻を吸いながら、しげしげと彼女を見つめた。「その後、不運なチャールズ君から便りはあったかい？」唐突に、彼は訊ねた。

「ひとことも言ってこないわ」バーナデットは彼の鋭い非情な顔をさぐり、チャールズを殴りつけたときのあの表情をまざまざと思い出した。「あのときのあなたは怖かった」

「きみにとっては、怖くなかったろう」

「たいていは、とっても冷静なのに」〝たいていは〟という部分を彼女は強調した。

彼の顔のなかで何かが変わった――はっきり何とは言えないが。「どんな男にも、激しいところはある。このぼくにさえもね」

じっと見つめる彼のまなざしに、バーナデットの心臓は一瞬止まった。妙な考えが頭のなかに忍びこみ、たちまち払いのけられた。そんな考えを抱いていると、心が乱れる。彼女は顔をそむけて、訊ねた。「パーティーにはあなたも来るの?」

「招かれればね」彼は軽く答えた。

バーナデットの眉が上がった。「招かれないわけないでしょう? あなたは父があんなにもうらやんでいる上流階級の一員ですもの」

エドワルドの笑いは冷ややかだった。「このぼくが? 忘れたのかい? ぼくは混血なんだよ」鞍の上で、彼は身じろぎした。「祖母は、スペインでは、ぼくの縁談をまとめることができなかった。妻が不審な死にかたをしているうえ、ぼくは落ちぶれる寸前だからね。きみと同じで、こっちにも結婚のチャンスはほとんどないんだよ」

彼女にはそうは思えなかった。「あなたには爵位があるわ」

「もちろん。でも、スペインにいないかぎりそのことに意味はないし、ぼくは向こうで暮らす気はないんでね」エドワルドは彼女を見ていたが、頭のほうは破産という問題に取り組みだしていた。その時は目前に迫っている。彼の死んだ父は財産を築いたが、金遣いの荒い母はそれをどぶに捨ててきた。彼女は牧場の資金を使い果たし、成人になって以来、エドワルドはその経営に四苦八苦してきたのだ。ニューヨークの小金持ちと母が再婚したことで、ようやく彼女の浪費が牧場を干上がらせる恐れはなくなった。再婚したその日に、彼女は相続財産への権利を失ったのだ。しかし牧場はすでにダメージを受けていた。

エドワルドはバーナデットを見おろした。すると、頭のなかで歯車がカチリと噛《か》み合った。彼女の父親は金持ちだ。そして、爵位を持つ婿をほしがっている。混血ではあるものの、エドワルドは上流階級に属している。もしかすると……。

バーナデットは重いため息をつき、また咳をこらえた。「少なくともあなたには、父親の財産めあての誰かと結婚させられる心配はないわ」

「爵位や家名に嫁ぐという考えには、少しも魅力を感じないのかい？」彼はゆっくりと訊ねた。

「ちっとも」バーナデットは正直に答え、顔をしかめた。「もううんざりよ。まるで父が売りに出した商品みたいに陳列されるなんて！」彼女は苦労して長々と息を吸いこんだ。と突然、咳が出た。胸がまた苦しくなっている。どんなに長い間、花のなかにいたか、そこにどれほど大量の花粉があるかを、彼女は忘れていた。「もうなかへ入らないと」ふたたび咳きこみながら言う。「香りはすてきだけれど、あんまり長いこと花のそばにいると肺に障るの」

エドワルドは眉を寄せた。「じゃあなぜここに出てきたんだ？」

バーナデットはまた咳きこんだ。「家では……父が舞踏室を塗り直させているから。ペンキも肺によくないのよ」

「それなら、家の表側に入ってもしかたないんじゃないか？」

バーナデットはなんとか返事をしようと咳払いをしてみたが、痰《たん》が喉につまるばかりだった。

エドワルドは葉巻を投げ捨て、優雅にひらりと馬から下りた。次の瞬間、彼はバーナデットを両腕に抱きあげていた。

「エドワルド！」彼女は叫んだ。なじみのないその親密さ、自分をかかえる腕の力強さと温かさは衝撃的だった。彼の目がすぐ間近に見え、その吐息がこめかみに感じられる。そうしたければ、彼の美しい唇の酷薄そうな曲線に触れることもできる……。

「落ち着いて《カルマテ》」緊張した彼女の顔を見つめながら、彼はそっとささやいた。「キッチンを通って、温室に連れていくだけだよ。あそこなら、きみの体に障る花のついた植物はないから」彼は優しく彼女を揺すった。「ぼくの首に腕を巻きつけて、バーナデット。丸太みたいにただ横になっているんじゃないよ」

バーナデットは身を震わせ、その言葉に従った。こんなにも彼の近くにいる歓びに、ひそかにうっとりしながら。エドワルドは革とエキゾチックなコロンの匂《にお》いがした。離れていればわからない、プライベートな秘密の匂いだ。香りによっては肺に障るのに、奇妙なことに、その香りはなんともなかった。

こっそりため息をつきながら、彼女は彼の肩にそっと頬を寄せ、目を閉じた。彼に抱かれ、運ばれていくなんて、天国にいるようだ。こんなすばらしいことが自分の身に起こるとは、夢にも思っていなかった。

彼の頑丈な腕に、一瞬、力が入った気がした。残念なことに、そこはもうキッチンの前だった。彼はバーナデットを下ろして、ドアを開け、先に入るよう彼女をうながした。なかでは、マリアが昼食のチキン料理を作っていた。ちらりと顔を上げた彼女は、隣の地主が礼儀正しく帽子を手に持ち、キッチンにいるのを見て、あわてふためいた。

「伯爵様《セニョール・コンデ》！　なんて光栄な！」マリアはあえいだ。

「ミスター・ラミレスでいいよ、マリア」エドワルドは温かくほほえんだ。

マリアは手を振った。「わたくしにとっては、伯爵様ですわ。うちのせがれの仕事ぶりにはいまもご満足いただけてますでしょうか？」

「息子さんは、馬を馴《な》らす名人だね」彼はめずらしく賛辞を述べた。「うちの牧場に彼がいてくれて、ぼくは実に幸運だよ」

「せがれのほうも、あなた様にお仕えできて幸運ですわ、伯爵様」

エドワルドは思った――どうやらマリアにこの称号を使うのをやめさせるのは、到底無理らしい。

バーナデットはほほえもうとしたが、ふたたび咳に襲われた。今度のはこれまで以上にひどかった。

「おやおや」マリアが首を振り振り言う。「またお花ですね。さんざご注意したのに、ちっともお聞きにならないんだから！」

「濃いコーヒーをいれてくれ、マリア。ブラックの濃いのをね」エドワルドが指示する。「温室のほうへ持ってきてくれないかな？　そのあと、セニョール・バロンに、ぼくがここにいると伝えてほしいんだが？」

「ようございますとも！　いま、納屋で新しい子馬を見ておられますけど、すぐおもどりになるでしょうから」

「それなら、バーナデットを落ち着かせたあと、そこへ行ってみるとしよう。あまり時間がないんだ」彼はバーナデットの腕を取り、彼女をうながして、タイル敷きの長い廊下を温室へと向かった。そのガラスの部屋には花はなく、緑の植物が生い茂り、すばらしい水生植物園もあった。

バーナデットは両手に顔を埋《うず》めてすわり、必死で呼吸しようとした。

エドワルドは何かつぶやいて、その前にひざまずき、両手で彼女の手を取った。「ゆっくり息をして、バーナデット。ゆっくりだよ」彼の手がしっかりと彼女の手を握りしめる。「あわてないで。いつもと同じように、じきによくなるからね」

彼女はやってみた。しかしなかなかうまくいかない。苦しげなその目が、彼の目と出会う。そこに浮かぶ気遣いの色に、彼女はふたたび驚きを覚えた。敵であるはずの相手がときとして親友のように見えるなんて、本当に奇妙だわ。それに、彼がぜんそくの対処法をちゃんと心得ているなんて、もっと奇妙。彼女は何も考えずに、思ったままを口にした。

「そう、確かにぼくたちはときどき喧嘩をするね」彼女の顔をさぐりながら、彼はささやいた。「だが傷は必ず癒える」

「癒えない傷だってあるわ」

彼の眉が上がった。

「あなたは怒ると、ずいぶんひどいことを言うでしょう」彼女は目をそむけて言った。

「たとえば最近では、どんなことを言って、きみの機嫌を損ねたのかな?」

バーナデットはそわそわした。チャールズとの不運なドライブのあと、彼から受けた手痛いお説教のことは思い出したくなかった。

エドワルドは彼女の顔を自分のほうへ向けた。「言ってごらん」

「覚えていないの?」バーナデットは反抗的に訊ねた。

「きみには男を見る目がないと言ったな」彼は思い出した。「それに……」と言いかけて、唐突に口をつぐむ。

「思い出したのね」瞬きもせず見つめる彼の黒い目を避けて、彼女はいらだたしげにつぶやいた。

「バーナデット」これまで以上に優しく彼女の手を握りしめ、慎重に言葉を選び、考えながら、エドワルドは静かに話しだした。「わからないかな？　あんなことを言ったのは、気持ちのやり場がなかったからなんだ。もう一歩遅ければ、ぼくはあの若造からきみを救うのに間に合わなかった。だから動揺していたんだよ」

「あんなの、ひどすぎるわ」

「それに本当じゃないしね」エドワルドは付け加えた。「ぼくを見てごらん」

なおも反抗的に、怒りをこめて、彼女は彼に目を向けた。

エドワルドは身を乗り出し、話しだした。その息が唇に温かい。「肉体的魅力のなさを補うだけの財産があってきみは幸せだ――ぼくはそう言ったね」

バーナデットは口を開いたが、彼が手袋のはまった手を伸ばし、唇に指を押し当てて彼女を黙らせた。「あのときのきみの様子――あの乱れきった姿に、ぼくはそそられた」彼はひそやかにささやいた。「それは紳士が認めるべきことじゃない。なのにぼくは自分の感情を隠すのにひどく苦労していた。だから気持ちのやり場に困って、あんなことを言ったんだ。きみを傷つけるつもりじゃなかった」

バーナデットはひどくうろたえていた。「わたしの……わたしの外見に対するあなたの意見なんて、別にどうでもいいわよ！」

「きみは自己評価が低すぎる」バーナデットが何も言わなかったかのように、彼はつづけた。「それをさらに傷つけるなんて、思いやりのないことだった」そして、彼女の手を口もとへ持っていき、優しくキスした。「許してくれないか」

バーナデットは手を引っこめようとした。「お願い……もうやめて」息を切らしながら彼女は言った。

エドワルドはバーナデットの目をのぞきこんだ。突然、その目が光り、鋭くなった。「ぼくの唇が触れると気持ちが乱れるのかい、バーナデット？」彼は優しくからかった。

彼女はいたたまれない思いだった。また、その気持ちははっきり顔に表われていた。いま息が苦しいのは、ぜんそくだけでなく、胸のときめきのせいもある。そしてエドワルドの表情は、彼がそれに気づいていることを告げていた。

親指がゆっくりとそそるように手の甲をなでていき、息苦しさをつのらせる。「きみはうぶすぎる」彼がしわがれた声で言う。「まるで、付き添いの婦人たちに囲まれて育つスペインの乙女のようだよ。きみは、ぼくの気持ちをわかっていないし、自分自身の気持ちはもっとわかっていない」

「わたし、何もわからない」彼女は喉をつまらせた。

「そうだろうね」彼の指が彼女の唇へと移り、優しく、ゆっくりと、そのやわらかな曲線をなぞっていく。あたりはしんとしており、興奮と謎めいた約束とがその静けさを震わせていた。

これまで、そんなふうに親密に男性と触れ合った経験はない。バーナデットは、おじけづいていた。「エドワルド」彼女は心もとなげにささやいた。

ぎゅっと親指を押しつけられ、唇が開いた。突然の荒っぽい愛撫《あいぶ》に、彼女の口が震えているのを感じると、彼の目のなかで何かが閃《ひらめ》いた。その親指の下で、唇の内側が歯に押しつけられ、傷ついている。

彼女はあえぎ、彼は喉の奥から低い声を――うめきとも唸《うな》りともつかないものを――漏らした。

彼女の襟もとのレースは、激しく震えていた。エドワルドの視線がそこへ注がれ、それからなぜか、ドレスの胴部へと移った。彼がハッと息を吸いこむ。興奮のさなかにありながらも、バーナデットはそのわけを知りたくなり、彼の視線を追った。

けれども目に入ったのは、つんととがった乳首の形が浮き出しているドレスの生地だけだった。なぜそんなものが、彼を動揺させるのだろう？

彼の視線がふたたび上がってきて目をとらえる。彼の指が顎《あご》をなぞり、持ちあげる。その目がやわらかな唇へと落ちた。彼は身を寄せ、すぐそばまで唇を近づけてきた。コーヒーと葉巻の匂いを、彼女が感じ取れるほどに。

バーナデットは思わず、彼の黒い上着をつかんだ。ひんやりした生地を指に感じるまでは、自分がどれほど強くつかんでいるかにも気づかなかった。

「バーナデット」これまで聞いたことのないような声で、彼はささやいた。時間のなか、空間のなかで、彼女は凍りついていた。唇を重ね合わせたい。彼の唇を味わいたい。この二年間、始終、思っていたことだ。混沌《こんとん》としたふたりの関係がそれによって変わってしまうのを恐れながらも。しかしその瞬間、恐れはなかった。全身の血が沸きかえり、未知のものを切望している。ためらいから解放され、彼女は大胆になっていた。我知らず、彼女は彼に身を寄せ、その唇に唇を近づけた。どっと押し寄せた欲望のなかで、作法や慎みはすっかり忘れ去られていた。

エドワルドはここ何年もなかったほど、そそられていた。そう、苦痛なまでに。だが突然、彼はスペイン語で小さく悪態をついた。バーナデットがどれほどスペイン語に堪能かに気づいていたら、そんな言葉は決して口にしなかったろう。理由を気取られるのを恐れ、エドワルドに話したことはないが、彼女は彼の国の言葉を習得していた。彼の母国語だから、その言葉を話したかったのだ。

妙に張りつめた不可解な表情で、彼は身を退けた。細められた目がバーナデットをじっと見つめる。自分の慎みのない振る舞いを思うといたたまれず、彼女は顔を赤らめ、彼の上着に視線を落とした。

と突然、静寂を破って、タイルを打つ固い靴音が銃声のように響いた。ふたりの間にさっと緊迫感が流れ、エドワルドは窓のほうへ移動して、引きしまった手で厚地のカーテンをつかんだ。ちょうどそこへ、開いたドアを通って、銀の盆を持ったマリアが入ってきた。

彼女の視線が盆の上に注がれていたため、バーナデットはその隙《すき》になんとか気を鎮めることができた。手はまだひどく震えていたが、マリアが壁際のテーブルに、カップやクリームのピッチャーや砂糖皿を並べている間、彼女は両手を組んで、それをどうにか膝の上に載せていた。マリアは濃いコーヒーをふたつのカップに注ぎ、ナプキンとスプーンをその脇に置いた。彼女がコーヒーを渡しにきたときには、バーナデットは青ざめながらもほほえんでいた。「ありがとう、マリア」彼女はかすれた声で言い、口にやけどしそうになりながら、熱いコーヒーを飲もうとした。

「その肺のご病気には注意しませんとね、お嬢様」マリアは厳しい口調で言った。「もっとお体を大事になさらないといけませんよ。そうでございましょう、伯爵様？」

エドワルドは窓から振り返り、いつもの落ち着いた態度で女性たちと向き合った。「まったくだよ」彼は同意したが、その声はいつもよりかすれていた。「お嬢さんに付いていてくれないか、マリア？」彼は短く付け加えた。「ぼくは彼女の父上をさがしてくる。あの人に話があるんだよ」

「コーヒーはお飲みにならないので？」マリアは驚いて訊ねた。

「いまはいいよ。ありがとう《グラシアス》」エドワルドはバーナデットにはほとんど目を向けなかった。礼儀正しく会釈すると、彼は部屋から出ていった。

「おかしなかた」マリアはつぶやいた。

バーナデットは黙っていた。自分自身が恥ずかしくてたまらなかった。この先エドワルドの目をまともに見ることはできるのかしら？　さっきはなぜ、あんなに心臓がドキドキしたんだろう？　なぜ呼吸があんなにも浅く速くなったんだろう？　まるでキスをねだるように、彼に身を寄せてしまったのはなぜなんだろう？

彼女はうめき声をあげた。するとマリアが心配そうにそばで足を止めた。「大丈夫よ」バーナデットはマリアを安心させた。「ただ……コーヒーが熱くて」やっとの思いでそう言った。

「ええ、ですけど、肺を鎮めてくれますからね」マリアは笑顔でなだめるように言う。そう、コーヒーは肺を鎮めてくれる。多くの場合、濃いブラックコーヒーは、ぜんそくの発作をぴたりと止めてくれるのだ。

だがそれは、意志に逆らい激しく鼓動する心臓や、激情に駆られて自分がしてしまったことへの恥ずかしさを、鎮めてはくれなかった。エドワルドに対してあんな気持ちになるなんて、信じられない。彼のほうは、求めてもいないのに。でも、もしそうなら、なぜ彼はあんなふうに身を寄せ、気を引くようなことを言ったのだろう？　エドワルドがあんな態度を見せるのは、知り合って以来初めてのことだ。ふたりは始終、喧嘩している。その一方、彼は実の父親以上に優しくなり、彼女を気遣うこともあった。でもきょうのは、それとはまったくちがう。彼は初めて、自分の求める女性として彼女を扱ったのだ。このことは、バーナデットに自分の力と成熟を強く意識させた。

ほんのひととき、彼女は自分がエドワルドに惹かれているように、彼もまたどうしようもなく自分に惹かれているのだと夢想してみた。ただの夢。でもなんてすてきなんだろう！

第二章

コルストン・バロンがいるという納屋へ、エドワルドはゆっくり歩いていった。バーナデットのナイーブさ、純真さにつけこんで、その五感に働きかけた自分のやりかたに、彼は吐き気を覚えていた。経験豊かな男の手にかかれば、彼女は簡単に餌食《えじき》になってしまうだろう。彼は難なく彼女を夢中にさせた。それも単に、自分にその力があるかどうか試すだけのために。その結果は、彼の頭をくらくらさせた。彼女は彼を求めているのだ。彼は茫然としていた。バーナデットにはいつもあからさまな敵意ばかり見せつけられてきた。ことにこの二年はそうだったため、自分に対する彼女のあの弱さは衝撃的だった。

彼は歩きながら、頭のなかで考えていた。バーナデットの父親は爵位を持つ婿を、金では買えない上流社会での居場所を、ほしがっている。バーナデットはもういい年頃だ。一方、エドワルドのほうは、牧場を救うのになんとしても金がいる。祖母の前にひざまずいて助けを請うという道もあるが、あの高慢な老婦人は、条件つきでなければ、助けてくれないだろう。祖母のお気に入りは、彼のいとこ——大きな瞳と野望を持つ、抜け目ない若者ルイスなのだ。エドワルドが平伏するのを見れば、彼は大喜びするにちがいない。

エドワルドの口がぎゅっと引き結ばれた。自分は金持ちの妻を必要としている。バーナデットは爵位を持つ夫を必要としている。それに彼女の父親は、喜んで自分を受け入れるだろう。うまくカードを切っていけば、プライドを捨てなくても、牧場を救うことができるかもしれない。バーナデットの求めるささやかな愛情なら、なんとか与えることができるはずだ。彼女は情欲と愛を区別するにはまだ幼すぎる。幸せにしてやれるだろう。あの体の弱さは問題だが、完璧《かんぺき》な相手などいるわけはない。危険がさほど大きくなければ、彼女もそのうち子供を産めるかもしれない。ひとりだけほしいとたのみ、それが牧場を継ぐ男の子であるように祈るとしよう。

そのとき、厩係《うまや》と話しているあの小柄なアイルランド人の姿が目に入った。コルストン・バロンの赤い髪はいつもくしゃくしゃだ。顔は赤ら顔で、鼻は大きく、耳は頭の横に突き出している。彼はハンサムにはほど遠いうえ、育ちもよくない。口汚いし、すぐに癇癪《かんしゃく》を起こす。しかし彼は、フェアで正直な男だ。エドワルドは昔から、この隣人のそうした面に敬意を抱いている。

エドワルドの足音を耳にして、こちらを振り向くと、コルストンは笑みをたたえ、手を差し伸べて、がに股で進み出てきた。

「やあ、エドワルド、哀れな労働者を訪ねるにしちゃ、とんでもない時間を選んだもんだな。どうだ、元気かね?」

「ええ、お陰様で」エドワルドはそう答え、考えこむように目を細めた。「バーナデットから聞いたのですが、舞踏会を計画しているそうですね」

「そうだよ」彼は家のほうへ怖い目を向けた。「あの娘を結婚させて、追い出すための最後のあがきさ。あれももう二十歳《はたち》だからな、エドワルド。病気ばかりしてる厄介者さね。わたしはあの娘のために男をふたり見つけてやった。ひとりはドイツの公爵、もうひとりはイタリアの伯爵だ。もちろん金はないがね」彼は小声で付け加えた。「だが由緒ある家柄なんだ。うちの娘にゃもったいないくらいだね! それにこっちも貴族の婿が手に入りゃ助かるんだ。娘の結婚で得していけないわけがあるかね? 結局のところ、わたしはあの娘をここまで生かしておくのにひと財産使ってるんだからな!」

この男の無神経さは、エドワルドの気に障った。「彼女は爵位のための結婚など望んではいませんよ。少なくともぼくにはそう言っていました」彼は言い返してやり、狼狽《ろうばい》する相手をじっと見つめた。

「あいつはわたしの言う相手といっしょになりゃいいんだ!」コルストンはますます赤くなりながら、大声でわめいた。「あの恩知らずのチビめが! 一生、親に養ってもらえると思ったら、大まちがいだぞ!」

一瞬、エドワルドは、バーナデットの生活がどんなものか垣間見た気がした。彼女はほかに行くところもなく、その病ゆえに父親のお情けにすがらねばならないのだ。たとえ愛はなくても、もし自分と結婚すれば、彼女は自由とある程度の収入を得られる。

「とにかく」コルストンの気持ちは少し鎮まりだしていた。「わたしがそうしろと言えば、あの娘は結婚するだろう。選択の余地はないんだからな。うちから追っぽり出されてみろ。行くところがどこにある? ええ? あんな体なんだぞ。兄貴には家族がいる。あの娘を養ってやるわけにゃいかんだろう。それに、自分で働きに出られるわけでもなし」

コルストンと並んで歩きながら、エドワルドは両手を握り合わせた。「あなたのおっしゃる男性たちですが――彼らはバーナデットとの結婚を望んでいるのですか?」

「いいや」コルストンはしぶしぶ答えた。「家屋敷の修繕費を出し、借金も払ってやると約束したんだがね。それでもアメリカ人と結婚するのは気が進まんようなんだよ。しかも半病人ときてはなあ」

エドワルドは足を止め、コルストンを見おろした。「お嬢さんは病人ではありませんよ」

「まあ、ふだんはな」何度か目にしたことがあるこの青年の暗い怒りを警戒しつつ、コルストンは答えた。「だが枕《まくら》から頭が上がらんような週もあるんだ。特に春や秋だな。それに毎年冬には肺炎になるし」彼はそわそわした。「いまいましい厄介者だよ、あの娘は。発作の間は看護婦を雇って、昼も夜も付き添わせなきゃならないんだ」

病人に優しい家に育ったエドワルドには、この男の無情な態度が信じられなかった。しかし彼は沈黙を守った。

「ひとつ提案があるんですが」

コルストンは手振りで先をうながした。「いいとも。なんでも言ってくれ」

「ぼくは爵位を持っていますし、かなりの旧家の出です。祖母はスペイン女王イサベルの直系で、ぼくたちはヨーロッパの王家のほとんどと縁続きなのです」

「ああ、もちろん知ってるさ。きみの血筋を知らないやつはこの近辺にゃひとりもいない――きみ自身は何も言わないがな」

「いままでは、言う必要がなかったのです」エドワルドは、血筋を自慢するのは不作法だと思っていることは付け加えなかった。彼が半分しかスペイン人でないことや、妻が謎の死を遂げたこと、そして、彼が伯爵であることは、ヴァリヤドリド郡の誰もが知っている。たとえ爵位があっても、多くの人は彼を婿にはしたがらないだろう。だがコルストン・バロンは、王家とのつながりをほしがっており、エドワルドは少し変わっているとはいえ、それを持っている。瞬きもせず見つめる隣人の視線を意識しながら、彼は遠くにじっと目を向けた。「ぼくがバーナデットと結婚すれば、あなたはお望みどおり、爵位を持つ息子と上流社会の承認を得られる。一方、ぼくは牧場を破産から救うのに不可欠な資金を得られるでしょう」

コルストンはあっけにとられた。彼は息もできず、茫然として、ただまじまじとエドワルドを見つめていた。しばらくして、彼はほうっと吐息を漏らした。「うちの娘と結婚するだと？ あの娘と？」

彼が娘のことをそんなふうに言うのを聞くと、全身の筋肉がぎゅっと固くなったが、エドワルドはただうなずいた。

「なんてこった！」

エドワルドはなんとも答えず、バーナデットの薄情な父親を見おろして、つづきを待った。

コルストンはまたもや吐息を漏らし、額に手を当てた。「いやはや、驚いたよ。きみとあの娘は仲がよくすらないだろうに。始終、喧嘩してるじゃないか」

「これは合併なのです」エドワルドは言った。「恋愛結婚ではありません。しかしバーナデットの面倒はきちんと見ます」

「だがなあ、きっと跡継ぎがほしくなるぞ。なのに、あの娘は子供を産めないんだ！」

エドワルドは眉を寄せた。「なぜです？」

「母親と姉が両方ともお産で死んでいるからな」コルストンは言う。「それで、子供を産むのをひどく怖がっているんだよ。わたしのすすめる縁談に娘があれほど抵抗するのは、そのせいでね。知らなかったのかい？」

エドワルドは首を振った。彼の顔は内心の不安を表わしていた。「爵位があるというだけの理由で結婚を強要されるのがいやなのかと思っていました」

「残念ながら、それよりも事情は複雑でね」コルストンは重いため息をついた。「あの娘は肺は弱いが、母親や姉ほど虚弱じゃない。だが、出産に異常な恐怖を抱いているんだよ。まあ、無理もないがね。だから嫁にもらっても――」コルストンは口をつぐみ、きまり悪げに咳払いした。「言いたいことはわかるだろう？」

長い沈黙があった。それは残念なことだが、それでも状況は変わらない。なんとか手を打たなければ――それも一刻も早くしなくては――彼はエスコンディド牧場を永遠に失うことになる。当面は、息子なしでもやっていける。バーナデットの妊娠に対する恐怖については、もっとあとになって、貴重な財産が銀行や裁判所に奪われる恐れがなくなってから考えればいい。

「それでもやはりお嬢さんをいただきたいのですが」エドワルドは言った。

コルストンは驚いたり喜んだりした。「なんとありがたい」彼はエドワルドの手をつかみ、熱烈に上下に振った。「なんとありがたい。どんなに幸せな気分か、言葉では言い尽くせないくらいだよ！」

「お嬢さんは喜ばないでしょうがね」エドワルドは重々しく言った。「われわれが話をしたことは、黙っていたほうがいいでしょう」

「わかった。あの娘を勝ち取ろうって言うんだな」

エドワルドは肩をすくめた。「きちんと求愛するのです。形式どおり適切に。彼女を売り物のような気分にさせる必要はありませんから」

「だがそうやすやすとはいかんぞ」コルストンは言う。「あれはこれまでにも、候補者を追っ払っているからな」彼は憂鬱《ゆううつ》そうだった。「いまいましいチビめ。父親に反抗して喜んでやがる！　ほんとに面倒なやつだよ」

エドワルドもそれは知っている。しかし温室での出来事を、彼は思い出していた。バーナデットの肉体は彼に逆らえない。あの情欲に働きかければ、彼女を勝ち取ることはできるはずだ。さしてむずかしくはないだろう。裏でこんなことを企てるなんて、自分が汚い人間になった気がした。だがもう選択の余地はないのだ。彼には賃金労働者になることも、祖母に施しを求めることもできない。しかし牧場を失ったらそうするしかなくなる。それくらいなら、喉を掻《か》き切るほうがましだ。

「わたしはどうすればいいんだね？」唐突にコルストンが訊ねた。

「とにかく舞踏会に招いてください」彼は淡々と答えた。「あとのことはこちらでやります」

「よし、決まりだ！」

自分のまわりでそんな計略がめぐらされているとは露知らず、バーナデットは、いまはぜんそくの発作も収まり、キッチンでマリアの手伝いをしていた。

「ああ、伯爵様はほんとにすてきなかたですわね」古い木製の盆の上で、パンをこねながら、マリアはまだうっとりしていた。「ほんとにすてき。そのかたがお嬢様を抱いて、家まで運んでくださったなんてねえ」

バーナデットは恥じらって赤くなった。「わたし、気が遠くなってしまったの」彼女はそっけなく言った。「花粉のせいで咳が出はじめて、どうしても止まらなかったのよ」彼女は皿を重ねながら、そわそわしていた。「それにね、わたしとエドワルドはなんでもないんだから。あの人はわたしが好きじゃないの」

「好きかどうかは、さほど問題じゃないんですよ、セニョリータ。場合によっては、好意が障害にもなりますしね」マリアはバーナデットをいたずらっぽく見た。「あのかたはとてもハンサムですわ。そう思いません？」

「何と比べて？」

「セニョリータ！」マリアは仰天した。「あなたをお嫁に出そうとしてお父様がお招びになるあのろくでなし《ベンデホ》どもよりは、あのかたのほうが好みにお合いでしょうに！」

バーナデットはフォークをもてあそんだ。男たちのことを思い出すと、その目に悲しげな色が浮かんだ。「公爵たちに伯爵たち」彼女はつぶやいた。「その全員を合わせても、ひとりのいい男にはならない」そう言って首を振る。「爵位めあてに売られるなんてたまらないわ。それも、お父様がロックフェラー家やアスター家と仲よくなるためだなんて」彼女はマリアに目を向けた。「お父様はわかってないのよ。生まれつきそこに属していなければ、上流社会の一員にはなれない。ちょっとお金があるだけでは、あの人たちの仲間にはなれないの。お父様は教養のある人ではないわ。あの人たちの言う成り上がり者だもの。わたしがどんな名家に嫁いでも、上流社会のグループには決して入れないでしょう。なぜお父様は、自分を好いてくれる人たちとのつきあいに満足していられないのかしらね」

「男っていうのは、何かひとつは自分の手に入らないものを追い求めるものなんです」マリアは哲学的に言った。「人間は夢を持たないといられないんでしょうね」

「ええ。女性だってそうよ」バーナデットは考え深げにほほえんだ。「わたしは付き添いなしでお芝居を見にいったり、食堂でひとりで食事をしたり、山に登ったりしたい。ズボンを穿《は》いて、髪を短くして、仕事に就きたいわ」彼女は、マリアの愕然《がくぜん》とした顔を見て笑った。「馬鹿《ばか》なことを言うと思っているんでしょう？」

「そういうことはね」マリアは気まずそうに言う。「殿方のすることですよ」

「誰がしてもいいはずだわ。なぜ男性にはあらゆる権利があるの？　なぜ女性を奴隷にすることが許されているの？　女性の投票権を認めず、自国の法律を作るのにも参加させないなんて、おかしいと思わない？　わたしはお父様のために帳簿をつけている。いつ何を買い、いつ何を売るべきか教えている。予算まで管理しているのよ。お父様もわたしをいい帳簿係だって認めている。でもその対価を払っているかしら？　いいえ。家族だから、ですって。家族の手伝いに対してお金を払うことはない、ですって！」彼女はマリアに指を突きつけた。「わたしの言葉を覚えておいてね。いつか、こういう不正に対して反乱が起こるわよ」気持ちがどんどん高ぶってくる。胸を詰まらせ、彼女は咳きこみだした。

マリアが大急ぎで、華奢《きやしや》な陶製のカップにコーヒーを注ぎ、バーナデットに手渡した。「ほら。お飲みなさい。大急ぎで《ラビダメンテ》……さあ」

バーナデットは言われるままに、やっとの思いで何度かコーヒーを飲みくだした。ふつうの生活を妨げるこの呪《のろ》いに憎しみを覚えつつ、すわって体を折り曲げる。

「どうです？　よくなりました？」しばらくすると、マリアが訊ねた。

「ええ」ゆっくりと慎重に息を吸いこみ、バーナデットは立ちあがった。彼女はマリアに悲しげな目を向けた。「自分の考えに関しては、あまり感情的にならないほうがいいようね」

「ええ、お体のためには」

バーナデットは胸に手を当てた。「不思議だわ。わたしの発作への対処のしかたを、なぜエドワルドは知っているのかしら」さきほどの彼の対応の細やかさに、彼女はとまどっていた。

「あのかたがわたくしにお訊ねになって、わたくしがお教えしたからですわ」マリアはあっさりと言った。「前に一度、発作を起こされたお嬢様を見つけて、ご自分では何もできずにお父様をお呼びになったときのことを、気になさっていたのですよ。あのことは、覚えておいででしょう?」マリアはいらだたしげにつづけた。「お父様はご友人をもてなしている最中で、邪魔が入ったことにひどくお怒りでした。お嬢様はご存じないでしょうが、そのことでお父様と伯爵様は口論なさったんですよ」彼女は肩をすくめた。「そのあと、伯爵様はわたくしのところへ来て、発作のときはどうしたらいいのかお訊ねになりました。お父様の無神経さにとても憤慨なさっていましたわ」

心臓がドキンと鳴った。「おかしいわね。だって、わたしのことなんか好きでもないのに」

「そんなことはありません」優しい笑みとともに、マリアは言った。「あのかたはお嬢様にはお優しいですよ。誰だって気づくことですわ。ふだんはあんなに気が短いんですからね。せがれのファンによると、牧童たちはみんな、伯爵様を怒らせないよう用心してるそうですよ。あの癇癪は有名ですからねえ。でもお嬢様には、あのかたも決して癇癪を起こさないようですね」

「その代わり、馬鹿にしたり、皮肉を言ったりするけれどね。わたしたち、始終言い合いをしているのよ」

「それは、お嬢様のほうがそういう態度をとるからじゃありませんか？　それに、あのかたは自分がお嬢様をお好きなのを知られたくないのかもしれませんよ」

「まさかね！」

マリアは顔をしかめてみせた。「何はともあれ、あのかたがお嬢様にお優しいことだけは確かですわ」

「自分に都合のいいときはね」エドワルドに対するさきほどの自分の振る舞いについては、考えたくなかった。彼女はキスを求めるも同然のまねをしたのだ。そのことを思い出すと、恥ずかしくてならなかった。今後は二度とふたりきりにならないようにしなくては。憐《あわ》れまれても、なんにもならない。彼への想いがどれほど激しいものか、本人には悟られないほうがいい。

バーナデットの父は、エドワルドが去ったあとずいぶんしてから帰宅した。彼は途中足を止めて舞踏室の塗り替えを点検し、その後、娘のいる居間に入っていった。

娘に険しい顔を向けると、彼は自分用にブランデーを注いだ。「エドワルドから聞いたが、具合がよくなかったそうだな」硬い口調だ。息子とはかつて仲がよかった彼も、バーナデットに対して打ち解けることは決してない。ふたりの間には常に距離があった。

「ええ、そうなの」彼女は静かに答えた。「でも、ほら、だいぶよくなったわ。さっきのは花粉のせい。あれは肺に障るから」

「埃《ほこり》も、香水も、冷たい風もだろう。おまえの肺に障るものは、何千とある」父は冷ややかに言った。彼はブランデーグラスの縁ごしにじっと彼女を見つめた。小さな目が細くなり、計略を練っている。「舞踏会のときは、きちんと盛装するんだぞ。馬車を使って町へ行け。ルドルフォに御者をさせよう。何か高価な服を買うんだ。金持ちの娘らしく見えるようなやつを」バーナデットの着ている質素な青いキャラコのドレスを、彼は手振りで示した。「手作りに見えないようなのをな」

バーナデットは身をこわばらせた。父親のひどい扱いをどう思っているか、はっきり言ってやれたら、と思う。だが、いまの彼女にはどうすることもできない。バーナデットは心に誓った――いつか状況が変わったら、この尊大な馬鹿親父に思う存分言いたいことを言ってやろう!

「経済面でお荷物にならないように、自分の着るものは自分で作れと言ったのはお父様よ」彼女は言った。

コルストンの顔が赤らんだ。「この舞踏会の目的は、おまえに亭主を見つけてやることなんだぞ！」

「それに、お父様に爵位のある義理の息子を見つけることよね！」バーナデットはカッとなって立ちあがった。「お父様が〝好ましい人たち〟の仲間に入れるように」

「親に向かってそんな口のききかたがあるか！」怒り狂ってコルストンはどなった。

「それなら、そっちもわたしを疫病みたいに扱わないでよ！」緑の瞳を憤りにぎらぎらさせて、彼女は応酬した。「肺が悪いのはわたしのせいじゃない。なりたくてこうなったわけじゃないわ！　誰が見たってわかることだけど、お父様は、お母様が死んだことでわたしを責めているのよ！」

コルストンはハッと息をのみ、体をぴんとしゃちこばらせた。「そうとも。それがおまえのしたことさ」彼は歯を食いしばって言った。「おまえが母さんを殺したんだ」

「でもわたしにはなんの責任もないわ」バーナデットは答えた。心臓が激しく鼓動し、全身を震わせている。呼吸をするのもままならない。彼女は言い争いが嫌いだ。それは、ひどい発作を誘発する。だが、いま引きさがるつもりはなかった。「わたしを宿敵みたいに扱ったところで、お母様は帰ってこないのよ」

コルストンはブランデーをがぶりと飲んで、荒い息を吐いた。「わたしは自分の命よりも母さんを愛していたんだ」ほとんどひとりごとのように彼は言った。「あんな美しい人はいなかった。わたしのどこがよかったのかはわからん。だがエロイーズはわたしのすべてだった。そこへおまえが現われたんだ」彼はバーナデットに目を向けた。それは、死んだ妻について語っていたときの優しさとは正反対の冷ややかなまなざしだった。「そしてわたしのエロイーズは永遠に逝ってしまった」

「それはわたしのせいじゃないわ」

コルストンはバーナデットをにらんだ。「ほかの誰のせいでもあるまい」そう言い返して、飲み終えたブランデーのグラスを置いた。「わたしは宝を失った。だが、おまえがいい結婚をしてくれりゃ多少の満足は得られるだろうよ」彼は値踏みするような目で長々と彼女を見つめた。「ヨーロッパの貴族をふたり舞踏会に招いたからな」

「もちろんどちらも没落貴族なんでしょうね」バーナデットは皮肉をこめて言った。

コルストンの目がさらに険しくなった。「ふたりともヨーロッパの由緒ある家の出で、どちらも妻を必要としているんだ。だからいいか、この前みたいに、わたしに恥をかかせおったら——歯を黒く染めて、ズボンを穿いたりしおったら、ちくしょうめ！　神にかけて——」

「あれはお父様ご自身のせいよ」バーナデットは内心びくつきながらも勇敢にさえぎっ

た。この男に弱いところを見せてはならない。「新しい候補者に、ここでは結婚相手は見つからないとおっしゃったら？」

「いいや、見つかるさ。おまえはわたしの命令どおり結婚するんだ」コルストンは断固とした口調で言った。「泣こうがわめこうが好きにすればいい。だが結婚はしろ！ さもないと」彼は無情に付け加えた。「この家から追い出すからな。誓ってそうしてやる！」

バーナデットは自分の耳が信じられなかった。蒼白《そうはく》になり、目を大きく見開いて、彼女は父親を見つめた。「では、そうなさったら？ で、その場合は、誰がこの牧場のために帳簿づけや支出入の計算や支払いや予算の管理をするのかしら？」

コルストンの手が両脇で握り拳になった。

「鉄道で働いていたころ、わたしは、インディアンや北部者や、アイルランド人を毛嫌いする連中と戦ってきた。だがそれも、おまえが日々わたしに与える苦痛に比べればなんでもなかったよ！ おまえはわたしからエロイーズを奪った！ 帳簿づけがその埋め合わせになるとでも言うのか！」

バーナデットは腰を下ろして、じっと彼を見つめた。ああ、肺がまた痙攣《けいれん》しだしたりしませんように！ 敵の前で弱みを見せるわけにはいかない。

コルストンは喉を詰まらせながら息を吐き出した。そのときになって初めて自分が何を言ったかに気づいたようだ。背中を固くこわばらせ、彼は窓辺に歩み寄って外を眺めた。「少々言い過ぎた」と吐き捨てるように言う。「おまえを放り出す気はないよ。何があろうと、わたしにとってはたったひとりの娘だからな。だが逆らうんじゃないぞ」それは警告だった。「わたしは社会的地位を獲得するつもりだ。そのためならなんでもする。おまえは結婚しなきゃならん！」

「知りもしない男と？」バーナデットは怒りと無念の涙を押しもどそうとした。「わたしを死なせに寒い外国へ連れていってしまう赤の他人と？」

コルストンはくるりと振り向いた。「そうとも。それにおまえは死にゃせんさ、この馬鹿娘が！」彼は叫んだ。「メイドやらほかの使用人やらに世話してもらえるわけだからな。料理も掃除も誰かがしてくれる。女王様みたいに扱われるだろうよ！」

「いいえ、わたしは侵入者になるのよ」彼女は言い返した。「歓迎されず、疎まれるわ。だってお金のために娶《めと》られるんですもの！」

コルストンは両手を上げた。「世界をやろうと言ってるのに、何もかもにケチをつける気か！」

心のなかで彼女は死にかけていた。父はわたしを売ろうとしている。エドワルドにももう会えないだろう。もう二度と……永遠に……。

「もうひとつ道はあるが」ややあって、コルストンが言った。

バーナデットは顔を上げた。

コルストンは、泥で汚れたブーツを見つめた。「エドワルドとの結婚を考えてみてはどうかね」

心臓が喉まで跳び上がった。彼女はそれが飛び出して床に落ちないよう胸を押さえた。「な……なんですって?」

「エドワルドだよ!」足を大きく広げて踏ん張り、両手をうしろで組んで、コルストンは彼女を見据えた。「彼はやもめだし、上流社会の連中に言わせりゃ混血だが、爵位はある。それにヨーロッパの王家と縁続きだしな」

バーナデットは危うく喉を詰まらせそうになりながら笑った。「エドワルドが承知するわけないわ」彼女は苦々しく言った。「あの人はわたしが嫌いなんだから」

「喜んでもらってくれるかもしれん」エドワルドとのさきほどの話し合いに触れないよう用心しつつ、コルストンはつづけた。「おまえがちょっと変われば——きれいに着飾って、ときおり笑いかけてやればな。舞踏会には、競争相手がいるんだ。爵位を持つ男がふたりも。それを見れば、奮い立つかもしれんぞ」不謹慎な歓びの表情を娘に見られまいと、彼は顔をそむけた。さきほどの脅しのおかげで、いまやバーナデットにはエドワルドが救いに見えているはずだ。彼は自らの狡猾《こうかつ》さをひそかに讃《たた》えた。娘の強情な拒絶など所詮《しょせん》はこの程度。うまく言いくるめれば、ちゃんとこちらの思いどおりになる。

「あの人は再婚する気はないと言っていたわ」バーナデットはなおも言った。

「だが、相続財産を失いたくないとも言っている」コルストンは指摘した。「あんな不快な過去をかかえていなけりゃ、彼の祖母さんが、前のときのように、スペインで結婚相手をさがしてやれたろうよ。だが奥方が謎の死を遂げたうえ、母親が東部で新たなスキャンダルを起こしてるとなるとな。あの女はスペイン人じゃないんだ。ドイツ人とアイルランド人の血を引くテキサスの資産家の娘なんだよ」

「知ってるわ。ふたりめのご主人とニューヨークで暮らしているのよね。そして、エドワルドはお母様を嫌っているの」

なぜ彼女がそんなことを知っているのか不思議だったが、コルストンはそれ以上は何も言わなかった。彼は腕組みをした。「彼の祖母さんが財産をいとこに遺すことに決めたのは、あの母親のしでかしたことのせいなのさ。そのいとこは、生粋のスペイン人だし、スキャンダルもまったくないんだ」

「エドワルドがお父様にそう話したの？」

コルストンはうなずいた。「むろん、しばらく前にだがね」彼は言葉を濁した。「あの祖母さん、彼の家に夏を過ごしにくるそうだよ」

「きっとうれしいでしょうね、あの人。お祖母様が大好きだもの」

「気の毒にな。祖母さんのほうは、ちがうんだから」コルストンの小さな目が、バーナデットの顔をじっと見据える。「それで、エドワルドとの結婚だが、どう思うね？」

バーナデットは唾《つば》をのんだ。「それは……いいと思うわ」ほんの少しだけ不本意そうに答える。「それで外国で暮らさずにすむのなら」

コルストンは小躍りしたくなった。だがどれほど自分が喜んでいるか、この頑固な娘に悟られるわけにはいかない。ときとして彼は――娘の誕生により何を失ったかを一時的に忘れ――彼女の気丈さを好もしくさえ思う。何を隠そう、バーナデットの気性は彼にそっくりなのだ。

バーナデットが大きく息を吸いこんで言った。「そうしてもいいわ」

「メリウェザーの店に行け。あそこならつけがきく。なんでも必要なものを買うといい」

バーナデットは立ちあがった。「エドワルドの爵位はスペインでしか権威がないのよ」

彼女は言いかけた。

コルストンは片手でそれを制した。「どこでも権威はあるさ」彼は硬い口調で言った。「このテキサスでさえもな。エドワルドは半分しかスペイン人じゃない。だが、たいていの人間は、彼のヨーロッパの縁故を思って、その点には目をつぶるだろう」コルストンは感じの悪い目で彼女を見つめた。「おまえは美人じゃないし、体も弱いからな。ヨーロッパ人がおまえを望むことは、まず期待できまい。もしもエドワルドがおまえをもらってくれるなら、幸運と言わねばならんだろうな」

「わたしはお父様が思うほどお荷物じゃないわ。食べるだけの働きはありますから。勘定や予算の管理は得意だし。いまの彼の状況を考えると、むしろ重宝がられるかもしれないわ」

コルストンは肩をすくめた。「元気なときのおまえは充分役に立ってるさ。だが、そう始終病気をしていてはな、バーナデット」そう言って、のろのろと彼女に背を向ける。「問題は、おまえが思い出をよみがえらせることでな」めずらしくも彼は本心を語りだした。「死ぬときの母さんの顔が目に浮かぶ。あの叫びが聞こえるんだよ。自分の心臓が破れ、心が引き裂かれるのを感じるんだ」彼はぼんやりと胸に手をやった。「あ、あんなに愛していたのに！」

バーナデットは父の言葉を深く受け止めていた。だが何も言えずにいるうちに、彼は向きを変え、出ていってしまった。不快なこと、いらだたしいことに直面したときの例に漏れず、その足音は大きく荒々しかった。

バーナデットはみじめな思いで父のうしろ姿を見送った。もしも父が背を向けず、きちんと向き合ってくれたなら、自分の人生はどんなにちがっていたことか。彼は母の死のことで彼女を責めている。これからもずっと責めつづけるだろう。彼女は、これ以上父に近づくことはできない。父がそれを望まないからだ。彼が娘に望んでいるのは、有利な結婚をすること、そして、自分の人生から完全に消え去ることなのだ。はっきり口には出さないが、暗にそう言っている。

帽子と手袋を取りにいきながら、彼女はひどく年老いた気分になっていた。もはや選択の余地はほとんどない。彼女は父親の人生から出ていくしかないのだ。ヨーロッパ人と結婚する気には到底なれない。エドワルドと結婚できたらどんなにうれしいだろう。でも、父は妙に熱心だけれど、その願いはかないそうにない。エドワルドに再婚する気がないことは、誰もが知っている。彼を説得し、そんな冒険に踏み切らせるのは父には無理だろう。それに、さしたる取り柄のない彼女が、隣人を誘惑し、求婚までさせることなど、できるはずもない。

それでも可能性があると思わせておけば、父もほかの候補者たちのことで責め立てるのはやめるかもしれない。

一瞬、彼女は夢を描いた。エドワルドと結婚し、彼への愛を包み隠さず表わし、そのお返しに、彼に愛される自分を。彼女は、肉体的に彼に強く惹かれている。そしてその欲望は、深い愛によってさらにふくれあがっている。でも彼のほうは、彼女に愛など感じていない。ただし、肉体的魅力は認めているようだが。

その面での彼の興味を高めることはできるだろうか。男性のことなど彼女はほとんど何も知らない。でも禁じられた本はたくさん読んでいるし、人前で何を着てどう振る舞えばよいかも心得ている。ニューヨークの教養学校でいっしょだった娘たちのなかには、男性との関係を率直に話す者もいた。それに対してバーナデットは、意気込みはあってもまだ未熟だ。エドワルドの手にかかればひとたまりもないだろう。彼女には彼を誘惑する勇気はなかった。そんなことをすれば、自分の不名誉となるような事態を招きかねない。

それでも、彼が自分との結婚を望むかもしれないと思っただけで、胸がドキドキした。結婚を現実的に考えるのは、生まれて初めてのことだ。父に操られているとわかっていても、説得されてしまいそうだった。エドワルドがこの縁談に興味を持ってくれるなら、彼女は彼を助け、あの牧場を立て直すことができるかもしれない。本人は思い出したがらないが、父は一度、バーナデットのおかげで危うく大損を免れたことがある。その数年後、帳簿係がやめ、彼女は牧場の支出入を監督するという大仕事を引き継いだ。他人に金を払ったり、帳簿を見せたりせずにすむという考えを、父が気に入ったためだ。ともあれ、たとえ財産があっても、エドワルドが彼女との結婚を望むかどうかはまだわからない。けれども希望はある。勇気さえ持てば、彼女のもっとも大きな夢がかなうかもしれないのだ。

第三章

何を買うというはっきりした考えもないまま、バーナデットは高級服の店、〈メリウェザー衣料店〉に来てしまった。

バーナデットが物心ついたころからずっと店長を務めている、店主の弟クレム・メリウェザー氏は、満面に笑みをたたえて彼女を出迎えた。

「ようこそおいでくださいました、ミス・バロン」彼は丁重に言った。「本日は何をさしあげましょう？」

「父が舞踏会用のドレスを買えと言うのよ、メリウェザーさん」バーナデットは言った。「どういうものがいいのかしら――」

「ぴったりのお品がございますよ！」店内へと彼女を導き入れながら、メリウェザー氏は笑った。「しかも、なんたる偶然！　ちょうどきょう届いたのです。パリ製で、もともとはフォートワースのカーソン家のお嬢様が注文されたのですが、そのかたは結局、お受け取りになりませんでね。この近隣でどなたがご所望になるか、と頭を悩ませていたのですよ。当店は、本物の上流社会からは遠く離れておりますし……」彼は振り返って、耳まで赤くなった。「失礼いたしました。お父上が上流のかたでないという意味ではありませんよ！」

「そんなふうには受け取っておりませんわ、メリウェザーさん」バーナデットは優しくほほえんで言った。「ちっとも気にしておりません」もしもいまの言葉を聞いたら、父はかんかんになり、店との取引をやめるだろうが、それはこの善良な男には言わないほうがいいと思った。

「お父上が来月開かれる舞踏会のことは、お聞きしております。カールヘン家のみなさんが、エル・パソからはるばるおいでになるというのは本当ですか？」

「ええ、ご夫妻だけは。三人の息子さんのうちおふたりは、いっしょに船旅に出ておりますし、残りのおひとりは牧場を監督するためにお残りになりますの」

「しかしパーティーのためにカールヘン家のかたが遠くからおいでになるとは、名誉なことではありませんか」

「ええ、そうですわね」バーナデットはしぶしぶ認めた。「うちの牧場に一週間お泊まりになる予定ですの。もちろんほかのお客様もですけど」

「招待者リストには、ほかにもテキサス人が載っているのでしょうか？」優美に飾られた箱を棚から取り出しながら、メリウェザー氏はそっとさぐりを入れてきた。

「さあ、どうでしょう」バーナデットは答えた。「父はどなたをご招待したか、絶対話そうとしませんの。きっとわたしを驚かしたいんですわね」彼女はちょっといたずらっぽく付け加えた。

「当然ですね。今度の舞踏会は、お嬢様のお誕生祝いなのでしょう？」

彼女は首を振った。「特に何というわけではありませんの」彼女は嘘《うそ》をついた。父がパーティーを開く第一の目的は、もっとも立派な爵位を持つ男に娘を売ることだが、それを認めるのはいやだった。「父の思いついた、ただの夏の気晴らしですわ。本人は、新しい鉄道を買収したお祝いだと言っていますけれどね」

「ますます結構なことで」メリウェザー氏はカウンターに箱を置くと、仰々しく蓋《ふた》を開け、バーナデットがこれまで見たこともないほど優美なドレスを取り出した。彼女は思わず息を止めた。

メリウェザー氏は笑った。「お気に召したかどうか、お訊ねするまでもありませんね。少しお待ちいただけますか、ミス・バロン。家内を呼んで、試着のお手伝いをさせますので」

彼は店の奥へと進み、小柄で陽気な妻のマリベスを呼んだ。彼女は手ぬぐいで手をふきながら、すぐさま出てきた。

「いまピクルスを漬けていたところですのよ、ミス・バロン。つぎにおいでになったとき、いく瓶かさしあげましょうね」

「まあ、ありがとう！」バーナデットはこの申し出に驚いて言った。

「どういたしまして。では、試着のお手伝いをいたしましょうか。きれいなドレスでしょう？　クレムは、この近隣では、こんな立派なお品をほしがる人はおるまいと思っておりましたの！　フランスのパリ製ですのよ！」

メリウェザー夫人は、奥の即席の試着室にバーナデットを案内した。ドレスを彼女に着せる間も、夫人はぺらぺらとしゃべりつづけた。ボタンは百個もありそうなほどで、試着には少し時間がかかった。けれどもいざ着てみると、バーナデットはいま持っている何を売ってもいいから、このドレスを手に入れたいと思った。

それはやわらかな生地でできた純白の美しいドレスだった。ピンクの絹の花と小さな青いリボンに飾られた、レースとジョーゼットの層は、足首まで届いている。胴の部分は、それと同じやわらかなジョーゼットがドレープを作り、小さなパフスリーブもやはりドレープになっている。肩はむきだしで、彼女の美しい胸は上端だけほんのわずかにのぞいていた。セクシーだけれども、品のいいドレスだ。バーナデットは鏡に映る自分を畏《おそ》れをこめて見つめた。

「これがわたしなの？」胸をときめかせながら、彼女は訊ねた。

「そうですとも」メリウェザー夫人はため息とともに言った。「ぴったりですわねえ。

それによくお似合いだこと！　髪は下ろして、ピンクの絹のリボンでうしろで結ばなくてはね。いまやってごらんにいれますわ」

「髪を下ろしたことは一度もないんですけれど」バーナデットは疑わしげに言った。

「このドレスには、そのスタイルが最適ですわよ。さあ、お見せしますから」

　夫人は複雑に結いあげられた彼女の髪を下ろして、もっとあっさりした形に直し、絹でできたお手製のサテンのリボンを結んだ。「ほら」髪が仕上がると、彼女は言った。「おわかりでしょう？　ドレスにぴったりです」

「本当だわ」バーナデットも認めざるをえなかった。彼女は若くエレガントに、また、いくぶんたよりなげにも見えた。美しいと言ってもいいほどだった。彼女は鏡の自分にほほえみかけ、その微笑が平凡な目鼻立ちにもたらす変化に驚いた。

「扇も必要だわ」メリウェザー夫人がつぶやいている。「あの絹の扇はどこへやったかしら……そうそう！」

　夫人が扇を取り出すと、そのあまりの可愛らしさにバーナデットはひと目で惚《ほ》れこんでしまった。淡いピンクの絹の品で、エレガントな花模様がついており、象牙色《ぞうげいろ》のレースで縁取られている。それは、これまで彼女が見たこともないほど美しい扇だった。

「それにこちらの手袋と、あの小さなバッグも。靴もいりますわね。ちょっと見てみますわ……」

彼女はこれまで、こんなにも心躍るひとときを過ごしたことがなかった。買ったものを全部包んでもらい、店を出るころには、まるで牢獄《ろうごく》から解放されたような気分になっていた。父の婿さがしは迷惑だが、今度の舞踏会は彼女の人生のハイライトとなるだろう。自分を見てエドワルドがどんな顔をするか、早く見たくてたまらなかった。

父はバーナデットには舞踏会の手配は無理だと考え、かつてニューヨークのアスター家の個人秘書を務めていた、サン・アントニオの名高い退役陸軍将校の妻、モード・カーライル夫人にその仕事を託した。カーライル夫人は、ちょうどヴァリャドリド郡の友人宅に何週間か滞在しているところで、バロン氏の大舞踏会の準備をたのまれ、大喜びだった。

確かに夫人は、大規模な行事を計画するすべを心得ており、さっそく仕事に取りかかった。二週間後、彼女はバロン牧場の使用人の半分を敵に回していた。コルストンはこのことをみじんも気にかけなかった。だがバーナデットは、不平不満の嵐《あらし》に閉口させられた。パーティーの準備という試練に見舞われ、マリアを含む誰も彼もが、彼女の肩にすがって泣いた。お菓子を届けるパン屋の手配、オードブルを届ける地元のコックの手配、温室からは花の購入。何ひとつおろそかにはできない。バーナデットは、なるべくその騒ぎにかかわりあわないよう努めていた。

ある日のこと、彼女は乗馬用のスカートを穿き、厩番の少年に命じて、美しい栗毛《くりげ》の牝馬《ひんば》に鞍をつけさせた。父が厩に入ってきたのは、ちょうど馬に乗ったときだった。

「どこへ行く気だ？」父は問いただした。「カーライル夫人が食器のことで、マリアに話をしてほしいと言っているんだが」

「なぜ？」少し驚いて彼女は訊ねた。

「マリアが突然、英語を話せなくなったからさ！」

バーナデットは、友の賢さにひそかに拍手を送った。カーライル夫人を撃退するには、それにかぎる。

「でもわたしがスペイン語を話せないのはご存じでしょう？」父と目を合わさず、彼女は嘘をついた。実は、スペイン語が堪能だということは、エドワルドだけでなく、父親にも秘密にしている。そのほうが父と交渉する際、絶対的に有利だからだ。彼女はいつでも好きなときに使用人たちと彼らの母国語で話せる。父にはそれができない。彼はゲール語と英語しか話せないのである。

「おまえなら、気の毒なあの婦人とせめて話だけでもするようにマリアを説き伏せられるだろう！」

「でも、これから遠乗りに行くところなのよ、お父様」バーナデットは言った。「わたしの肺には新鮮な空気が必要なの」

コルストンは疑わしげに彼女をにらんだ。「逃げる気だな。だが、そんなことをしてもなんにもならんぞ。クラウス・ブラナーとカルロ・マレッティは、ヒューストンからの列車で、明日、ここに着く予定だ」

心臓がドキリとし、突然気分が悪くなった。「わたしの気持ちはもうお話ししたでしょう」彼女は硬い口調で言った。

「こっちの気持ちも話したはずだ」コルストンは強情に答えた。「エドワルドはこの二週間、うちに寄りつかんし」彼は付け加えたが、そのことでどれほど心配しているか娘に悟らせる気はなかった。ヨーロッパ人を惹きつける娘の力には、そもそもあまり期待していない。しかしごく最近、エドワルドは彼女を花嫁候補として見てくれた。それにコルストンは、エドワルドが好きだし、尊敬もしている。これは理想的な縁組みとなったろうに。あの話し合いのあと、なぜエドワルドが気を変えたのか、彼にはわけがわからなかった。「あの男はもう来ないだろうよ。だから、わたしが見つけたふたりの候補か、ほかの男かだ」

父の言葉は本当だった。エドワルドはこのところ顔を出さない。これはめったにないことだ。なぜなのかわからず、バーナデットはひどく心配していた。こちらから彼の牧場を訪問するわけにもいかず、彼女はむなしく待ちつづけ、夢がくずれ去っていくのをただ見守っていた。エドワルドに求婚する見込みがないとなれば、父がすぐさまほかのふたりの候補に目を向けることはわかっていた。そして実際そうなった。

バーナデットは疲れた顔で父を見おろした。「その人たちも、わたしを望まないかもしれないわ」

「望むとも」コルストンはそっけなく言った。「連中はわたしの金がほしいんだからな！」

バーナデットは最後の説得を試みた。「わたしの幸せはどうでもいいの、お父様？」

彼女は悲しげに訊ねた。「そのことは少しも気にならないの？」

コルストンの顔が固くこわばり、冷ややかになった。「わたしは幸せじゃない」彼は言った。「おまえのせいで、この二十年、ずっと孤独でみじめだったんだ！」

バーナデットの顔がゆがんだ。「その責任はお父様にだってあるわ！」

コルストンはいまにも爆発しそうだった。「親に向かってよくそんな口がきけるな！」彼はどなった。「よくも！」

バーナデットの唇は震えていた。彼女は乗馬用の鞭を関節が白くなるほど強く握りしめた。「わたしには、お父様がわたしを扱ってきたように我が子を扱う日が来ませんように」彼女の声はかすれていた。「そしてお父様にも、自分のやりかたを後悔する日が来ませんように」

コルストンはぐいと背筋を伸ばして、彼女をにらみつけた。「そんな日は決して来ないさ」

バーナデットは馬首をめぐらせ、父をひとりその場に残して走り去った。

こんなにみじめで絶望的な気分になったことは、生まれて初めてだった。エドワルドにはもう手が届かない。父の見つけたふたりの候補は、明日、到着する。つかまらずに逃げることはできるだろうか。いい方法ではないが、似たような窮地に陥った若い女性たちがそういう手段をとったケースを、彼女は知っている。策に窮したら、そうするしかない。自分の体の弱さを思うと、無茶な手段ではあるけれど。

具体的にどこへ行くという考えもなく、彼女は物思いにふけっていた。テキサス南部のこの地方は、春でさえも、灌木《かんぼく》の茂みとサボテン、砂と埃と熱気ばかりだ。けれども彼女は、前方に広がる何もない地平線がもたらす開放感が大好きだった。それは、夜、星空を眺めるのに似ている。そうしていると、自分の小さな悩みなどつまらないことに思えてくるのだ。この瞬間のバーナデットには、何よりもそれが必要だった。爵位を持つふたりのヨーロッパ人がもうすぐ到着することを思うと、彼女は気分が悪くなった。おそらく彼らは、彼女を好まないだろう。でも、どうしても金が必要なら、案山子《かかし》とでも牛とでも喜んで結婚するだろう。バーナデットとでもだ。

彼女は小さな牝馬を、父の土地を横切る小川へと向かわせた。そこにはメスキートやポプラとともに、柳の木が数本あった。そのやわらかな淡い緑の若葉の間をそよ風が吹き抜けていく。いつものような息苦しい暑さはなかった。バーナデットは大きなメスキートの木の下で馬を下り、つばの平らな帽子を放り出すと、身をかがめて小川にハンカチを浸した。

頭上で鳥たちが鳴きはじめ、突然の騒がしさを彼女は不思議に思った。とそのとき、近づいてくる蹄《ひづめ》の音が聞こえた。

彼女は向きを変え、自分の馬のほうへと向かった。ここは淋《さび》しい場所だし、よくならず者が出没するのだ。けれども乗り手が近づいてくると、すぐにそれが誰かがわかり、彼女はほっと安堵《あんど》のため息を漏らした。いつもどおり、彼の姿を見ると、突き刺すような歓喜が全身を駆けめぐった。彼は兵士のように背筋を伸ばし、誇らしげに馬にまたがっている。彼女はそんな彼を見るのが大好きだった。

「こんなところで、ひとりで何をしているんだ?」近づいてきながら、エドワルドはぶっきらぼうに訊ねた。

彼の言葉に魔法を破られ、彼女は淋しげにほほえんだ。「カーライル夫人から逃げてきたのよ」

つばの広い帽子の下で眉が上がる。エドワルドはほほえんだ。「カーライル夫人?」

「あの人が大舞踏会の準備をしているの」彼女は説明した。「なるべく近寄らないようにしているのよ。ほかのみんなも同じ。家じゅうの使用人がいまにも逃げだしてしまいそうよ」

「よそから来るお客さんも、まもなく到着するんじゃないかい？」

「父が勝手に選んだ花婿候補は明日、到着するわ」バーナデットは嫌悪の情も露わに言った。「ひとりはドイツ人、もうひとりはイタリア人よ」

「すると、彼らを招いたのか」エドワルドは小さくつぶやいた。これは驚きだった。このあいだ、バーナデットの持参金について話し合ったときは、コルストン・バロンはほかの候補者にはもう興味がないように見えたのだ。確かにエドワルドは、あれ以来、バロンの屋敷に寄りつかなかった。それは罪悪感のためだ。金銭目的で愛してもいない女性に求愛するなんて――それはひかえめに言っても不誠実な行為だ。義を重んずる人間だけに、彼は気がとがめてならなかった。

「招かないわけがないでしょう」バーナデットは答えた。悲しげに、わずかに非難をこめて、彼女はエドワルドを見た。「気になっているかもしれないから教えてあげるけれど、あなたは父の花婿候補には入っていないわ。ちょっと安心したでしょう？」

エドワルドはシャツのポケットから葉巻ケースを取り出し、お気に入りのキューバ産の葉巻を一本取った。小さなマッチ箱を出して、葉巻に火をつけてから、彼は言った。

「そうか」

エドワルドがなぜ急に考えこむような硬い表情になったのか、バーナデットは不思議に思った。彼は顔をそむけ、彼女はその横顔を見つめた。まさか自分が花婿候補でないと知って、動揺しているとか？　もちろん、そんなはずはない。でも、もしそうだったら？

むさぼるような視線を感じ、エドワルドは振り返って、彼女の目をとらえた。バーナデットは可愛らしく頬を染めた。「外国で暮らすことについては、どう思ってるんだ？」彼は訊ねた。

「そうするか、自活の道をさがすしかないのよ」バーナデットは疲れきった口ぶりで言った。「結婚するか出ていくかだと父に言われてるの」

「まさか！」エドワルドは憤然と叫んだ。

「追い出すと脅したのは事実よ」バーナデットはぼんやりと馬のやわらかな鼻面をなでた。「この件については、なんとしても考えを通す気なの」

「それで、きみは言いなりになるつもりなのか、バーナデット？」エドワルドは静かに訊ねた。

バーナデットは頬を紅潮させて、彼を見あげた。「いいえ、とんでもない！　たとえ何かの店や工場で働かなきゃならないとしてもね！」

「綿工場で働けば、きみの肺はもたないだろう」エドワルドはつぶやくように言った。

「もうひとつの選択肢は、誰かの使用人になることね」バーナデットはみじめに答えた。「それも、つづけられないでしょうけれど。長くは無理だわ」彼女はため息とともに、馬の長い鼻面に頬をすり寄せた。「なぜ時間は止まるか、もどるかしてくれないのかしらね?」彼女は放心したような口調で訊ねた。「なぜわたしは健康じゃないのかしら?」

「どんな父親だって、自分の決めた結婚を拒絶したというだけの理由で、実の娘を放り出すとは思えないね」エドワルドはいらだたしげに言った。

「スペインではそういう結婚は多いんじゃないの?」

エドワルドは葉巻を手にしたまま馬を下り、歩み寄ってきた。彼のほうがはるかに背が高いため、近くに立たれると、その色の黒い引き締まった顔を見るには、首をそらさなくてはならなかった。

「ああ、そうだよ」彼は答えた。「事実、ぼくの結婚もそういう類《たぐい》のものだった。しかしアメリカ人はふつう、そんな手段はとらないじゃないか」

「それはあなたの思いこみよ。裕福な家では始終、そういうことが行なわれているわ。教養学校でいっしょだった子も、お金のあるワイン醸造家のフランス人と結婚しろと命じられたのよ。でも彼女は、ひと目でその男が嫌いになったの。それで、逃げ出したんだけど、連れもどされて、無理やり式を挙げさせられたわ」

「無理やり?」

バーナデットはためらった。それはちょっとスキャンダラスな話で、その種のことは人前で——特に男性には——話すものではないからだ。

「どういうこと?」彼がうながす。

「つまりね、彼がその子をひと晩、帰さなかったの」不承不承、彼女は言った。「その子は何もなかったと誓ったわ。でも家族は、おまえはもう傷物になったのだから、彼と結婚するしかないと言ったのよ。そんなことがあったあとで、ほかのまともな男性がもらってくれるわけがないというわけ」

エドワルドの黒い目が、乗馬服に包まれた彼女のほっそりした体を眺めおろす。その顔にこれまで見たことのないようなほほえみが浮かんだ。「斬新《ざんしん》な手だな」彼はつぶやいた。

「わたしも結婚式に出たけど」バーナデットはつづけた。「かわいそうでたまらなかったわ。自分の結婚式で涙にくれていたんですもの。でもお父様のほうは意気揚々としていた。新郎は古い貴族の家の出——革命を生き延びて、後に復興を果たした一族だったの」

「最終的には、彼女はその結婚を受け入れたの?」エドワルドは訊ねた。

バーナデットの目が曇った。「いいえ、フランスへ行く船から身を投げたわ」そう言って、身を震わせる。「遺体は数日後、海岸で見つかったの。その後、お父様は正気を失ってしまったそうよ。彼女はひとりっ子だったし、奥様はずっと昔に亡くされていたから。わたしはお気の毒に思ったけど、ほかの人は誰も同情しなかったわ」

エドワルドは葉巻を吸いながら、小川を流れる濁った水をじっと見つめた。前日、たっぷり雨が降ったため、地面は水浸しだった。彼は妙に裏切られた気分になっていた。バーナデットの父親が、なぜ急に気持ちを変えたのかがわからない。エドワルドとの取引はそんなに簡単でないと思ったのか、あるいは、半分スペイン人の男では物足りないと思ったのか。コルストンが娘の結婚相手として自分に不足を感じているのかと思うと、腹立たしかった。

「おかしな話をしてごめんなさい」長い沈黙のあと、バーナデットが言った。

エドワルドは落ち着いた目で彼女を見つめた。「大丈夫だよ」彼は言った。「きみのお父さんは、なぜきみの幸せを少しも気にかけないのかな、バーナデット？」

彼女は目をそむけ、川面をじっと見つめた。「あなたもずっと前に聞いたでしょう。母はわたしを産むときに亡くなったの。それ以来、父は母の命を奪ったことでわたしを責めているのよ」

エドワルドは荒っぽく唸った。「馬鹿馬鹿しい！　生き死にの問題は神が決めることだろうに」

バーナデットは彼に視線をもどした。「父は神も信じていないの」彼女はあきらめとともに言った。「母を失ったときに、信仰心も失ってしまったのよ。いまの父が信じているのは、お金もうけと爵位を持つ身内を手に入れることだけ」

「なんてわびしい怒りに満ちた人生なんだ」

バーナデットはうなずいた。

エドワルドは、乗馬服を着た彼女はとてもきれいだと思った。髪は念入りにピンで留めてあるため、風に吹かれてもほとんど乱れていない。彼はまた、馬に乗っている彼女の姿が昔から好きだった。死んだ妻も馬に乗ることはできたが、馬上に長くはいられなかった。それに対してバーナデットは、カウボーイのように馬に乗る。

「ここへ何をしにきたの？」突然、彼女が訊ねた。

彼の口の片端が上がった。「迷い牛をさがしにきたんだよ。いまの財政状況では、一頭たりとも失うわけにはいかないからね」

バーナデットは眉をひそめた。「でも、お母様は百万長者と結婚したんでしょう？」

エドワルドの目がきらりと光り、表情が厳しくなった。「母の話はしたくない」

バーナデットは手を上げた。「そうだったわね。ごめんなさい。ただ、お宅の牧場がいまのような苦境に陥ったのは、お母様の浪費のせいなんだから、その埋め合わせは喜んでなさるんじゃないかと思ったのよ」

エドワルドは態度をやわらげなかった。「母は牧場やぼくのためには指一本上げはしないよ」彼は冷ややかに言った。「母は、豪勢なパーティーを開いたり、夏の間、大勢のお客を泊めたりするのを許さない父を見下していた。母が絶望させたから、父は死んだんだよ……あれは傷心のせいだと思う。でも当時ぼくはまだ幼かった。たったの八歳だったからね」その光景をまざまざと思い出しながら、苦しげな目をして、彼は考えこんだ。「当時、母には新しい恋人がいた。だからぼくは、グラナダの祖母と暮らすようにスペインへ送られた。でも大きくなると、父の遺した牧場を復活させるためにここにもどってきたんだ」彼は首を振った。「それがこんなにたいへんだとは思ってもみなかったよ。わかっていたところで、あきらめはしなかったろうが」

バーナデットは彼の人生の内密な部分にほんの少し触れたことで、心をはずませていた。「あなたの曾祖父様《ひいおじい》は、スペインの古い払い下げ公有地にあの牧場を作られたんですってね」

「そうだよ」

「お母様はお父様を愛していたの？」

エドワルドは肩をすくめた。「母が愛していたのは、宝石とパーティーとスキャンダルさ」歯を食いしばって言う。「父に恥をかかせるのが、母の最大の喜びだった。あの人は悪名にあこがれていた」ここで彼はバーナデットをじっと見つめた。「お父さんから聞いたが、きみのお姉さんも、お母さん同様、出産時に命を落とされたそうだね」バーナデットはどぎまぎして目をそらした。馬のくつわを両手でぎゅっと握りしめる。「ええ」

彼が近づいてくる。「それに、きみが出産を恐れているとも聞いたよ」

彼女は目を閉じ、乾いた笑い声をあげた。「恐れているどころじゃない。怖くてたまらないの。結婚したくないのは、そのためよ。死ぬのはいやですもの」これは本当だった。エドワルドを想う白昼夢さえ、いつもひかえめなキスで終わり、それ以上には進まない。奇妙なことに、父がなぜそんな内々のことを彼に話したのかという疑問は、頭に浮かばなかった。

エドワルドは彼女をじっと観察していた。そう、確かにほっそりしている。でもヒップはあるし、全体に頑丈そうだ。出産にあたって心配なのは、彼女の体格よりむしろぜんそくのほうだろう。

「すべての女性が難産なわけではないよ」彼は言った。「ぼくの妻は安産だった」

バーナデットは、彼の妻の話などしたくなかった。彼女の手がくつわから離れた。「奥さんには、出産で死んだお母さんやお姉さんはいなかったんでしょう?」

「彼女はひとりっ子だったからね。母親はいまも生きている」

バーナデットは振り返って、彼を見やった。「会ったことはあるの?」

彼はそっけなく首を振った。

「なぜ?」

エドワルドとしては、その話はしたくなかったが、どうしようもなかった。バーナデットはいつも彼から、ほかの誰にも聞き出せないような事柄を聞き出してしまう。「彼女は……病院にいるんだ」

バーナデットの目が大きくなった。「病院に?」

「うん」彼の目に苦悶《くもん》の色が浮かんだ。「精神を病んでいるんだよ」

彼女はハッと息をのんだ。「まあ!」

エドワルドは彼女を見おろした。「さあどうぞ。なんでも訊《き》いてくれ」彼女のためらいを目にすると、彼はけしかけた。「どうせ、妻も錯乱していたのかどうか知るまで、やめる気はないんだろう」

彼の怒りにさらされ、バーナデットは目を伏せた。「ごめんなさい。わたしにはそんなことを訊く権利はなかったわね」

「それを理由に、きみが引きさがったことがあるかい?」

バーナデットは赤くなった。「ごめんなさい」とまたつぶやき、馬に乗ろうとした。あぶみに足をかけようとしたとき、彼の強靱《きょうじん》な手が腕をつかんだ。彼は彼女を振り向かせ、それから手を離した。その目が彼女の目をさぐっている。「コンスエラは物静かで、内省的で、非常に気品のある女性だった」ついに彼は言った。「もしおかしな点があったとしても、それが表に出たのはたったの一度だけだったよ。そして、そのことについては、ぼくは何も言う気はない」

「彼女を愛していた?」バーナデットは、好奇心に満ちた優しい目をして訊ねた。

「ぼくが彼女と結婚したのは、祖母が選んだ人だからだよ」彼はぐいと頭をもたげた。

「あの結婚は、財産の統合、家同士の縁組みだったんだ。悲しいことに、父の財産はほとんど残っていなかったし、母の財産は皆無だった。一方、コンスエラの家は、干ばつとひどい火事にブドウをやられてひどい損害を受けていた。両家ともぼくなら財政を立て直せるんじゃないか、と見込んだんだね。しかし困難が多すぎた」

バーナデットは彼を慰めたかった。でもそのきれいな方法がわからない。「ほんとに……ほんとにひどい話」彼女は言った。「あの牧場はあなたにとってとても大切なものなんでしょうね」

「ぼくにはもうあれ以外何もないからね」

「牧場を救うためならなんでもするつもりでしょう?」バーナデットは沈んだ口調で訊ねた。

「なんでも、ではないよ」そう言ってから、エドワルドはそれが本当だということに気づいた。自分には、バーナデットと結婚するために愛を装うことはできない。「有利な結婚をすれば、おそらく破産は免れるだろうがね」彼はそれとなく付け加えた。「候補として誰か考えているの？」

バーナデットは落ち着きなく鞍をいじっていた。「それはもちろん」少なくともこれは本当だ。「さあ、手を貸そう」

バーナデットが鞍に乗るのを助けたあと、彼はその膝のすぐそばに手をかけたまま、考え深げに彼女を見あげた。

「もう二度と、ひとりでここに来るんじゃないよ。世間には悪いやつがいるし、きみは強くないんだから」

バーナデットは手袋をはめた手で手綱を取った。「テディ・ルーズベルトも子供のころはぜんそくだったわ。でも彼は自分の連隊を率いてキューバへ行き、勇敢に戦った。そしていまやニューヨーク州の知事なのよ」

「彼を見習おうって言うのかい？」

バーナデットは彼を見おろし、静かに笑った。「いいえ、そうじゃないの。ただ、彼に病気が克服できたなら、わたしにもできるかもしれないということよ」

「弱い肺を治す方法はないんだよ。ちゃんと体に気をつけないと」

「自分で気をつける必要はないわ。父がその仕事をさせるために、没落貴族をふたり選んでくれたから」

エドワルドは考え深げに彼女を見つめた。「お父さんにどんなに言われても、気に染まないことをしてはいけないよ」彼は突然、激しく言った。「何ひとつ共通点のない伴《はん》侶《りょ》に縛りつけられて過ごすには、人生は短すぎるからね」

「あなたからそんな立派な言葉が聞けるなんてね」バーナデットは手厳しく言った。「ご自分は周囲の言いなりになって結婚したくせに」

彼の目が細くなった。

「そういうふうには考えなかったんだ。ぼくは祖母の死とともに大きな財産を相続することになっている。アンダルシアにある一族の土地もブドウ園も、祖母が受け継いだ財産もだ。コンスエラの家との縁組みは、ただ、ぼくらの子供たちの財産を増やし、結果的に一族の未来の繁栄を保証するものとして考えられていたんだよ。しかし、このところ祖母はぼくよりもいとこのルイスのほうを気に入っているらしい。彼も祖母を喜ばせるために結婚したんだが、向こうは息子がひとりいるのでね」

バーナデットはぼんやりと彼を見つめた。「お祖母様の財産を失うのはつらいことなの？」

その瞬間の彼は非情に見えた。これまで見たこともないほど非情に。

「いいや、ぜんぜん。うちの牧場さえ救えればそれでいいんだ。それがだめとなると、ぼくは牧童にでもなって日銭を稼ぐしかなくなる」彼の目から光が消えた。「物乞《ものご》いをするくらいなら、食べ物を盗むほうがまだましだよ。有利な結婚をすれば、少なくともそういう事態は免れる」

バーナデットは軽い衝撃を受けた。「あなたがお金で動く人だとは思ってもみなかったわ」

エドワルドは冷たく笑った。「ふだんはそんな人間じゃない。だが最近、リアリストになってね」

「もしもあなたに愛する人がいたら……」

「愛なんて幻想さ」彼は無情に言い放った。「母親が子供に話してきかせるおとぎ話だよ。祖母から聞いたが、うちの両親はいっしょに住んではいたが、愛し合ってはいなかったそうだ。ぼくは妻が好きだったが、彼女がぼくを愛していなかったのと同様に、ぼくも彼女を愛してはいなかった。ぼくが何を愛と見なしているか知りたいなら言うがね、バーナデット、それは結婚指輪より寝室とかかわりの深いものなんだよ」

バーナデットは息をのみ、喉に手をやった。「エドワルド！」

彼の眉が上がった。「どういう意味かはわかるだろう？　それとも、きみは見た目どおりうぶなのかな？」

「そんなこと、わたしに言うべきじゃないわ！」

「なぜ？　きみはもう二十歳だろう？」彼の目が細くなる。「男性のせいで、体のなかが熱《あつ》くなったことはないのかい？　暗闇《くらやみ》のなかで男と女の間に何が起こるか、知りたいと思ったことはないのかい？」

「ないわ！」

エドワルドは皮肉っぽい笑みを浮かべた。

「では、ヨーロッパの貴族に本気できみを嫁がせる気なら、お父さんは奇跡を願っていることになるな。当然、きみは務めを果たすことを期待されるわけだからね。男には爵位を受け継ぐ息子が必要だろう？　それとも、そんな考えは頭に浮かばなかったかな？」

「わたしは……子供は産めない……産む気はないの！」彼女はうろたえていた。

「では、貴族の男にとってきみがなんの役に立つ？」

「確かにそうね」彼女は同意した。「父にとってただの穀潰《ごくつぶ》しだったのと同じで、なんの役にも立たない。でも父は花婿さがしをやめようとしないのよ」

「そうかな？」彼は考え深げに地平線に目を向けた。「もしかすると、やめるかもしれないよ」

「まさか――わたしを救う方法を思いついたなんて言わないでよ！」

エドワルドは笑った。「ひょっとすると、そうかもしれないぞ」彼は興味深げに彼女を見つめた。「だが、きみは小難逃れて大難に陥った、と思うかもしれない」

「どういうこと？」

彼はバーナデットの膝に手を載せ、彼女が逃れようと身をもがくのをじっと見守った。「ぼくはきみがほしいんだ」彼は簡潔に言った。「ふたりの結婚は、ぼくときみ双方の問題を解決してくれるだろう」

バーナデットは赤くなった。「ほしい……わ、わ、わたしを？」

「そうだ」エドワルドは彼女の手を取って、ぎゅっと握りしめた。「温室に行ったあの日、お互いにまっすぐ見つめ合ったとき、きみも気づいたはずだよ。いまだってわかっているだろう？　これは結婚の理由として、立派なものとは言えないかもしれない――一方が情のない結婚から逃れ、もう一方が破産を免れるためというのはね。だが何はともあれ、ぼくの家ではきみは自由でいられるよ」

「そしてあなたは家の財産を救える」バーナデットは興味深げに彼を見つめた。「知ってるでしょう？　わたし、うちの牧場の帳簿係をしているの。それに、予算も細かく管理できるのよ」

エドワルドの顔にゆっくりと笑みが浮かんだ。「マリアがいつも褒め讃えているよ。それに、きみがみごとに金の管理をしていることは、お父さんさえ認めている」彼の黒い目が細くなる。「きみの計算能力は、ぼくにとっても宝となるだろうよ、バーナデット。そのうえ、ぼくはきみに魅力を感じているしね」

バーナデットは新たな興味をもって彼を見つめた。「こんな形でたのむ必要はなかったのに」彼女は胸の内の思いを言葉にした。「愛しているふりをして求婚し、結婚を承諾させることもできたはずよ。わたしには決して真実はわからなかったでしょう」

「そうだね」彼は即座に認めた。「だが、自分自身はごまかせない。そんなまねをするなんて、卑劣な恥ずべきことだ。たとえ自分の生活を守るためであってもね」

彼は彼女の手を放した。

「ぼくはきみに友好的な関係を約束する。そして――」といたずらっぽく付け加える。「きみがぼくをベッドに招く勇気が湧《わ》いたときは、その渇きを癒すこともね。この提案には、利点と難点がある。よく考えて、きみの決断を教えてくれ。だが、早く決めたほうがいいよ」真剣な口調で彼は言った。「あまり時間がないからね」

「ええ、考えてみるわ」喜びを抑えつけながら、バーナデットは言った。

エドワルドはうなずき、ほほえみかけた。「なかなかの案かもしれないよ」彼は考えこんだ様子で言った。「ぼくは女性の扱いを心得ているし、きみは誰かに面倒を見てもらう必要がある。それにお父さんから独立しなくてはならないしね。これはいい縁組みになるだろう」

「でもわたしは相変わらず、売り物の花嫁だわ」彼の露骨なもの言いにどぎまぎしながらも、バーナデットはそう指摘した。

「スペイン人のご主人様を持つわけだね」エドワルドはつぶやいて、笑みを浮かべた。

「だが、寛大な扱いを約束するよ」

バーナデットはまた赤くなった。「意地悪ね！」

「いつか――」静かに笑いながら馬に乗ると、彼は言った。「感謝する日が来るかもしれないよ。アディオス、バーナデット！」

第四章

エドワルドの思いがけない提案に、バーナデットは天にも昇る心地だった。でも今度は、それをかなえる手だてを見つけなくてはならない。もう父は、エドワルドのことなど考慮に入れてもいないのだから。

相変わらず父は、バーナデットの相手にヨーロッパの貴族を望んでいる。適当な男が見つかるまでは、決してあきらめないだろう。彼女はそれについて思いわずらうのはやめ、どうすれば愛する人のもとへ嫁ぐことができるかに知恵をしぼった。エドワルドは彼女を愛していないと認めた。でも彼女はその分まで彼を愛しているのだ。

さて、そうこうするうちに、父の選んだふたりの候補が、その他の数家族の名士たちとともに到着した。彼らは全員、舞踏会の日までバロン家に滞在することになっていた。カールヘン一家は土壇場になって、申し訳なさそうに、家のほうで問題が起きたので、とことわってきた。だがほかの面々はみな現われた。

バーナデットは早くも、ドイツ人の貴族に悩まされていた。クラウス・ブラナーはバーナデットを気に入り、影のように彼女につきまとった。年のころは四十代の終わり。金髪で太鼓腹で、背は彼女よりも低い。イタリア人のほうは浮ついた男で、バーナデットを少しも好まず、ほとんどずっと彼女の父と銃だの狩りだのの話に興じていた。

ドイツ人にしつこく迫られ、バーナデットは腹を立てたが、父は割って入る気のないことをはっきりさせた。

「エドワルドはおまえを望んでいないんだ。ここに来ないのがその何よりの証拠だよ」好色な公爵のことで彼女がこぼすと、彼は頑として言った。どうしようもないと言わんばかりに両手を広げ、彼女の悲しげな顔は見ようともしない。「そのうち……慣れるだろうよ」硬い口調でそう言うと、彼はイタリア人の友人のところへ行ってしまった。

バーナデットには慣れることなどできなかった。そして事態はさらに悪化した。舞踏会の前日、ドイツ人の公爵は、バーナデットを居間の中国屏風《びょうぶ》のうしろへ誘いこみ、そのずんぐりした手で彼女の胸に触れたのだ。

思い切り向こう臑《ずね》を蹴《け》りつけてやると、相手は悲鳴をあげた。彼女は寝室へ逃げこんで鍵《かぎ》をかけ、さんさんと涙を流した。胸のなかは、怒りと嫌悪でいっぱいだった。

花婿候補のおぞましい接近には、もう我慢できなかった。自分の父親に護ってもらえないなら、家出する以外に道はない。

乗馬服とブーツを身に着け、ドレッサーから毛布を出すと、彼女は窓から外へ出た。

用心深く左右に目を配りつつキッチンへ入ると、そこではマリアが昼食の支度をしていた。

「お嬢様《ニーニャ》！」カラフルなメキシコ風毛布を持った、遠乗り用の服装の彼女を見て、マリアは声をあげた。「何をなさるつもりです？」

「何か食べるものを包んでちょうだい。大急ぎでお願い。わたし、家を出るつもりなの」バーナデットはきっぱりと言った。

マリアの黒い眉が上がった。「でもいけませんわ！　おひとりで行くなんて！　どうかお父様とお話しになってください！」

「父とはもう話したの」彼女の唇は震えていた。「でも、あのいやらしいブラナーという男になでまわされるのに慣れろって言うのよ！　そんなの絶対にいや！　あの太った男には二度と手を触れさせない！　わたし、出ていくわ！」

「でも危険ですわ！」

「ここにいるほうが、もっと危険よ。父が黙って見てるからって、あのいやな男につきまとわれて、娼婦《しょうふ》並みに扱われるのはごめんだわ！　ここにいれば、きっとあいつを撃つことになるでしょうよ！　お願いだから食べ物を包んで。急いでね、マリア。さもないとつかまってしまうわ！」

マリアはスペイン語で何か不安げにつぶやいたものの、言われるままに朝食の残りのパンと冷たいチキンひと切れを布にくるんで、桃の瓶詰めといっしょに鞍袋に入れた。

「ちょっぴりしかないんですよ。きっと日が暮れる前に、お腹がぺこぺこになってしまいますわ」

「心配しないで。あのドイツのタコのそばにいるより、ヘビやサボテンのなかにいたほうがずっと安全なんだから！」バーナデットは愛情をこめてマリアを抱きしめ、用心深く厩へと向かった。とまどう厩係の少年に命じて、馬に鞍をつけさせると、誰か阻止しようとする者はいないかと慎重にあたりを見回した。

鞍にまたがると、すぐさま近くの山地をめざした。そこなら安全に身を隠せるはずだった。彼女は銃を持っていない。でも幸い武器は必要なさそうだ。二、三日隠れて、父を脅かしてやれば、こちらの意図は伝わるだろう。気に染まぬ求愛者を押しつけて、娘をテキサスの荒れ地へ逃げこませるような父親を、世間がよく思うはずがない。

ずっと進んでいくと、やがて空は夕暮れ時の赤紫色に染まった。彼女は木々の陰になった小川のそばで馬を止めた。そして、鞍をはずしてから、夜の間にどこかへ行ってしまわないよう注意深く馬をつないだ。

焚《た》き火の起こしかたはちゃんと知っていた。夜の冷えこみが厳しいこの砂漠地方では、その技術は欠かせないのだ。彼女は鞍を枕に、鞍敷をベッドに、カラフルなメキシコ風毛布を上掛けにした。寝心地は悪そうだが、なんとか我慢できるだろう。どんなことでも、あのおぞましい男に触れられるよりはましだ。

でも、実際に砂漠で夜を過ごすのは、頭で考えるほど簡単ではない。ならず者がしばしば孤立したキャンプを襲うことをバーナデットは知っていた。彼女はお金は持っていない。けれども近隣の人間なら、彼女を見れば、地元一の金持ちの娘とすぐわかる。身代金めあてで誘拐される恐れもあるし――もっと悪いことも考えられる。自分の肌に触れる不潔で貪欲《どんよく》な手を想像し、彼女は身震いした。

バーナデットは炎を見つめ、震えながらすわっていた。こんな無謀な行動に出るなんて、いったいわたしは何を考えていたんだろう？　物音がするたびに、彼女はびくりとした。完全にひとりきりになるのは、生まれて初めてのことだ。こんな荒野のまんなかで誰かに襲われたら、どうなるのか――それを思うと怖くてならなかった。彼女には、攻撃を阻止する武器など何もない。コーヒーさえないのだ。

エドワルドとその提案について彼女は考えた。ふたりで共謀し、自分たちの結婚を成立させることを。それは、父の勝手な計画から逃れる最大のチャンスだ。でも、エドワルドと結ばれることを思うと、少し怖くもあった。彼には息子が必要だろう。男というのは、そのことに異常にこだわるようだから。もしも彼と寝る勇気が出なかったら？　その可能性があってもなお、彼は結婚してくれるのだろうか？

バーナデットが砂漠のまんなかでひとり焚き火に向かい、薄い毛布の下で凍えながら、みじめさを噛みしめていたころ、牧場ではいろいろなことが起こっていた。

そこに着いたとき、エドワルドは、コルストン・バロンに再度バーナデットとの縁組みを持ちかけるつもりでいた。もしことわられたら、駆け落ちするまで。結局、手に入れてしまえばこっちのものだし、バーナデットはその気なのだ。

牧場主は、目も髪も黒い優男と、太った年配の男といっしょに書斎にいた。マリアの案内でエドワルドが入っていったとき、三人は鳥打ち銃を鑑賞しているところだった。

「おや、エドワルドじゃないか！」コルストンは困惑して言った。「きみが来るとは思っていなかったよ。ずいぶん長いことご無沙汰だったから、もううちとは縁を切ったのかと思っていたんだぞ！」

エドワルドは、軽蔑《けいべつ》の色を隠しもせず、まず小柄な若者を、それからあのドイツ人を見た。すでにマリアから話を聞いた彼は、コルストンがバーナデットを少しも護ろうとしなかったことに激怒していた。

「ひとつお訊きしたいことがあってうかがったんですが、その件はあとで結構です」エドワルドは冷たく静かな口調で言った。「バーナデットが家出をしたことにはお気づきでしょうか？」

コルストンの目が丸い顔から飛び出しそうになった。「あの娘が……なんだって？」

「家出したのです」エドワルドは繰り返した。「マリアによると、もう一時間近く経っているそうですよ。ご存じでしたか？」

コルストンは赤面した。「いや」

「では、その理由のほうも、よくわかっていらっしゃらないのでしょうね？」エドワルドに刺すような眼でにらみつけられ、ドイツ貴族は赤くなった。

コルストンは咳払いをした。「その件はまあいい。で、娘はどこへ行ったと思うね？」

「おそらく山のほうでしょう」エドワルドは歯を食いしばった。「このあたりでは、つい最近、ある牧場主がならず者の一味に牛を盗まれたばかりです。バーナデットが身を護るすべもなく、ひとりで過ごすにはいい時期とは言えません。特に彼女は、体のこともありますからね！」

コルストンは床の下にのみこまれたくなった。なにしろ自らの力不足が、大切なお客たちの前でつぎつぎ露呈されていくのだから。彼は拳をぎゅっと握った。「うちの者たちにすぐさがしに行かせよう」

「いいえ、何もなさらなくて結構！」エドワルドは怒りをむきだしにして答えた。「自分で動く気がないなら、放っておきなさい。彼女はぼくがさがして、連れもどしますから！」

コルストンは安堵と憤怒の間で揺れていた。「お力添えには感謝するがね、うちの娘のことを、きみが気遣う必要は――」

「それにどうやら、あなたも気遣ってはいないようだ」エドワルドの漆黒の目にパチパチと火花が散る。「若い娘が自分の家で辱められ、逃れるすべもないとは、なんとひどい話だろう！」

「おいおい！」コルストンは言いかけた。

「この礼儀知らずの成り上がり者は、いったい誰なんです？」ドイツ人がひどい訛の英語で言った。

エドワルドが揺るぎないしなやかな足取りでそちらへ向かうと、彼より背が低く太った外国貴族は、恐れをなして一歩後退した。「誰だか教えましょう」エドワルドは、一語一語から氷を滴らせながら言った。「ぼくはこちらのご一家の友人です。そして、ぼくがバーナデットを連れてもどったとき、まだここにいらしたら、きっとあなたはそのことを後悔することになるでしょう」

最後にもう一度、コルストンをにらみつけると、彼は向きを変え、荒々しく出ていった。

コルストンはごくりと唾をのんだ。そして、もう一度ごくりと。それまで黙っていたイタリア人が、残念そうにほほえんだ。

「いまの男性が我を通すなら」彼は考えこむように言った。「お宅のお嬢さんがわれわれのどちらかと結婚するということは、どうもなさそうですね、シニョール」

「わたしはもうお嬢さんと結婚したいとは思いません」傷ついた自尊心をなんとか救おうとしながら、ヘル・ブラナーが無愛想に言う。「お嬢さんは冷たい人だ。少しも情熱がない。ああいうご婦人は男をいらいらさせるだけです」彼はコルストンに堅苦しく一礼した。「駅までいく馬車と御者をご用意いただければ、わたしはすぐに発ちます。残念ですが、舞踏会まで残るわけにはまいりません」

コルストンが止める言葉を思いつくより早く、彼はカチリと踵《かかと》を鳴らして行ってしまった。

「わたしもお宅のお嬢さんと結婚する気はないわけですから、彼といっしょに行ったほうがよさそうですね」マレッティは笑って言った。「きっとすばらしい舞踏会になるでしょうが、こんな状況ではしかたない。お嬢さんの来《きた》るご結婚にお祝いとお悔やみを申し上げますよ。きっとあの花婿候補は頭痛の種になるでしょうから」

コルストンの唯一のなぐさめは、エドワルドがヨーロッパの王家と縁続きであるということだけだった。結局のところ、彼はコルストンが最初に選んだ相手なのだ。エドワルドが何週間も寄りつかずにいたあげくに、突然、最悪のタイミングで現われたことに、コルストンは仰天していた。その一方、バーナデットのことで彼が激しい怒りを見せたことは、彼に希望を与えた。まだ、万事休す、というわけではないのだ。

何はともあれ、エドワルドは娘を見つけるだろう。その点だけは確かだ。だが彼は、ふたりが帰ってくるのを恐れてもいた。

コルストンの無情さになおも怒りをくすぶらせながら、エドワルドははるかな山に向かって馬を進めていった。どんな理由があるにせよ、家に招いたお客がいやがる娘に迫るのを放っておくとは、どういう父親だろう? ほかの男がバーナデットに触れることを思っただけで、彼はむかむかした。

彼女の足跡は山までつづいていた。そこからは追跡がむずかしくなり、ペースを落とさざるをえなかった。血も凍るような声が彼の耳を打つ——ピューマの叫びだ。これもまた、おそらくバーナデットが思いつかなかった危険のひとつ。彼女は武器を持っていないだろう。エドワルドは常にピストルを身に着け、ライフルを携えている。それを使う必要がないよう、彼は祈った。

本格的に暗くなりはじめると、間に合わないのではないか、と不安になった。このままでは彼女は砂漠でひとり、恐ろしい一夜を過ごすことになる。夜の空気は、弱い肺によくないだろう。日没後、砂漠がどれほど冷えこむか知る者は少ない。エドワルドはいつも、万一に備え、鞍の荷に二枚毛布を入れている。

焦っていた彼は、かすかな煙の匂いを危うく逃すところだった。つづいて木の燃える匂いが漂ってくると、彼の胸は躍った。馬を下り、その方角をよく見るために、岩の上にのぼった。すると、眼下に小さな焚き火が見えた。

暗闇のなかで斜面を下りていくのは危険だったが、彼の馬は足が強いうえ慎重だったし、彼はゆっくりと進んだ。

小さな光の輪のなかに馬を乗り入れると、バーナデットは飛びあがり、彼がさらに近づくまで、毛布を体に巻きつけて立ち、震えながら待っていた。

彼女はつんと顎を上げた。「それ以上近寄らないほうがいいわよ」その声はかすれていた。「父と兄たちがすぐそばにいるの。わたしが叫んだら、聞こえるはずよ！」

エドワルドはその度胸に感心して笑った。見た目は弱々しくたよりなげだが、こんな危険を前にしながら、なんという負けん気だろう！

「きみにはいつも驚かされるな」彼は優しくそう言って、自分だとわかるよう彼女のすぐそばまで馬を進めた。

「エドワルド！」彼が馬を下りると、バーナデットは駆け寄って、絶対的な信頼と安堵とともにその浅黒い顔をじっと見あげた。

エドワルドはほほえみ、手袋を放り捨てて、彼女の両手を取った。「凍えてるじゃないか！　ほかに毛布はないの？」

「これ一枚だけよ」彼女の歯がカチカチと鳴る。「こんなに冷えこむとは思っていなかったの。なぜあなたはここに来たの?」バーナデットは不安げに訊ねた。「父がよこしたの?」

エドワルドの顔が険しくなった。「マリアから話を聞いたんだ。それできみをさがしにきたんだよ」

「父じゃなく、あなたがね」バーナデットは悲しげにつぶやいた。

「お父さんも牧童のひとりを捜索に出そうとしたよ。だがぼくがその必要はないと言ったんだ」

「代わりに花婿候補のひとりをよこせばよかったのにね」彼女は冷ややかに言った。

「あのドイツ人は北へ向かういちばん早い列車に乗るだろうよ」彼は皮肉っぽく答えた。「それにおそらく、もうひとりの紳士もすぐにあとを追うだろう」

「ああ、よかった!」

エドワルドは鞍の荷から毛布を取り出すと、その一枚で彼女をくるみこみ、鞍袋をはずして、小さなポットにコーヒーを作りはじめた。

「あのドイツ人に何をされたんだ、バーナデット?」コーヒーポットを火にかけ、ふたりがそのそばにすわると、彼は訊ねた。

バーナデットは焚き火の明るい光のなかで、どぎまぎして目をそらした。「気にしないで。彼は行ってしまったんだから、もういいのよ」

「いいわけないだろう！　撃ってやればよかったよ、あの――」

「大丈夫」彼が悪態をつく前に、彼女はさえぎった。「いやな相手に触れられた女はわたしが最初じゃないんだから」

エドワルドは険悪な顔をしていた。焚き火を離れ、即席のベッドの上に腰を下ろす彼女を、彼は見守った。「ここで野宿するつもりなのか？」

バーナデットはうなずいた。「たっぷり脅かせば、父も計画をあきらめるだろうと思って」

「もうあきらめてるよ」エドワルドは、焚き火に手をかざしながら請け合った。「ぼくが保証する」

バーナデットは長いため息をついた。「さがしに来てくれて、ありがとう」

エドワルドは彼女に興味深げな眼を向けた。「ぼくがいま何を考えているか知ったら、きみも救われたとは思わないかもしれない」

バーナデットの眉が上がった。「どういうこと？」

「ぼくはひと晩、外できみと過ごすつもりなんだ」

彼はショックと恐怖を予期していた。ところが、しばらくためらった後、彼女は楽しげに笑いだした。「なんてすてきな考えなの！　仮に父の花婿候補たちがまだ引き揚げていないとしても、そうなったらまちがいなく逃げだすわね！」

「ああ、追い払ってやる」彼は冷ややかに言った。「貴族の婿が必要なら、このぼくがいる。ぼくのほうがお父さんよりずっとよくきみの面倒を見られるだろう。ヨーロッパに引きずっていって死なせる気もないしね」

バーナデットは喜びをこめて彼を見つめた。「本当にわたしと結婚したいの?」

エドワルドはうなずいた。「恋愛結婚とはいかないが」彼の声は静かで優しかった。「でもきみは自由と独立を得られる。それにぼくが面倒を見るし」

「わたしもあなたの面倒を見るわ」彼女は優しく答えた。

誰かに面倒を見てもらえる——その考えに喜びを覚えた自分に、エドワルドはひどく驚いた。もちろん、それを認めるわけにはいかないし、認める気もない。でも彼は、こしばらくなかったほど心を動かされていた。

「何か食べた?」彼は訊ねた。

バーナデットは笑って、毛布を引き寄せた。「マリアが包んでくれた、パンをひとつと冷たいチキンを少し食べたわ。でもお腹はぺこぺこよ」彼女はあっさり言った。

「ぼくもだ」

「でも食べ物は持ってきてないでしょう?」

エドワルドは笑った。「かなり急いで出てきたからね。でも途中、ミセス・ブラウンのカフェに寄って、冷肉とパンとチーズを包んでもらったんだ」彼は首を振り振り、鞍袋からそれを取り出した。「きっと直感が働いたんだろうな」

「きっと立派な大黒柱になるわね！」

エドワルドは、厚切りのパンの上に冷たいローストビーフとチーズを載せて、彼女に渡した。バーナデットはむさぼるようにそれを食べた。みじめさがこんな喜びに変わったことに、彼女は驚いていた。愛はないかもしれないけれど、エドワルドは彼女に新たなスタートを約束してくれた。支配し、操ろうとする父親から解き放たれる将来を。見知らぬ人との結婚という亡霊は去った。もう外国へ行って暮らす必要はないのだ。

「自分の不幸を数えあげているの？」しばらくすると、彼女の考えこんだ様子を見て、エドワルドが訊ねた。

彼女はハッと顔を上げ、首を振った。「いいえ」と即座に言う。「自分の幸せを数えあげていたのよ！　父にたよって暮らさなくていいなんて、きっとすてきでしょうね」

エドワルドはかすかに眉をひそめ、警告した。「楽な生活ではないよ」

「わたしもお料理はできるのよ」バーナデットは穏やかに答えた。「それに縫い物も掃除も。もちろん、帳簿づけや予算の管理も！　完全な病人ってわけじゃないし、幸せになれば、もっと健康になるはずよ」

「そうかもしれないね」エドワルドは、鞍袋から取り出したブリキのカップにコーヒーを注いで、彼女に渡した。「さあ飲んで。温まるよ。それで、冷えからくる症状を防げるかもしれない」

バーナデットは飲みながら顔をしかめた。「ごめんなさい。ヘル・ブラナーが中国屛風の陰でいやらしいまねをするまで、こんなことをする気はなかったの」彼女は顔を上げた。「あなたの家には中国屛風はないわよね?」

エドワルドは意地の悪い笑みを浮かべた。「ないよ。でもひと財産できたら、買ってあげよう」

バーナデットはわざとらしく身震いしてみせた。「いいえ、結構よ」

「ぼくといっしょになれば、外国人の求婚者に襲われる心配だけはない」エドワルドはまじめになって言った。「それにぼくは、本人にはどうしようもないことできみを責めたりはしないしね」

「母のことを言っているのね?」バーナデットはすぐに気づき、彼はうなずいた。「父が母を忘れられないのが残念よ。再婚して、とても幸せになれたかもしれないのに。でもそう言っても無駄だった。父はまるできのうのことのように、母の死を嘆いている。そしてそのことでわたしを責めているの」

「たぶんお父さんは自分自身を責めているんだよ」エドワルドは静かに言った。「そして、きみをはけ口にしているのさ」

バーナデットは毛布を引き寄せた。寒さはさらに厳しくなり、ほっそりした彼女の体を波のように襲ってくる。「ああ、寒い！」

エドワルドはカップを置き、彼女と並んで即席作りの寝具の上にすわった。「体が冷えるといけないね。ごめんよ、バーナデット、無礼なまねをする気はないが、これ以外、きみを温めてあげる方法がないんだ」

彼は寝具の上へ、そして腕のなかへとバーナデットを抱き寄せ、彼女が身を固くするとほほえんだ。「確かに体がくっつきすぎだね」そう言って、バーナデットの肩を毛布でくるみこみながら、枕代わりの鞍に彼女とともにもたれかかった。「でもそのうち慣れるだろう」

バーナデットは神経質にくすくす笑った。「それ、あの太っちょの小男がわたしに手を出したとき、父が言ったのと同じせりふよ」

すると彼の体がこわばった。その目は怒りにぎらぎら輝いていた。「どんな女性も、自分がいやだと感じることに慣れる必要なんてないさ」

バーナデットは小さなため息とともに彼の広い胸に頰を寄せ、目を閉じた。少しずつ、緊張した筋肉をゆるめていきながら、彼女は自分を包みこむ彼のぬくもりを感じていた。

「ああ、このほうがずっといいわ」と小さな声で言う。「ありがとう！」

エドワルドは笑って、さらに彼女を引き寄せた。「この恥知らずのお転婆娘」彼はそっとささやいた。「本当は助けを求めて叫ぶべきなんだぞ」

「助けなんていらないわ。わたしたちは結婚するんですもの」

「そうだね」彼はこわばった筋肉を伸ばして、鞍にもたれかかった。「これはちょっとした事件になるだろうな。ぼくたちの場合、イサベル女王とフェルナンド王みたいな駆け落ち結婚はできないからね」

「なんですって?」バーナデットは目を開き、彼を見あげた。「スペインの王様と女王様が駆け落ちをしたの?」

エドワルドはほほえんだ。「そうなんだよ。言い伝えによると、そのアイデアはイサベルのものだったらしい。彼女はまだ二十歳《はたち》になるかならないかだった。それが、フェルナンドをひそかに呼び出し、結婚を持ちかけたんだ。彼の王国アラゴンと自分の王国カスティーリャを統一しよう、とね。その同盟によって、ふたりはスペイン全土を征服し、支配することになるだろう、というわけだよ」

「それでフェルナンドは同意したの?」

「うん。ふたりはひそかに結婚し、それぞれの王国に帰った。そしてフェルナンドの父親が世を去り、彼がアラゴン王となったとき、ふたりは自分たちの結婚を世界に向けて発表し、兵力を統合してスペインからムーア人を駆逐したんだ。彼らがどれだけのことを成し遂げたか、考えてごらん――それもすべて、気丈な若い女性に歴史を変える勇気があったおかげなんだよ」エドワルドは好もしげにバーナデットを見おろした。「イサベルはきみみたいだったにちがいないね、バーナデット。きみは、他人が自分の運命を決めるのをおとなしく眺めていたりはしない。愛想笑いする若い娘どものなかには、父親も世間も無視して、男とふたりきりで暗闇で横になるような人はひとりもいないよ」

「あら、わたしはそんなに勇敢じゃないわ」バーナデットは抗議した。「ただわがままなだけよ。人身御供《ひとみごくう》にはなりたくなかったの」

彼の腕にぎゅっと力が入った。「そんなことになりはしないさ。でも結婚の話にもどると――きっとスキャンダルになるだろうね」

「ええ。わたしは傷物になったわけですもの」彼女はあっさり同意した。

エドワルドは彼女をにらんだ。「傷物だって？」

バーナデットは意地の悪い小さな笑みを浮かべて、上目遣いに彼を見あげた。「汚された？　陵辱された？　それとも、たぶらかされた、と言ったほうがいい？」

エドワルドはほほえまなかった。バーナデットのやわらかさを腕に感じると、急に喜びがこみあげ、彼はぎゅっと彼女を抱きしめた。「たぶらかす？」優しくそう問い返して、彼女をさらに引き寄せる。「それは名案だ！」

第五章

エドワルドが寝具の上にそっと彼女を横たわらせ、決然と覆いかぶさってくると、バーナデットの勇気はくじけた。

心臓は早鐘のように打ち、すでに不規則だった呼吸は荒く乱れていた。

彼はたちまち態度をやわらげた。その手が上がり、頭のてっぺんのきれいな髷《まげ》からこぼれた金髪をかきあげる。

「ごめん」彼はささやいた。「ちょっとからかっただけだよ。脅かす気はなかったんだ。ゆっくり呼吸して、バーナデット。ゆっくり。何も怖がることはない」

彼女は緊張を解こう、激しい心臓の鼓動を鎮めようとした。手で喉を押さえる。彼女は大きく見開いた苦しげな目でじっと彼を見あげた。

「起きてコーヒーをいれようか?」彼は訊ねた。「それで呼吸が楽になるかな?」

バーナデットは首を振った。「ぜんそくのせいじゃないの」彼女はささやいた。

彼の動きが止まった。「じゃあどうしたんだ?」

バーナデットは唇を噛んだ。その目が彼の目をさぐる。「あなたのそばにいるせいなの」彼女は恥じらいつつもそう告白し、彼の口もとへ視線を落とした。

「ああ」

たった一語のささやきだったが、それは彼女の五感を揺さぶった。緊張を隠すことができない。彼女の手が彼のシャツの胸を押さえる。勇気はいちばん必要なときに彼女を見捨ててしまったようだ。

「ぼくもドキドキしているんだよ、可愛い人《アマーダ》」エドワルドは彼女の唇に向かって言い、それが自然と開かれるのを見つめ、さらに身を寄せてきた。暗闇は毛布のようにすっぽりとふたりを包んでいる。消えかけた火は親密なムードをいやがうえにも盛りあげた。

「キスして」彼はささやくように言った。

彼の唇が唇に触れる。ほんのかすかな、優しい愛撫だったけれど、思いがけない歓びに全身が硬直した。バーナデットはあえいだ。小さな手が彼の上着をつかみ、その生地に食いこむ。彼女は彼にすがりつき、自分のほうへ引き寄せようとした。彼の口が唇をもてあそぶ。細長い指が肋骨《ろっこつ》の上を這《は》い進み、胸のふくらみの手前で止まる。すると突然、体に震えが走った。

彼の親指がからかうようにそっと肌をなでていく。「ぼくを受け入れてくれる?」彼はささやいた。「それとも、こんな親密な交わりは迷惑かな?」

バーナデットは混乱しきっていて、口をきくことができなかった。彼女は身を震わせ、ほんの少しだけ背中をそらした。エドワルドはこの無言のメッセージを理解した。

彼はほっと息を漏らし、彼女の胸の上に手をすべらせた。その部分を愛撫されたのは、これまでたったの二度だけだ。でも今度のは、少しもいやではなかった。それはすばらしかった。彼女は緊張を解いて寝具に身を埋め、淡い瞳でぼうっと彼を見あげた。エドワルドは手の下で乳首が固くなるのを感じ、安心させるように優しくほほえんだ。

「ぼくは怖くないだろう?」

「ええ」彼女は息をひそめてささやき、目に浮かぶ興奮の色を隠そうともせず、エドワルドの顔、固く結ばれたその口に触れた。彼の手の動きが執拗《しつよう》になると、彼女はハッと息をのんだ。親指と人差し指の間に小さく尖《とが》ったものをとらえ、彼は大胆にその硬さを確かめている。浅黒い鋭い顔には、それまで見たことのない表情が浮かんでいた。それは、熱くて官能的な、没頭しきった表情だった。

「これが暗いところで男と女がすることなの?」彼女は興味の色も露わに訊ねた。

「そうだよ」彼は静かに答えた。「でも、服は着ずにするんだ、可愛い人《アマーダ》」

バーナデットは、彼の言葉より、むしろ自らの率直さにどぎまぎしていた。でもふたりは結婚するのだ。そろそろ、なんとも言えないあの恐怖と向き合わなくては。

「それからどうするの?」彼女は訊ねた。

ほの暗い闇のなかで、彼の両手が服地の上を這う音が妙に大きく聞こえる。ほかに静けさを破るものと言えば、焚き火がパチパチはぜる音と、遠くから伝わってくる夜のさまざまな物音だけだ。

「本物の交わりについて、何か知っている？」エドワルドは静かに訊ねた。

「男性は女性と体がちがっているということだけ」彼女は答えた。「でも、学校でいっしょだった女の子のひとりは経験があったわ」と恥ずかしそうに付け加える。「とっても衝撃的で楽しかったって言っていた。ふたりの体がお互いの一部となるんだって。どういう意味なのか、誰にもわからなかったけれど」

エドワルドは赤く染まった彼女の顔をしげしげと見つめた。「ぼくに教えてほしい？どうなるか説明しようか？」

「そうするしかないんじゃない？　本当にわたしと結婚するなら」

「もちろんするさ」彼は厳粛に言った。「その気もないのに、こんなことはしないよ。きみはとっても純粋なんだね、バーナデット」まるでそれが気がかりであるかのような口調だった。

「それにひどくびくびくしている」彼女は震える声で笑った。「でもあなたに触れられるのはいい気持ちよ」

「ぼくもだ」

エドワルドは彼女の小さな手をとらえると、自分の腹部へゆっくりと引き寄せ、下へとすべらせていった。やがてそれは、思いがけない、とてもショッキングなものに出会った。反射的に引っこめかけた彼女の手を彼は押さえ、そこに留めた。

「ここがぼくたちのいちばんちがうところだよ」彼はささやいた。「ぼくの体のこの部分がきみのいちばん女らしい部分に入り、ぼくたちは結ばれる。そしてそのまま、秘密のやりかたでお互いを満足させあうんだ」

ショックを受け、バーナデットは声をあげた。

「そういった事柄を親たちが謎めかせておくのは、よくないことだよ」彼の声は低く厳かだった。「その種のことを神話やロマンスで包み隠すなんてね。性的な交わりは神からの贈り物なんだ、バーナデット。恥ずかしいことじゃなく、夫と妻の間で行なわれる神聖なことなんだよ。それは人生における最大の歓びを与えるだけじゃない。子供まで授けてくれるんだからね」

バーナデットは咳払いした。これまでずっとぼかされ、あいまいにされてきた事柄がこれほどあからさまに語られるのを聞き、きまり悪くなったのだ。

「男女の間でそういうことを話し合うのは、不適切ではしたないことだとされている」

エドワルドは静かに笑った。「でもぼくは悪い男だからね、バーナデット。それにきみは、たとえ肺が弱くても、意気地なしじゃない」

バーナデットの手はまだ、彼に導かれたところにある。でもそれは、ショッキングというより、慕わしいものとなりだしていた。そう言おうとしたとき、彼女の手がふと動いた。すると彼に何かが起こった。手で触れてわかる何かが。

彼の喉の奥から低く声が漏れ、その体が突然ひきつった。

すっかり魅了され、バーナデットは彼の目をのぞきこんだ。彼は目覚めつつあった。震える手の下に、それが感じられる。

「謎のもうひとつの面が明らかになったね」彼は気軽さを装いながらも、緊張した口調で言った。

バーナデットは畏怖《いふ》の念に打たれていた。突然、年を取って賢くなった気がした。その目が恥じらいの色もなく彼の目をさぐる。彼女はごくりと唾をのんだ。体はふたりが分かちあっていることの驚異を感じ、頭のなかには禁じられた考えがつぎつぎと浮かんでくる。ためらいがちに手を動かしながら、彼女は自らの大胆さに驚いていた。

けれどもエドワルドがかすれた笑い声をあげると、すぐにその動きは止まった。「好奇心は危険なものだよ」彼はささやいた。「特にこんな状況下ではね。そういう探究は結婚後に取っておいたほうがいい」

バーナデットは恥ずかしそうにほほえんだ。「楽しみだわ」

「ぼくもだよ」エドワルドはあおむけになった。勃起《ぼっき》していて落ち着かないため、少し顔をしかめていた。それでも彼はバーナデットをそばに引き寄せ、しっかりと毛布にくるみこんだ。「きみには本当に驚かされるよ」

「ずうずうしすぎる?」彼女は小声で訊ねた。

彼の腕にぎゅっと力がこもった。「うれしい驚きだよ。ぼくが知っている唯一の夫婦生活は、不快で屈辱的なものだったから」

「なんですって?」

エドワルドはため息をついた。「ぼくに抱かれたとき、コンスエラがどんな反応を見せたと思う? 全身をこわばらせ、歯を食いしばり、目を閉じて、ことがすむまでお祈りを唱えていたんだよ。二度目を最後に、ぼくは彼女のベッドを訪れるのをやめた。九ヵ月後に息子が生まれたが、つぎがないことはわかっていた。もうひと晩、彼女のベッドで過ごしたら、ぼくのプライドはもたなかったろう」

バーナデットは唇を嚙みしめた。「たいへん」

「たいへん?」彼は不思議そうに問い返した。

「もしも……もしもわたしがそんなだったら?」

エドワルドは静かに笑った。「ありえないね」

「どうしてそう言い切れるの? だってわたしたち、まだ……」

彼は少し体をずらして、彼女のウエストまで毛布を引き下ろすと、小さな胸の一方にいきなり口を押しつけた。

それはこれまで味わったことのない驚異的な感覚だった。激しい歓びに、彼女は思わず声をあげた。両手で彼の頭をつかみ、引き寄せ、かき抱きながら、この禁じられた触れ合いを終わらせまいと、彼女は体を弓なりにそらした。

彼が笑っている！　バーナデットは湿った服地にかかるその息を感じた。彼がふたたび身をかがめ、固くなった乳首を歯でとらえて、優しくそっとかじりだす。やがて彼女の体は震えだした。

エドワルドは頭を起こし、温かな手をキスした場所に添えたまま、大きく見開かれた彼女の目をのぞきこんだ。「わかってるよ。きみはコンスエラとはちがうし、決してあんなふうにはならない」彼はささやいた。

バーナデットは彼の顔を見つめた。「あなたって本当に悪い人ね」

エドワルドはほほえんだ。「そうだよ。うれしいだろう？」

彼がバーナデットを抱き寄せ、もとどおり毛布をふたりの上にかけると、彼女は彼の胸に顔を埋めてほほえんだ。ほっとしていたけれど、それを認める気はない。どうやら結婚は、思っていたほど恐ろしいものではなさそうだ。

けれども翌朝、ふたりが目覚めたとき、バーナデットはきまり悪さを覚え、エドワルドに対して少し内気になっていた。いっしょに寝ていた寝具から彼女が飛び起きようとすると、エドワルドはそれに気づいて、彼女を抱きしめた。

「何ひとつ昨夜から変わっていないんだよ」彼は優しくからかった。「もちろん、きみは〝傷物〟になってしまったから、ぼくと結婚するしかないわけだけれどね」

バーナデットはため息をついた。「ええ、わかってる。この汚名がそそがれることは、一生ないのね」

「ちゃんと認めないとな。お父さんのお許しを確実に得るためには、こうするしかなかったんだ」エドワルドは指摘した。「それに、お父さんの花婿候補たちからきみを救うためにも」

バーナデットは淋しげに、そして不安げに、鞍に寄りかかった。「父なら許してくれたはずよ。喜んでね。でもあなたはうちに寄りつかなかった。だから、わたしを望んではいないんだと思ってしまったのよ」

エドワルドの息が止まった。「お父さんは何も言わなかったぞ！　それにきみもだ！」

バーナデットは彼から少し身を離した。「初めからあなたは父の第一候補だったよ。あのドイツ人とイタリア人がいやならあなたはどうだと提案して、もしわたしがあなたの興味を引くことができたら、外国人たちは送り返してもいいと言ったの。でもあなたはうちに来なかった。だから、わたしにはまったく興味がないものと思ったのよ」

「お父さんとは、きみがぜんそくの発作を起こした日に話している」エドワルドはそっけなく言った。「ぼくは、きみと結婚してもいいと言ったんだ」

バーナデットは息をのんだ。「父は何も言っていなかったわ！」

エドワルドは彼女の小さな手を取って、そっと握った。「自分のしたことが恥ずかしいよ」彼は短く言った。「きみに内緒で、あんなふうにこそこそ話を進めるなんて不正直で卑しいことだ。良心にひどく悩まされたよ」

うれしさのあまり、バーナデットの心臓が止まった。やはり彼は悪い男ではなかったのだ。でも、自分と結婚する気だったというのは、意外だった。

「それなら、わたしに言ってくれればよかったのに」

彼は笑った。「ああ、そうだね」そして頭をこちらへ向け、寝返りを打って、彼女の顔を上からのぞきこんだ。「でもぼくは、きみに強く惹かれていたからね。そういうややこしいことに耐える自信がなかったんだよ」

彼女の細い眉が上がった。「自分を惹きつけない奥さんがいいの？」

彼は肩をすくめた。「そういう言いかたをすると、馬鹿げて聞こえるね」

「ちょっとわかる気がするわ」バーナデットは熱心な目で、彼のハンサムな顔を見つめた。「あなたは自分の気持ちに正直でありたかったのね。抱いてもいない感情を装うのは気が進まなかったんでしょう？」

彼はうなずいた。「まったくそのとおりだよ、バーナデット」

「だから、あなたはうちに来なくなった。そして父は、あなたがわたしとの結婚を見送ることにしたものと思った」

「こっちは、娘の相手には不足と見なされたのかと思ったよ」彼は打ち明けた。

バーナデットの眉が上がった。「まさか！」

「本当さ」

彼女は首を振った。「でも、知らなかったの？　父はあなたをほかの誰よりも尊敬しているのよ」

エドワルドはため息をついた。「知らなかったよ」バーナデットの淡い瞳を、彼はさぐった。衝動的に手が彼女の眉へと伸び、興味深げにその形をなぞった。「ぼくは半分はスペイン人で半分はテキサス人だ」彼は言った。「おかしな取り合わせだろう？　一部だけインディアンというのに似ている。人によってはよく思わない」

「あなたの家系にはインディアンの血も混じっているの？」

「そうだとしても、祖母は絶対認めないだろうね」エドワルドはやや不安げに彼女の目を見つめた。「祖母にはかなり苦労すると思うよ、バーナデット。ぼく自身に二種類の血が混じっていても、ぼくが貴族以外と結婚するのは認めないだろうからね」

「まるでわたしたちの人種がちがうみたいじゃない？」

「きみのお父さんは金持ちだ。それはわかっている。だが祖母にとっては、それは問題じゃないだろう。そういう事柄に関しては、古い考えの人なんだよ。きみのお父さんと同じで――」彼はそっけなく付け加えた。「祖母にとって血統は非常に大事なことなんだ」

「父が言っていたわ。お祖母様も、スペインではあなたの新しいお相手を見つけられないだろうって」

エドワルドの目がきらりと光った。「妻が謎の死を遂げているものな」彼女の代わりに付け加える。

バーナデットは手を伸ばして、固く引き結ばれた彼の薄い唇に触れた。「怒らないで。わたしたちの間には秘密なんかあってはならないのよ。こんな形の結婚をするなら」

彼は眉を寄せた。その手が彼女の手をとらえ、握りしめる。「そうだね。しかしこの秘密を打ち明けるのは、お互いをもっとよく知ってからにしよう」彼の手にぎゅっと力が入った。「ぼくはコンスエラを殺してはいない。いまはそれだけしか言えないよ」

「この夏は、お祖母様が訪ねてくるんでしょう?」

「結婚式があるのを知ったとたん、やって来るだろうよ。それに、ルペも連れてくるだろうね」

初めて聞く名だ。「ルペ?」

「ルペ・デ・リアス」彼は簡潔に答えた。

「男の人？　女の人？」

「女性だよ。コンスエラの死後、祖母が選んだぼくの最初の花嫁候補だ」

バーナデットの心臓が止まった。「つまり、あなたに貴族の花嫁候補がいたってこと？」

エドワルドの黒い目がバーナデットの胸へと移る。彼は口に感じたその快いぬくもりを思い出した。少しも大きくはないけれど、彼女の胸は形がよく引き締まっていて、触れると心地よかった。服を透かしてそれを見ることができたら、と彼は思った。

「なんだって？」彼は上の空で聞き返した。

「貴族と結婚するチャンスを逃したのって訊いたの」

「ルペとは結婚したくなかったんだ」彼は簡潔に言った。「きみのほうがいい」

胸を躍らせ、彼女は静かに笑った。「本当に？　肺の弱いこんなわたしでも？」

「そうだよ」彼は頭をかがめ、やわらかな胸に口を押しつけた。

彼女はハッと息をのみ、両手で彼の顔をとらえたが、本気で止めようとはしていなかった。

「きみを見たいよ」彼はささやいた。その両手が彼女の体をさぐり、顔がやわらかな首へ、頬へ、唇へとすり寄せられる。長い脚の一方が、彼女の両脚をエロチックにさすりだす。

彼の口に口をふさがれると、彼女は両手で彼のうなじをつかみ、なんとか正気を保とうとした。でも、だめだ。彼が昨夜教えたとおりに、自然と唇が開く。彼女は彼の手のゆったりした愛撫に浸った。

彼は頭を起こし、彼女のうっとりした顔と霞《かす》んだ瞳を見つめた。その手が大胆に一方の乳房を覆う。「きみをルぺと取り替えるくらいなら、自分の脚を切り落とすよ」彼はかすれた声で言った。「きみはもうぼくのものだ」

彼女はゆったりと身を横たえ、むさぼるように彼を見つめた。体は彼の手に委ねられ、ぐったりとなり、大胆な愛撫を堪能している。

エドワルドは深いため息をつき、あたりを見回した。「時間がどんどん過ぎていくな」残念そうに言って、手を引っこめる。「ここでずっとこうしていたいのは山々だが、報いはきちんと受けなくてはね」彼は立ちあがり、バーナデットを助け起こすと、彼女の乱れた髪をなでつけた。「ブラシがいるな。あいにくぼくは持っていないが」

バーナデットはほほえんだ。「どうでもいいわ。もうさんざん面倒を起こしているんですもの。父は気づきもしないでしょうよ」彼女は顔をしかめた。「きっと父はかんかんに怒るでしょうね」

「そうかな?」エドワルドは身をかがめて、彼女の鼻の頭にキスした。「ぼくはそうは思わないよ、バーナデット」

「エドワルド」

彼女のやわらかな唇に、彼は指を当てた。その視線が胴着へと下り、しばらくそこに留まる。彼はいたずらっぽい笑みを浮かべていた。「この暑さでそれがすぐ乾いてくれるといいんだが」彼の手が何かを指し示す。「きみのお父さんに見られないうちにね」

バーナデットは視線を落とし、乳首の位置についた小さな濡《ぬ》れたしみに気づいた。彼女はきまり悪げに笑った。「きっと乾くわよ」

エドワルドは彼女の肩を抱いた。その顔は暗く、静かで、考え深げだった。「きみはすばらしいよ」彼は静かに言った。「男が望み、夢見るそのままに応えてくれる。ぼくたちはきっといい結婚生活が送れるよ、バーナデット」

「ええ、そう思うわ」彼女はためらった。「でも、あなたはわたしを愛していないのね」

彼もまたためらった。彼女に対してそこまで正直になりたくはない。けれども、やはりそれがいちばんいいのだろう。「そうだよ。ぼくはきみが好きだ。その負けん気が気に入っているし、愛撫したときの感じも最高だと思う。子供ができたら、ぼくたちの絆《きずな》はますます深まるだろう。それで充分じゃないかな」

本当にそうだろうか。彼女は胸が痛むほどエドワルドを愛している。それに、子供についてのいまの発言。彼と同じように抗《あらが》いがたい欲望を感じながらも、彼女はいまも出産を恐れているのだ。

「取り越し苦労はおよし」彼女の沈んだ表情に気づいて、エドワルドが言った。「ぼくを信じて。すべてうまくいくからね」

「そうならいいけれど」

彼はほほえんだ。「まあ見ておいで」

家に着くまでには、一時間かかった。バーナデットが恐れていたとおり、コルストン・バロンは葉巻をふかしながら、険悪な顔で厩のそばを行ったり来たりしていた。ふたりが馬からおり、その二頭を厩係の少年に引き渡す間、彼はじっとこちらをにらんでいた。

コルストンのほうへと進みながら、エドワルドはバーナデットの冷たい小さな手を取ってぎゅっと握りしめた。でも彼はうしろめたそうな顔はしていなかった。むしろ、その態度は尊大だった。

「きょう祖母に電報を打って、バーナデットと結婚することを報告します」コルストンが口から葉巻を離す間も与えず、エドワルドは先制攻撃をしかけた。しゃべりだそうとした相手を、彼は片手をあげて制した。「もちろん慣例どおり式は執り行ないます。親族も出席の手配のために時間が必要でしょう。ぼくのいちばんの親友は、ウィンザー王家に属しています。式のときは彼に付き添いをしてもらいますよ。一大イベントになることをご理解いただけるといいんですが」ここで、わざと傲慢《ごうまん》に付け加える。「バーナデットは、ヨーロッパ一高貴な家に嫁ぐわけですからね」

コルストンはいまにも卒倒しそうに見えた。「つまり、いまでもまだこの娘と結婚したいと言うのかね⁉」

「もちろんです。ずっとそう思っていました。ぼくたちはうまくやっていけるでしょう。いい結婚になりますよ」

コルストンは汗ばんだ額をぬぐい、ふたりを見比べた。その顔が少し険しくなる。「しかし娘は昨夜帰ってこなかったし、そのことは使用人たちもみんな知っているんだ」

彼はうなるように言った。「きっと噂を広めるだろうよ」

「大丈夫。メキシコ・シティから来ている、ぼくのいとこのカルリタといっしょにうちに泊まったことにしましょう」エドワルドは穏やかに答え、バーナデットの手を放して自分も葉巻に火をつけた。「そして今朝になってぼくが送ってきたというわけです。もちろん、うちの使用人たちも本当だと誓うでしょう」

コルストンはほうっと長く吐息を漏らした。「全部わたしのせいだ」情けなさそうな口調で言う。「きみがもう娘を望んでいないものと思ったんだよ。だがドイツ人のほうは気がありそうだったものでな」とがめるような娘の視線を避け、彼はきまり悪げにもじもじした。「娘もじきにあの男に慣れるだろうと思ったんだ。まさか家出するとは、思ってもみなかったよ」そう言って、バーナデットをにらみつける。「オオカミに喰《く》われていたかもしれないんだぞ、この馬鹿娘！」

「馬鹿娘なんて呼ばないで！」彼女はすばやく言い返した。「貴族の婿がほしいからというだけの理由で、あのいやらしい小男にされるままになっていろと言ったのは誰？」

「こら！　親に向かってそんな口のききかたがあるか！」

バーナデットがゼイゼイいいだしたのに気づき、エドワルドが親子の間に割って入った。「すんだことで言い争っても無意味ですよ」彼は穏やかに言った。「われわれは結婚式の準備をしなくてはならないんです。遠縁のルぺも祖母といっしょに来ることになっていますが、彼女は最近、スペイン王室の結婚式を取り仕切ったばかりで、しきたりにくわしいんです。きっと細かなことを引き受けてくれるでしょう」

「金はわたしが出すよ」コルストンは即座に言った。ほっとしてはいるが、うしろめたそうな顔だった。まるで変化の兆しでもさがしているかのように、彼はバーナデットを見つめた。「確か一ヵ月後と言っていたね」娘の細いウエストをあてつけがましくちらっと見やりながら、不安げに付け加える。

「なんてことを！」さぐるようなその視線に気づき、エドワルドが怒りの声をあげた。

コルストンはハッと息を吸いこんだ。「おいおい、わたしは何も言っとらんぞ！」

「彼女はひとりぼっちで腹をすかせ、動揺し、怯《おび》え——そのうえ、凍えていたんですよ！　まともな男ならもちろんのこと、たとえならず者でもそんな状態の女性には手を出さないでしょう！」

「あやまるよ、ほんとにすまなかった」コルストンは急いで言った。「老いぼれの邪推と思って許してくれんとな。ちゃんとわかってるよ」

「ええ、そうでしょうね」エドワルドは少し平静になった。彼はバーナデットを見おろした。「舞踏会は中止にしてないでしょうね？」唐突にそう訊ねる。

「ああ、まだだ」コルストンはためらいがちに言った。「娘が帰ってこなかったら、どうしようかと思っていたよ」ぎこちなく付け加える。「きみに見つけ出せるかどうかもわからなかったし。何があってもおかしくはないわけだからな。ちょうどお客たちを呼び集めて、家に送る準備にかかろうとしていたんだ」

「その必要はもうありません」エドワルドは言った。「ドレスはある？」とバーナデットに訊ねる。

彼女はほほえんだ。「ええ。お父様が町へ買い物に行かせてくれたの。パリ製よ」

「色は？」

「白よ。ピンクのシルクの薔薇と青い小さなリボンがたくさんついているの」

「まさにぴったりだよ」エドワルドはささやいた。「ラミレス家の婚約の印は、エメラルドのちりばめられた金のブレスレットだからね。指輪のほうは、エメラルドが一個だけはまっている。とても古いものだよ。今夜の舞踏会で、きみにそのふたつを贈ろう」

彼はバーナデットの小さな手を取ると、そっと口もとへ持っていき、温かくキスした。

「またあとでね、いとしい人《ケリーダ》」

バーナデットとその父は、そっくり同じ表情で、馬で去っていくエドワルドを見送っていた。しばらくはふたりとも口をきかなかった。

「彼はおまえとの結婚など、まったく望んでないんだと思っていたよ」コルストンがぎこちなく言った。

バーナデットはひとりほほえんだ。「わたしも」彼女は振り向いて、好奇の目で父の顔を見つめた。「彼は、お父様にわたしの相手には不足と見なされたんだと思っていたわ」

「まさか!」コルストンはぎょっとして大声をあげた。「とんでもない話だ!」

不安げな父の顔を見て、バーナデットは気持ちをやわらげた。「大丈夫よ、お父様。そんなことは絶対ないって、わたしから言っておいたわ。父はあなたのことをとっても尊敬してるって」

「そうとも。それを聞いて安心したよ」コルストンはハンカチを引っ張りだして、額の汗をぬぐった。彼は娘に目をやった。「あの男は近ごろうちに来なかったろう。わたしはそれを、気が変わったことを遠回しに伝えているものと解釈したんだ」

「エドワルドはそんな伝えかたはしないはずよ」ちょっと驚いて、彼女は言った。「彼なら、もし気が変わったら、ちゃんとお父様のところへ来て、そう言うわ」

「確かにそれはそうだな」ふたりが並んで歩きだすと、コルストンは両手をうしろで組んだ。「で、結婚の話はどんなふうに出てきたんだ?」

「わたしたち、外国からのお客様のことを話していたの。彼はわたしが家出したことを怒っていたわ」理由は述べず、彼女はそう付け加えた。「そして言ったの。もし爵位のある人と結婚しなければならないなら、自分だっていいだろうって。彼はお金が必要だし、お父様は爵位のある義理の息子が必要なわけだから。これで、ふたりともほしいものが手に入るでしょう」

コルストンの小さな目が細くなった。「そのとおり。だがおまえはその結婚から何が得られるんだね?」

「この世の何よりほしいもの」彼女は簡潔に答えた。

「というと……?」

「エドワルドよ」優しく厳かにそう言うと、彼女は家のほうへと向きを変えた。

驚いたことに、コルストンは笑った。「おやおや、これはおもしろい。何年も天敵同士という感じだったのにな！」ちょっと間をおいて、彼は訊ねた。「いったいあの砂漠で何があったんだね？」

「残念ながら、特別なことは何も」バーナデットは真顔で嘘をついた。「彼は凍えていたわたしを助けてくれたの。命を救ってくれたのかもしれない。寒さがとっても厳しかったし、毛布も充分なかったのよ」彼女は笑った。「でも彼は何枚か持ってきていた」ふたりがその毛布にいっしょにくるまったことは、付け加えなかった。

父の表情はいつもとちがい、うしろめたそうにさえ見えた。彼は、娘と目を合わせようとしなかった。

「おまえが山へ逃げたあと、ヘル・ブラナーとシニョール・マレッティはすぐに駅へ向かったよ」彼はちょっと身をこわばらせた。「ヘル・ブラナーの振る舞いについては、非常に残念に思う。だが彼はおまえに興味があるようだったし、エドワルドはそうは見えなかったしな。しかし誓ってもいいが、娘や、まさかおまえがあんな危険で愚かなまねをするとは、思っていなかったんだよ」

彼は娘をちらりと見て、ふたたび目をそらした。

「わかってくれると思うが、わたしとしては、婿にするならエドワルドのほうがずっとよかったんだ。彼には敬意を抱いている。おまえを救いにきたときのあの男ときたら、えらい剣幕だったぞ」コルストンの顔つきが明るくなった。「そうとも！」いつものアイルランド訛にもどって、彼は笑った。「かんかんに怒りおって、耳から湯気を噴き出しとった。あの男がおまえのことであんなふうに爆発するとは、思ってもみなかったがな。結局のところ、彼がほしいのは、金だけじゃないのかもしれんぞ」

バーナデットは恥ずかしそうにほほえんだ。「あの人はわたしのことが好きなんだと思う……ほんの少しね。恋愛結婚じゃないって言うけど、でもわたしたちにはいくつも共通点があるのよ」彼女は視線を落とした。「ちゃんとやっていけるでしょう」

コルストンは歩幅を狭め、ため息をついた。「おまえの望みどおりじゃないのは、わかっているよ。愛のない結婚だからな。だが人間、手に入るもので満足しなきゃならない時もある。誰も彼もが、わたしと母さんのような愛を見つけられるわけじゃないからな」

そう言っているうちに彼の顔が険しくなり、バーナデットは休戦の時が終わったことを知った。長いスカートをつまみあげ、短く別れを告げると、彼女は大急ぎでマリアのいる安全なキッチンへと向かった。

ニュースを聞いて、マリアは大喜びした。

「ああ、伯爵様のお怒りのすさまじかったこと!」テーブルを空けて、料理したての肉の大皿を置きながら、彼女は熱く語った。「お父様やあの外国からのお客様がたとお話しなさったあと、大股でここに入っていらしてね、食事の残りがないのがわかると、町へ行って何か食べ物を買っていくとおっしゃったんですよ。お嬢様は凍えているだけじゃなく、お腹もすかせているだろうからって」

「ええ、そうだったの。いろいろ持っていったのにね」バーナデットは頰を染めた。「こんな騒ぎを起こす気はなかったのよ。ただとっても動揺してたものだから」

「伯爵様もそうでしたわ」マリアは真っ白な歯を見せて笑った。「それに、旦那《だんな》様はね」と付け加える。「お嬢様がひと晩帰ってこなかったものだから、コチコチに緊張していたし、ひどく心配していましたよ」彼女は肩をすくめた。「もちろんわたくしには、状況がどうあれ、何事もないのはわかっておりました。伯爵様は立派なかた、紳士ですからね。あのかたがお嬢様の評判を傷つけるようなことをなさるわけがありません」

「ええ、そのとおりよ」バーナデットは同意した。「でもわたしたちが昨夜ふたりきりで過ごしたことは、人に知られないほうがいいわ。だから彼は、わたしを家に連れ帰って、滞在中のいとこといっしょに泊めたことにするつもりなの。そのいとことわたしは仲よしなのよ。そして今朝になって、彼はわたしをうちまで送ってきたというわけ」

マリアは笑みを浮かべた。「いいお話ですね。もちろん誰も疑いやしませんよ！」

楽観主義もいいところだったわ——新品の美しいドレスに身を包み、舞踏室の入口に立ったとき、バーナデットはそう思った。疑いとかすかな軽蔑の色を浮かべ、たくさんの鋭い目が彼女を見つめている。

父は彼女と並んで立ち、不安げにそわそわしていた。その顔は赤く、いつもの元気はまるでない。きっと自分のことを怒っているのだろうと思ったが、意外にも彼は、気遣わしげに、詫《わ》びるような目をこちらに向けた。

「いやな噂が広まっているんだよ。あのいまいましい厩係の小僧っ子が、今朝、わたしたちの話を聞いとってな」コルストンは歯を食いしばって言った。「あいつが牧童のひとりにしゃべって、その男が自分の身内にまたしゃべった。で、ひとりがまたその話をしているのを、お客のなかのスペイン語のわかるやつが耳にしたってわけさ。そいつは、まわりじゅうにその話を広めちまった。おまえがエドワルドとひと晩外で過ごしたことは、全員が知っているんだよ。かわいそうにな、バーナデット」

彼女は頬を染めた。軽率な行動のせいで、自分の評判は地に落ちてしまったわけだ。たとえエドワルドと結婚し、身分が上がっても、彼女が結婚前に男とひと晩外で過ごしたことは、誰も忘れないだろう。

「頭をしゃんともたげてろ！」娘の沈んだ表情を見て、コルストンが鋭く言った。「おまえには恥じることなど何もないんだ。こいつらに見下されるんじゃないぞ！　おまえはバロン家の娘だ。ここにいる誰にも負けないくらい立派な人間なんだからな！」

それはちがう。父にもそのことはわかっているのだ。でも、父が味方してくれたのは実にひさしぶりのことなので、彼女は胸を打たれた。

「ありがとう、お父様」

コルストンはまた不安そうな顔になり、ドアのほうへと視線を移した。するとほっとしたように、その肩の力が抜けた。「彼が来たぞ」

バーナデットが振り返ると、そこにはイヴニング姿もエレガントな、どこから見ても貴族そのもののエドワルドがいた。彼は足を止めてほかのお客と話すこともなく、まっすぐこちらへ歩いてきた。その微笑は、彼女だけに向けられていた。

「とってもきれいだよ」エドワルドは、彼女の手を取って唇に押しつけ、それから、ひそひそささやきあうお客たちを振り返った。ふたりの秘密が暴露されてしまったことは、聞くまでもなくわかった。彼は招待主に皮肉っぽくほほえみかけた。「いまこそあのことを発表すべきときのようですね。そう思いませんか?」

「まったくだよ、きみ」コルストンは楽団のほうへ歩いていって、演奏をやめるよう言った。お客たちが注目すると、彼はエドワルドとバーナデットに手招きした。エドワルドは、ベルベットの小箱を手に入口に控えていた従者に合図した。

「紳士淑女のみなさん、ご報告したいことがあります! 我が娘バーナデットが、スペイン伯爵にして、テキサス州ヴァリャドリド郡エスコンディド牧場の当主であらせられる、エドワルド・ロドリゴ・ラミレス・イ・コルテスと婚約したことを謹んで発表させていただきます。どうかみなさん、このふたりの未来の幸せをわたしとともに祈ってください！」

驚きとためらいの後に、気のない拍手が起こり、それはやがて大きな拍手へと変わった。

エドワルドとバーナデットは皮肉っぽく目を見交わした。彼は、従者が捧げ持つベルベットの小箱を開け、金とエメラルドの時代物のブレスレットを取り出して、バーナデットの細い手首にはめた。そして、やはり金とエメラルドの家伝の指輪がこれにつづいた。驚いたことに、それはあつらえたかのように彼女の指にぴったりだった。

彼女が見あげると、エドワルドは驚きの表情を浮かべていた。

「吉兆だよ」バーナデットだけに聞こえるように、彼はささやいた。「それがよい縁組みなら、この指輪はラミレス家に嫁ぐ花嫁にぴったり合うと言われているんだ」エドワルドは、彼女の手を取り、指輪にキスした。

コルストンはエドワルドと握手を交わした。彼の目はバーナデットが着けている宝石に釘付《くぎづ》けだった。「これが途方もなく高価なものだってことはわかっているんだろうね？」コルストンは小声で言った。「きみの牧場を立て直してもまだ余るほど価値のある品なんだが」

エドワルドはまっすぐに彼を見つめた。「父の遺産でぼくの手もとに残っている品物はこのふたつだけなんです」彼は静かに言った。「これは、十六世紀にラミレス家の先祖が花嫁のためにボリビアのエメラルドで作らせて以来、代々受け継がれてきた品です。これを売る者は財産のみならず命まで失うという呪いがかかっているんですよ」エドワルドはおかしそうな笑みを浮かべた。「その呪いを試す勇気のある者はこれまでひとりもいなかったわけです」

「なるほど」

バーナデットは宝石ではなく、エドワルドを見つめていた。大きな緑の目は愛情でいっぱいだった。

彼女を見おろしたエドワルドは、その表情に気づいてハッとした。自分に対する彼女の気持ちは知っている。いや、ずっと前から知っていた。でも彼自身の反応は前とはちがった。体の奥が震えるのを彼は感じた。欲望が熱く腰に広がり、火のように全身を包みこむ。激情が表に出て、ふたりが気まずい思いをしないよう、彼は急いで目をそむけた。

さらに拍手が起こり、お客たちはバーナデットの指輪とブレスレットを見に押し寄せてきた。お互いの間で話題にし、家へも持ち帰れる新しいゴシップが手に入ったいま、もう誰もあのスキャンダルのことなど考えてはいなかった。

「まあ、すばらしい指輪ですこと！」バーナデットの小さな手を太った指でつかみながら、カーライル夫人が言った。「ひと財産ですわね！」「しかしそういうことを人なかで言うのは、品のないことです」

「ええ」エドワルドは尊大に夫人を見おろした。

夫人は赤くなって、咳払いし、模造真珠のネックレスに手をやった。どうやら、アスター家の個人秘書としての経歴と経験は、テキサス南西部の荒っぽい社会ではかすんでしまうらしい。

「カーライル夫人はこの舞踏会の準備をすべてしてくださったの」気の毒なこの夫人がこれ以上恥をかかないように、バーナデットは急いで言った。「すてきでしょう？」

夫人は安堵のあまり、いまにもバーナデットにすがりつきそうだった。

「飾りつけが実にエレガントだね」エドワルドはつぶやいた。

カーライル夫人の自尊心がよみがえった。彼女はエドワルドにほほえみかけた。「結婚式の準備にお手伝いが必要でしたら……」

彼は片手をあげ、拒絶をやわらげるためにほほえんだ。「ご親切にどうも。しかし手配は遠縁のルペがやってくれるでしょうから」

カーライル夫人は心配そうだった。「おわかりになっているかしら？　こんな土地柄でもこの種のお式には、ある程度は……その……格式というものが必要ですの」

エドワルドはショックを受けた顔をした。夫人がマリアッチのバンドとフラメンコ・

ダンサーをイメージしていることは、言われなくてもわかった。「ああ、カーライルさん」やや傲慢な調子で彼は言った。「ルペはスペインの名門貴族で、最近、国王の姪《めい》の結婚式を取り仕切ったばかりなんですよ」

夫人はしどろもどろだった。ラテン系の人々に対する彼女の考えは見え透いていて恥ずかしくなるほどだったが、これもまた即座に変わったようだ。「国王……スペインの？」

「そうですよ」

「それでは、もちろん、そのかたはその……その種のことをご存じで……よくわかっておいでですわね。失礼させていただいてよろしいかしら？　古い友人に会わなくてはなりませんので。おふたりともどうぞお幸せに！」

夫人は真っ赤になり、これ以上失言はすまいと走るように逃げていった。

エドワルドは上品に眉を上げ、去っていく彼女を見送った。

バーナデットの爪《つめ》が彼の手の甲に食いこんだ。

彼女の手をぎゅっと握りしめ、彼は笑った。「もうぼくのしつけにかかろうっていうのか？」

「あの人は、わたしが言っていたほど悪い人じゃないのよ」バーナデットは笑みとともにささやいた。

エドワルドはバーナデットの変化になかなかついていけずにいた。ふたりははるか昔からつい最近までずっと敵同士だった。ところが彼女はすっかり変わってしまい、エドワルドには自分たちが争っていたことが信じられないほどだった。彼女は堂々としていてエレガントだった。襟ぐりの深いドレスを着たその姿はとても美しかった。口に触れた彼女の胸のやわらかさが思い出される。大きな喜びを覚え、彼はそこへ目をやった。やわらかな肌はまだ直接味わってはいない。早く味わいたくてたまらなかった。

彼がどこを見ているかに気づくと、バーナデットは手袋のはまった小さな手で優美な絹の扇を持ちあげ、その視線をさえぎった。

「この恥知らず！」彼女はささやいた。

エドワルドはにやりとして、優しくからかった。「きみも思い出しているんだろう？」

バーナデットは顔を赤らめ、人に聞かれなかったかとすばやくあたりを見回した。

「また手の甲に爪を立てたら？」彼がそそのかす。

「あなたはとっても扱いづらい夫になるんじゃないかしら」

「まあ、ときにはね。でも夜は大丈夫だ」バーナデットが爆発しかけると、彼は片手で彼女を制した。「わかったわかった。改心するよ」そう言って、あたりを見回す。「ぼくが着いたとき、みんながあんな疑いの目で見ていたのはどうして？」

「今朝の父との話を牧童のひとりが聞いていていて、わたしたちがひと晩いっしょに野宿したことを人にしゃべったの」彼女は皮肉っぽく言った。「それからつぎつぎ話が伝わり、どうやら誰かがお客様全員にそのことを知らせるのが自分の義務だと思ったらしいわ」

「その男の名前を教えてくれ。ぼくから話をするよ」エドワルドは物騒な目であたりを見回した。

「教えないわ」バーナデットは顔をあおぎながら答えた。「あなたに人を撃って歩かせるわけにはいかないもの」

「ひどいな、バーナデット！　傷ついたよ」エドワルドは胸に手を当てた。「ぼくがそんな野蛮なまねをすると思うの？」

「ええ、きっとする」彼女は間髪入れずに答え、扇をぴしりと閉じた。「父が恐れをなすでしょうよ」

「だろうな」エドワルドは彼女の手を取り、ダンスフロアへと導いた。「ぼくたちがワルツを踊りだすのを、みんなお待ちかねだろう」彼は舞踏室の中央で足を止め、笑顔で彼女を見おろした。手袋のはまったその手が、彼女の細いウエストに回された。「大丈夫かな？」彼は優しく訊ねた。「胸は苦しくない？」

バーナデットは首を振った。「ふつうなら苦しくなるはずよね。だって昨夜、寒い夜を過ごしたあとだし、ここは香水の匂いでいっぱいですもの。でもなんともないわ」彼女は彼にほほえみかけた。「それどころか、天井までふわふわ浮かんでいきそうよ」

エドワルドはもう少しだけバーナデットを引き寄せ、楽団がシュトラウスのワルツを演奏しだすと、巧みに彼女をリードして大きくステップを踏みはじめた。

「いっしょに踊るのは初めてね」バーナデットは言った。

「そうだね。これまではそんな機会もなかったから。きみはとってもダンスが上手なんだね」

「教養学校で習ったの。あなたも上手よ」音楽の高まりに合わせて彼とともにターンし、舞踏室をすべるように移動していきながら、その楽しさにバーナデットは小さく笑った。「きっと子供のころ習ったのね？」

エドワルドはうなずいた。「習わなきゃいけなくてね。礼儀作法も、外国語も、フェンシングも」

「ほんとにフェンシングができるの？」バーナデットは魅了されて訊ねた。「わたしにも教えてくれない？」

彼は笑った。「なんのために？」

「ずっと習いたいと思っていたの。見ていて美しいんですもの。学校にいたころ、ニューヨーク・シティの公開試合に行ったことがあるの。とても優雅だったわ」

「お父さんが心臓発作を起こすぞ」

「父に話す必要はないわ。あなたは父と結婚するわけじゃないのよ」

「確かにね」彼女のうっとりした顔を、彼は新たな興味とともに見つめた。「きみはほかにどんな芸事ができるの？」

「刺繍に編み物に鉤針編《かぎばりあ》み」バーナデットの目が踊った。「それに、馬にも乗れるし、ライフルも撃てるし、政治についても語れるわ」

「この近辺では役に立つ技術だな」彼は皮肉っぽくつぶやいた。そして、ふたたび彼女をくるりと回らせて笑った。彼女の目は輝いていた。「その髪型はいいね」思いがけず彼が言った。「もっと始終、下ろしていればいいのに」

「少なくともご婦人がたのひとりは、こんな髪型は派手ではしたないと思っているはずよ。ちょうどズボンを穿くようなものね」

エドワルドの視線が、長いスカートへと落ちる。「そうしたければ、いっしょに乗馬するときズボンを穿いて、牧場のみんなを驚かせてやるといい」

彼女は笑みを浮かべた。「ああ、エドワルド、結婚ってとっても楽しそうね！」

エドワルドも同じように感じはじめていた。これは予期せぬことだった。彼の最初の結婚は退屈で、寒々とした、情のないものだった。コンスエラは彼の心に決して癒えない傷を残した。けれどもバーナデットは、気性が激しく、元気がいい。彼は、ほかの女性には感じたことのない魅力を彼女に感じていた。特にその純粋さは魅力的だ。彼女とともに正しくスタートが切れたことが、彼にはうれしかった。求婚するとき、彼は愛や情熱を装わなかった。お互いへの気持ちは、オープンにしておいたほうがよい。これならどんな困難に遭おうとも、ふたりは正直に対処していけるだろう。

バーナデットは彼の厳粛な表情に気づき、不思議に思った。「考え直すつもりじゃないでしょうね？」

「きみとの結婚を？」彼はほほえんだ。「まさか。ただ、ぼくたちはなんて賢いんだろう、と考えていただけさ。きみもぼくも愛を装ったりしなかった。やはり正直がいちばんだよ」

バーナデットはつぶやくように同意したが、彼の目を見ることはできなかった。自分が彼に夢中だということ、記憶にあるかぎりずっとそうだったということを打ち明けてもしかたない。きっといつかは知られてしまう。でもそのころになれば、彼も気にはしないだろう。もしかすると――少しくらいは――彼女を愛するようになっているかもしれない。

バーナデットは彼の複雑なステップにも難なくついていった。それでもほかのカップルがダンスフロアに出てきたときは、ほっとした。彼女はすぐに息切れを起こす。ほかの人々に必死で呼吸しようとしている姿を見られるのはいやだった。

バーナデットがかすかに息をはずませだすと、エドワルドはすぐさまそれに気づいた。また、彼女が不平を言わないことにも。バーナデットは彼にほほえみかけ、踊りつづけようとした。だが彼は途中で踊るのをやめ、彼女の手を取ってそっと自分の腕にからませた。

「もう充分だよ」彼は愛情をこめて言った。「端にすわって、ほかの人たちを見ていよう。冷たいパンチでもどう?」

「ええ、ぜひ!」

「きみは強情な子だね、バーナデット」踊る人々の間を通り抜けていきながら、彼はしみじみと言った。「いいことなのかどうか、わからないが。ときどき、がんばりすぎることがあるからね」

彼の声は優しく気遣わしげだった。バーナデットの心は浮き立った。この人はわたしのことが好きなのだ。ほんの少しだけれど。彼女の顔が明るくなり、燦然《さんぜん》と輝きだした。それを見たエドワルドは、目をそむけることができなかった。その瞳、淡い緑の瞳は、いまにも彼をとりこにしそうだった。

バーナデットはまたしても息をはずませだしていた。でも今度は激しい運動のせいではない。彼の目が、顔から白い肩へ、さらに美しい胸の谷間へと下りていく。

ふたりはどちらも、砂漠でのあのすばらしいひとときが忘れられないようだ。彼が禁じられた形で彼女に触れたあのとき。彼がいまふたたびそれを求めていることは、顔を見ればわかった。

バーナデットの手が彼の袖《そで》をぎゅっとつかみ、彼女自身の気持ちを伝える。

エドワルドは中庭へのドアを見やり、ふたたび彼女に視線をもどした。その顔は険しく、黒い瞳はきらめいていた。彼は彼女の手を取った。

「外の空気を吸いに行こうか？」淡々とそう訊ね、これほど気持ちが乱れていながら自分の声がまったくふつうに聞こえることに彼は驚いた。

「ええ、そうしましょう」すぐさま彼女は同意した。

エドワルドは彼女を連れ、踊る人々の間をふたたび通り抜けていった。礼儀正しくほほえみながらも、その目には誰の顔も映っていなかった。

中庭は空っぽではなかった。ふた組のカップルがぴったりと身を寄せ合って踊っていたのだ。エドワルドは彼らを大きく迂回《うかい》して、バーナデットの誇りであり喜びである薔薇園へと彼女を導いていった。そのすぐ先には、高い垣根と二本の大きな緑陰樹があり、石のベンチが木の下に置かれていた。

彼はバーナデットをそこにすわらせた。やわらかな月の光に照らされ、彼女の顔は美しく見えた。頬は少し紅潮しており、息は苦しげだが、彼女はほほえんでいた。

「薔薇の香りがきつすぎない？」

バーナデットは首を振った。「大丈夫よ。踊っていて、少し疲れただけなの」

エドワルドはあたりを見回した。「すてきな場所だね。グラナダの祖母の家にも薔薇のあずまやがあるんだよ。いちばん温かな時期は花であふれそうになるんだ。オレンジとレモンの木もあるしね」

「そこへ若いご婦人を連れていったことは？」バーナデットはからかった。

「一度だけ、遠縁のルペをね」彼は気だるげに答えた。「彼女の付き添い婦人もいっしょだったよ」笑いとともにそう付け加える。「スペインでは、きちんとした若いレディーが付き添いなしで紳士とどこかへ行くということは絶対にないんだ」

「前にもそう言っていたわね」

「でも、ぼくたちは結婚するんだからね」彼は優しく言った。「それに、ここでそんなとんでもないことが起こるとは思えないし」そう付け加えながら、ゆっくりと白い手袋を脱ぐ。「でも世の中、何があるかわからない。そうだろう？」

細長い彼の指が、まず唇のデリケートな輪郭を、さらにやわらかな顎の曲線をなぞり、ドクドク脈打つ動脈にそって喉を下りていく。鎖骨まで来て、指は止まった。彼の顔が近づいてくる。バーナデットは彼の吐息を唇に感じた。

「きみに触れると、巨人のような気分になるよ」

「なぜ？」

「きみはぼくに触れられてとろける。きみの唇はぼくの唇に向かい、体はぼくのほうへ寄ってくる。きみは震え、ぼくにはきみの呼吸の高まりが聞こえる」彼の指がゆっくりと下に向かう。そして彼は、自分の愛撫に彼女がびくりとするのを感じた。「そういうことはふりでできるものじゃない。きみはぼくを切望している。きみがそれを隠せないことが、ぼくにはうれしいんだ」

バーナデットは不安げに笑った。「うぬぼれ屋なのね」

「そうじゃない。ぼくは……鋭いんだ」彼の指がふたたび動き、その口が、彼女のやわらかな唇から漏れた小さな叫びをとらえた。

彼は欲望を抑えながら、彼女にキスした。指が胴着のなかへと侵入し、固くとがった乳首をはさみこむ。バーナデットは彼の胸に身を寄せてうめき、彼の手にやわらかな肌を優しくさすられながら、そこにしがみついていた。

彼女が切なげに身をのけぞらすと、彼は手を引っこめ、唇を離した。彼もまたあえいでいた。これ以上こんなことはつづけられない——肉体がそう告げている。

エドワルドは彼女の頬をそっとなでながら、その霞んだ瞳を見つめた。そこには涙が光っていた。

「きっといい結婚生活になるよ」彼はかすれた声で言った。

「ええ」

彼女に背を向け、唐突に立ちあがると、彼はふたたび白手袋をはめた。心臓は激しく胸を打ちつづけている。彼は自分のふくらみを感じた。たぶん、ほかの人の目にもわかるだろう。もっと落ち着くまでは、舞踏室にもどるわけにいかない。この体はこんなにも簡単にバーナデットに反応するのだ。そう思うとおかしくなり、彼は薔薇園の静けさのなかでそっと笑った。

「何を笑っているの？」バーナデットが訊ね、立ちあがって彼の横に並んだ。

エドワルドは彼女を見おろした。「結婚するまでは教えられないね」

「あら、そう」つぶやきながら、彼女は下に目をやり、それから、ほんのり頰を染めて、あわてて視線をそらした。「わたしにも目はついてるのよ」

エドワルドは笑いを爆発させた。「こいつめ！」

バーナデットはいたずらっぽく彼に笑いかけた。「あなた、わたしを感じやすいとか言ったわね」

「それに恥知らずだしな」彼はからかい、彼女の手を握った。「おいで。飢えたこの体がすさまじい食欲をきちんと封じこめるまで、薔薇園をぶらぶらしよう」そして優しく付け加える。「きみにならば見られてもかまわないが、自分の状態を世界じゅうに宣伝したくはないからね」

ふたりの感じている仲間意識を、バーナデットは不思議に思った。これほどさまざまな感情を経験させる男性がいようとは、彼女は夢にも思わなかった。彼は敵であり、友であり、共謀者だった。そしてまもなく愛人になろうとしている。

愛人。

その言葉は、禁断のイメージを残しつつ頭のなかを躍り回った。エドワルドの腕に抱かれて横たわり、なされるがままに身を委ねるのは、きっと心地よいだろう。彼は幾通りものやりかたで彼女を歓ばせることができる。でも彼女が恐れているのは、その交わりの結果のほうだ。それは妊娠という亡霊だった。死ぬ前に姉が味わった、長く悲惨な数時間の苦しみを彼女は覚えている。それに、母は彼女が生まれたとき死んだのだ。父の非情な言葉はその事実を忘れさせてくれない。子供を産むことを思っただけで、彼女は怖くなった。

けれどもエドワルドに目を向けると、子供を産まないことのほうがもっと悲しく思えた。彼には、失った息子の代わりとなる息子が必要だろう。男の子でも女の子でも、彼は我が子を可愛がるタイプの男性だ。本人になんの落ち度もないことで娘を責め、疎《うと》んじる彼女の父とはちがう。彼は公明正大な人だ。きっとよい父親になるだろう。でも、子供のことを考えるには、まずこの恐怖を乗り越えなくてはならない。それはたやすいことではないだろう。

第七章

その夜の残りはとても楽しかった。バーナデットは、宙に浮いているような気分で会場を歩き回った。エドワルドはかたときも彼女のそばを離れなかった。東部から来た若く美しい大富豪のレディーにちょっかいを出されたときさえも。

バーナデットの父は、いかにもうれしそうだった。金と力のある大勢の人々が自分のもてなしを受けているからだ。彼はお客たちと歓談して回った。彼らの一員になろうと懸命で、その腰の低さは滑稽《こっけい》なほどだった。バーナデットには、お客たちがただ彼のご機嫌をとっているようにしか見えなかった。父には何ひとつ、彼らと共通するところがない。その点を父は理解していないようだった。お金はあるかもしれない。しかし正直で勤勉ではあっても、父の経歴は卑しいものだ。ここにいる人々は、上流階級に属している。みんな、高貴な家や富裕な家の出で、貧困や困苦を知らない。話題と言えば、ゴルフのこと、イングランドやスコットランドの地所のこと、彼らがよく訪問する外国の高官や友人のことなのだ。

コルストン・バロンは鉄道を所有しているかもしれないが、彼に語れるのは、その建設のことだけだ。そのことなら彼もよく知っている。なぜなら、貧しいアイルランド人労働者として、ユニオン・パシフィックの東の区間で、南北戦争の退役軍人らとともに時給三ドルで働くことから始めたからだ。鉄道のひとつが破産管財人の管理下に入ったとき、二十代後半だった彼は、ふたりの外国人を説得してその鉄道に投資させ、かき集められるだけの金をすべて倒産した鉄道会社に注ぎこんだ。言葉たくみに危機を回避し、どんなに怠け者の労働者でも働く気にさせてしまうその天分により、出資者たちにひと財産築いてやった後、彼は鉄道を買い占めた。そして、五十代半ばの現在は、お客たちの多くと同じくらい金持ちになっている。

もちろんお客たちのなかに、額に汗して財産を築いた者はひとりもいない。そして、彼が出世物語を語れば、人々はみな居心地が悪くなる。その話は、彼らもまたコルストンのような男たち——その決意と鋼のような力によって帝国を築いた男たちの末裔《まつえい》なのだということを思い出させる。ロックフェラーやカーネギーと同じように、コルストンもまた、彼らにはない強い決意を持つ帝国建設者なのだ。そのうえコルストンは、彼らの弱さや欠点を映す鏡でもある。言葉遣いは粗野かもしれないが、彼は唯一無二の存在だ。一方、お客たちのほうは、鉄と石炭と鋼から財産を築いた男たちのコピーにすぎない。そのため彼らは自分たちだけでかたまっている。コルストンが輪に加わると礼儀正しくほほえんで、共通の話題をさがそうとするのだが、そんなものはほとんどないのだ。コルストンもそのことに気づいたらしく、急に殻にこもってしまった。お客の前を通り過ぎるとき慇懃《いんぎん》に挨拶《あいさつ》だけはするものの、その態度はひどくよそよそしく近づきがたかった。

「父は楽しんでいないようよ」エドワルドと最後の一曲を踊りながら、バーナデットは言った。

それは、息をのむほど優雅なワルツだった。

「そうだね。金ですべて解決できると思っていたのに、ちがったわけだよ」エドワルドは奇妙な表情をしていた。バーナデットを見たその目つきは、なんとも複雑で理解しがたかった。

彼女は知るよしもなかったが、エドワルドは刻一刻と罪悪感をつのらせているのだった。いま彼が何より必要としているのは、妻ではなく金なのだ。確かに優しさを与えることはできるだろう。それに、激しい情熱を示すことも。でもその底には何もない。彼女は金銭的には豊かで身分も高いけれども、真の幸せのない不毛の生活を送ることになる。彼女を愛することができたら、と思う。自分の気持ちを正直に話したとはいえ、これではまるで、金めあてで彼女をだましているような気がする。

彼女はエドワルドの表情に気づき、笑顔で彼を見あげた。「またうしろめたくなってきたのね」彼女は不気味な洞察力を見せた。「心配するのはやめてくれない？　あなたはどう思っているか知らないけれど、わたしは自分のしていることくらいわかっているのよ。ないものねだりをする気はないわ。わたしは独立し、住む家と、ほかの女性が嫉《しっ》妬《と》で真っ青になるほどハンサムな夫を手に入れるの」彼女は小声で笑った。「これ以上何が望めると言うの？」

「いろいろだよ。本当のことを言えばね」彼は静かに答えた。「どうしても気になるんだ。このぼくたちの取引のことが」

「気にしてはだめ。わたしはあなたが申し出たものを喜んで受け取るつもりなの。あなたは牧場をつぶすわけにはいかない。そして、うちの父の力がなくては、あそこを維持することはできない」バーナデットは彼のシャツの胸を見つめ、もし彼がそう望むなら、身を退くチャンスを与えようと決心した。「わたしと結婚しなくても、父はお金を貸してくれるかもしれないわ」

エドワルドは息を止めた。彼女を見おろしたその顔には、本物の怒りが表われていた。「そんな申し出を受ける気はないね」彼はそっけなく言った。「まずきみと結婚するという約束なんだ。いまさら逃げる気はないよ。それに」ときっぱり付け加える。「きみも逃げちゃいけない。もう遅すぎるよ。一族の婚約指輪とブレスレットをつけているわけだからね。ぼくは一度約束したら、それを守る人間なんだよ、バーナデット」

「ええ、知っているわ。でも今回は、やむをえずこうなったわけでしょう」

「そんなことはない。祖母をたよることだってできた。いまからそうすることもできるしね」

「そうして自尊心を犠牲にするわけね」バーナデットはいらだたしげに言った。「施しを求めるなんて。それくらいなら、いっそ飢えてほしいわ」

自分を思うバーナデットの気持ちの激しさに、エドワルドは喜びを覚えた。その腕がほんのわずかに彼女を引き寄せる。「本当に？　そしてきみもいっしょに飢えてくれるの、花嫁さん？」

「もちろんよ」彼女は思ったままをさらりと言った。「夫婦ってそういうものでしょう？」

一瞬、彼の顔が引き締まり、真剣になった。「コンスエラなら、そんな貧しさに直面すればすぐ親をたよったろうな」

バーナデットは彼の腕をつねった。「わたしはコンスエラじゃないし、彼女みたいにはなりそうもないわ。比べるのはやめてもらえないかしら。あまりいい気分じゃないの」

「きみが彼女みたいになったら、こっちはもっと気分がよくないだろうよ」

バーナデットは、コンスエラとの交わりについて彼の語ったことを思い出し、どぎまぎして赤くなった。

エドワルドはその表情に気づき、まごついた顔をした。「きみにこんなことを言うべきじゃなかったな。紳士的とは言えないからね。だが本当のことを知っていてほしかったんだ。結婚前も結婚後もふたりの間に愛はなかった。そして、ぼくは彼女を殺してはいない」

「あなたを疑ったことなんてないわ。一度言ってくれれば充分よ」

「なぜきみはいつも味方してくれるんだ?」エドワルドの表情は硬く、静かだった。

「ぼくのことはよく知らないだろう、バーナデット。この胸の奥には、めったに光のもとに現われない闇の部分があるんだ。もしかするとぼくと暮らすのはたいへんかもしれないよ」

「父と暮らすのだってたいへんだったわ」彼女は言った。「恩知らずに聞こえるかもしれないけれど、これまでの生活に比べたら、あなたのお相手なんて楽なものよ」彼女は口もとにハンカチを当てて咳をした。さらに踊っていると、よけい息が苦しくなり、発作が起こるのではないかと怖くなった。

「もうやめよう」エドワルドは優しく言って、ダンスフロアから彼女を連れ出した。

「今夜は、これだけ香水の匂いがきついなかでよくがんばったね」彼は顔をしかめた。

「じきによくなりそうかな?」

「ええ、大丈夫」彼女はまた咳きこんだ。「マリアにコーヒーを運んでもらって、お客様が帰り支度をする間、静かにすわっているわ。うちにお泊まりにならないかたたちもいるのよ」

「ぼくがマリアにたのんでこよう。きみはここにすわっておいで」エドワルドは彼女をそっと椅子にすわらせると、キッチンのほうへ向かった。

お客たちはすばやく引き揚げていった。みんな、家に持ち帰る最新ニュースに色めきたっていた。バーナデットがスペインの貴族と結婚する。そんな壮麗な式典がうちの近くで執り行なわれるとは、なんてすてきなのだろう！

平静にお祝いの受け答えをしながら、バーナデットは父がひどく不機嫌なのに気づいていた。

お客が全員帰ってしまうと、コルストンは居間にいたバーナデットとエドワルドに合流した。

「楽しかった、お父様？」

父は顔をしかめた。「なんて気取った孔雀《くじゃく》どもだろうな」彼はそうつぶやくと、きまり悪げにふたりに目をくれた。「生まれてこのかた、あんなに居心地の悪かったことはないね。ゴルフだ、競走馬だ、テニスだ、高級ホテルだ、とくだらんことばっかりしゃべりおって！　それに、男どもまであんな上等の服を着て、世辞を言いまくっとる。手だって金持ちの女みたいに真っ白じゃないか！」

「あの人たちは自力で財産を築いたわけじゃなく、ただ相続しただけですもの」バーナデットは言った。

「そのようだな」父は彼女に向き直った。「まあ、これもまったくの無駄じゃなかったわけだ」そう付け加え、笑顔でエドワルドに目を向ける。「骨折り賃として、立派な婿が手に入ったよ。おかげでわたしが死んだら、この家も継いでもらえる」

「アルバートは？」バーナデットは驚いて言った。

「あいつがここにもどると思うかい？」父は鼻であしらった。「義理の親父から船をもらって、漁師になったわけだからな。それがいちばんやりたいことだと言っているんだぞ。きっとこの家を売っ払って、悲しみもせんだろうよ。だがエドワルドはそんなことはしない」彼はバーナデットと並んで立つ若い男に目を向けた。「彼は土地を愛している。わたしがしてきたように、土地に価値を生み出させるだろう」

「うまくはやれないかもしれません」エドワルドが言った。「しかし努力はしますよ」

バーナデットの疲れた顔を、彼は見おろした。「この子はもう寝かさないと。ぼくもそろそろお暇《いとま》しなくてはなりません。いいパーティーでしたよ」

「本当よ、お父様。それに舞踏会を婚約祝いの会にしてくださるなんて、優しいのね」

バーナデットも言った。

コルストンは肩をすくめた。「なんだか馬鹿みたいな気分だよ。ここまで自尊心を抑えつけたのは、生まれて初めてだ。ベッドに行って、熱いトディーを飲むとしよう。マリアはまだキッチンかね?」

「ええ」エドワルドは、バーナデットが飲んでいるブラックコーヒーのカップを指し示した。それはマリアが作ったものなのだ。

コルストンはそわそわした。「近くに花があるときは、この子に注意してやらんと」

思いがけない気遣いを見せ、彼は言った。「花が大好きで、そばに長居しすぎるからな。土いじりばかりしおって。この先何日かは、ベッドで過ごすことになるだろうよ」

「ぼくがちゃんと注意しますよ」

「自分で注意するわ」バーナデットはフィアンセに言った。「肺と格闘して一生過ごすなんていやだもの。厄介はかけないわよ」

コルストンはうしろめたげな顔をしていた。礼儀正しく「おやすみ」とつぶやくと、彼はふたりを残して出ていった。

エドワルドは気遣わしげにバーナデットを見おろした。「今夜は念のため、きみに気をつけるようマリアにたのんでおくよ。明日また会いにくるからね」

バーナデットはほほえんだ。「ええ」

彼はすばやく身をかがめて、彼女の額にそっとキスした。「よくお休み、バーナデット」

「あなたもね」

エドワルドは彼女の肩に手をかけ、軽くつかんだ。それから立ちあがって、コルストンのあとを追い、キッチンへと向かった。帰る前に、婚約者の面倒をちゃんと見るようマリアにたのんでいくつもりだった。彼には、コルストンが娘の幸せを第一に考えているとはどうも思えないのだった。


舞踏会でのエドワルドの態度は、バーナデットの心を軽くし、ふたりの未来に対する希望を抱かせた。けれどもそのたった二日後に、彼女の世界は打ち砕かれた。エドワルドが二輪馬車で迎えにきて、彼女を屋敷に連れていき、予想よりずっと早く――その前夜に――到着した客人に会わせたためだ。

「祖母が来ていまして」彼は父とバーナデットに言った。その態度はひどく堅苦しく、エスコンディド牧場の雰囲気がすでに大きく変わってしまったことを物語っていた。「未来の花嫁に会いたがっているのです。だからバーナデットを連れてくると約束したのですよ」

「ああ、もちろんこの子もお祖母様に会いたかろう」コルストンは言った。「ボンネットを取っておいで、バーナデット。エドワルドといっしょに行くんだ」

うながされるまでもなかった。彼女はエドワルドから始終話を聞かされていたその人に会いたくてたまらなかったのだ。確かに少し怖い気もした。特にエドワルドの様子が早くもちがっているわけだから。

エドワルドの牧場は、いつも通る未舗装の道から遠く離れ、深い峡谷の奥にある。花かごのかかった煉瓦《れんが》造りの大きな建物のまわりにはメスキートや柳の木々が立ち並び、日陰を作っていた。それは、ドアや鎧戸やポーチに輸入木材が使われた優美で壮大な館だった。バーナデットは昔からその家が大好きで、父にもそういう家を建ててほしいと思っていた。ところが父のお気に入りは、ヴィクトリア朝様式の恐ろしい代物なのだ。

エドワルドは段々の前で彼女を助けおろすと、二輪馬車を使用人の手に引き渡した。バーナデットをエスコートしてポーチまで上がったところで、彼はためらった。

「彼女は頭からつま先までスペイン人なんだ」不安げな口調で言う。「最初はたいへんかもしれない。辛抱してくれよ」

「もちろんよ」

バーナデットは彼とともに家に入り、優美なマホガニーの階段のある大広間を通って、その先の大きな部屋へと足を踏み入れた。そこには紫檀《したん》の家具が置かれ、絹のカーテンがかかっていた。しみひとつない木の床には、見るからに高級そうな輸入物のペルシャ絨毯《じゅうたん》が敷かれている。そして、ローズピンクのカウチには、黒絹のドレスを着た小柄な白髪の婦人がすわっており、火かき棒で刺してきそうな顔をしてじっとバーナデットを見つめていた。

「こちらはぼくの祖母、ドロレス・マリア・コルテス伯爵夫人。お祖母さん《アブエラ》、こちらは婚約者のバーナデット・バロンです」

バーナデットは手を差し伸べようとしたが、そのしゃちこばった小さな婦人は微動だにしなかった。彼女は軽くうなずいた。だが何も言わない。ただその目が代わりにものを言っていた。

エドワルドの手が、脇に垂れたバーナデットの手に軽く触れた。「祖母はスペインから着いたばかりで、とても疲れているんだ」彼はしっかりした口調で言った。「それに」と意地悪く付け加える。「英語があまり得意じゃないんだよ」

老婦人は、気の小さな男なら倒れてしまいそうなほど怖い目でぐっと彼をにらみつけると、しゃんと背筋を伸ばした。「わたくしの英語は完璧ですよ」ほんのわずかな訛とともに彼女は言った。「この言語は好きではないが、使うことはできます！」

「そのようですね」エドワルドにじっと見据えられ、やがて彼女はそわそわしだした。

「ではわたくしの孫と結婚なさるのね、セニョリータ・バロン」伯爵夫人は硬い口調で言った。「スペイン人ではないのね」

「アイルランド系ですの」バーナデットは言った。

「わたくしの息子は伝統を破って、アメリカ娘と結婚したのですよ」伯爵夫人は不快感も露わに言った。「相手は、道徳観も家やしきたりという観念もない浮ついた女でした。その結果がどうなったか、見てごらん！」夫人は手を振って、大きいけれども明らかに古くなっている家具やカーテンを示した。「あの女は浪費家でした。息子のお金を使い果たし、あの子を絶望の淵《ふち》へと追いやり……あの子の心を引き裂いたのですよ」

バーナデットは突然、抗議したくなり、両手を固く握り合わせて、つんと顎を上げた。「わたしは不道徳でも情け知らずでもありません。いい妻になるつもりですわ」

白い眉の一方が上がった。「本当に？」夫人は皮肉っぽく訊ねた。

エドワルドが何か言いかけたそのときだ。ドアが開いて、黄色い絹のドレスをまとった若く美しい婦人がすうっと部屋に入ってきた。みごとな黒髪と黒い瞳、顔は天使のようだった。

「エドワルド！　また会えるなんてうれしいこと！」

婦人は重苦しい香水の香りに包まれ、ほほえみながら――その場にいるほかのふたりの女性のことはまったく無視して――進み出てきた。彼女がつま先立って、エドワルドの口いっぱいにキスしたので、バーナデットは衝撃を受けた。

「ルペ！」伯爵夫人が激怒して叫んだ。

「まあ、そうお怒りにならないで、ドロレスおば様《ティア・ドロレス》！」ルペが軽くたしなめる。彼女はエドワルドの腕をぎゅっと胸に押しつけた。「彼とは二年ぶりなんですもの」

「ルペ・デ・リアス、こちらはぼくの婚約者、バーナデット・バロンだよ」エドワルドは女性にバーナデットを紹介した。その態度はこれまで以上にぎこちなく、堅苦しかった。

「お目にかかれてうれしいわ、セニョリータ」ルペは言ったが、目は笑っていなかった。彼女は進み出て、だらりと手を差し出した。すると香水のきつい香りがバーナデットの息を詰まらせ、激しい咳の発作を引き起こした。

エドワルドは大声で使用人を呼び、すぐコーヒーを持ってくるよう命じた。彼はほかのふたりから離れたところへバーナデットを連れていき、深い椅子にすわらせると、そのかたわらにひざまずいて、自分の手で彼女の手をしっかり包みこんだ。

「静かに息をして、バーナデット」落ち着いた声で彼は言った。「静かに。すぐよくなるからね」

「いったいどうしたの?」伯爵夫人が高飛車に問いただす。

「彼女はぜんそくなんです」エドワルドは歯を食いしばって言った。まだこの病気のことは祖母に話していなかったのだ。

「ぜんそくですって!」夫人は立ちあがって、エドワルドのかたわらにやって来た。

「病人ということ? おまえは何を考えているの? それでは、子供が産めないではないの！」

エドワルドはむっとした顔になった。「長旅でお疲れでしょう。ルペに二階へ連れていってもらってはいかがです？　お休みにならないと」

伯爵夫人は彼をにらみつけた。「疲れてなどおりません。見てごらん、その娘を！息もできないではないの！　こんな女主人にエスコンディド牧場のために何ができると言うの？」

「お部屋に引き取っていただけませんか？」エドワルドは言った。今回、その礼儀正しい口調には明らかに脅しがこめられていた。

少しも動じず、夫人は両手を組み合わせ、彼を上から見おろした。「いいでしょう。一時間ほど休みます。でもそのあと、おまえとふたりで話し合わなくてはなりません」

「わたしは残ってもいいかしら、エドワルド？」ルペが訊ねる。「何かお手伝いできるかもしれないわ」

「発作の原因はきみの香水なんだよ、ルペ」エドワルドは優しく言った。「わざとじゃないのはわかっているが、きみがすぐ出ていってくれないと、事態はますます悪くなるんだ」

ルペは少しも気を悪くしなかった。彼女はほほえんだ。「わかったわ。バーナデットが悪化したらたいへんですものね。かわいそうな人」同情たっぷりに付け加える。「それに残念だこと。こんなに体が弱いなんてねえ。でも、あなたはこの人の面倒を見てあげるんでしょう？　使用人たちだって手伝ってくれるわよね。そうそう、優秀な看護婦を雇ったらどうかしら。あなたがお仕事で忙しいとき、この人を看てもらうのに？」

「ああ、そうだね、ルペ。それもいいかもしれない。さあ、そろそろ引き取ってもらえるかな？」

ルペは勝ち誇った顔をしていた。「わたし、いい看護婦をさがすお手伝いをするわ。力にならせてもらえればうれしいの！　でも、結婚式のプランのほうはどうしましょう？　このまま進めてもいいのかしら？　もう何ヵ月か待ったほうが、賢明かも――」

「さあ！」

ルペはびくりとした。「そのほうがよければ、もちろん。じゃあ行くわね」

彼女はドアを閉めて、出ていった。

バーナデットは、ふたりのやりとりを聞いてはいたが、話に加わりはしなかった。呼吸しつづけるだけで精一杯だったのだ。では、あれがエドワルドの祖母とその姪なのか。サソリとマムシというわけだ。息が苦しくて笑えないのが残念だった。彼がコンスエラのような花嫁を背負わされたのも無理はない。エドワルドは、祖母がいとこのルイスに財産を継がせたがっていると言っていた。たぶん伯爵夫人は、わざとエドワルドの生活に面倒をもたらしたのだろう。そうすれば、ルイスを選ぶのが当然となり、よけいな噂も立たないと思ったのにちがいない。

あの老婦人は、なぜはるばるやって来たのだろうか？　それになぜ、式の準備役として、ルペが選ばれたのだろう？　まあ、エドワルドの祖母もルペもいまに驚くことになる。バーナデットにはあのふたりに支配される気はないし、彼女らにエドワルドの人生を破壊させる気もないのだから。彼女は濡れた目で彼を見つめた。この人は早くもひどく疲れ、やつれて見えるわ。

彼の頬に彼女はそっと手を当てた。するとそのしぐさに衝撃を受けたかのように、彼はびくりとした。

「かわいそうな人」かすれた声で彼女は言った。

エドワルドは眉を寄せ、彼女の手をさらに強く握りしめた。「どうしてそんなことを言うんだい？」

「気にしないで」彼女は無理に笑顔を作った。「ルぺったら香水のお風呂《ふろ》に浸かるのかしら。どう思う？」

エドワルドはここ何分かで初めてほほえんだ。「きっとそうだよ。不思議だな。以前はあんなにつけていなかったと思うんだが。でも彼女も言っていたとおり、二年ぶりだからね」

「あの人、美人ね」

使用人がコーヒーを持ってくると、彼女

「確かに」

を飲み、やがてほぼふつうに呼吸できるように

バーナデットはそ

は肺の苦しさが

なった。

はないだろうね?」エドワルドが訊ねた。

「夕べナデットは彼の顔をしげしげと見つめた。「そうね」優しくそう答えたのは、その威力を知ったいま、ルペが夕食にさらにたっぷりきつい香水をつけてくることはわかりきっているからだ。敵を知れば、戦いは半分終わったようなもの。あの連中とやりあうなら、まず何か鎧をさがさなくてはならない。

「別にかまわないよ。ふたりとも疲れているだろうし」エドワルドは言った。「おいで。家まで送ろう」

バロン牧場へ向けてふたりは出発した。ところがしばらく行くと、エドワルドは木立の陰になった小川の縁へ馬車を寄せた。手綱をブレーキに巻きつけたまま、彼はしばらく無言ですわっていた。

「本当にもう大丈夫かい?」

バーナデットはほほえんだ。「大丈夫よ」彼女は大きく息を吸ってみせた。「ほらね?」そして彼の目をさぐり、きっぱりと付け加える。「看護婦はいらないわ」

「気がついたんだが、ぼくとふたりきりのときは、きみは具合がよくなるようだね」エドワルドは彼女をじっと見つめた。「お父さんは、きみの心をかき乱す。祖母とルペもだ。だが、あの三人はぼくたちといっしょに暮らすわけじゃない」

バーナデットは考えた——胸の内の疑いを彼に打ち明けるべきだろうか？　どうもあの女性たちは結婚の妨害を企んでいるように見える。いいえ、やはり黙っていよう。時間はこの先いくらでもある。それに、エドワルドはわたしを気に入っているのだから。いくら身内が大事でも、彼女らに影響されることはないだろう。かつて彼が祖母の願いを受け入れ、コンスエラと結婚したという事実を、彼女は考えまいとした。

「ルペには明日から準備にかかってもらうよ。きみとお父さんが招きたいお客のリストが必要になるだろう。式はサン・アントニオで挙げる」彼はきっぱりと言った。「サン・フェルナンド大聖堂でね。ぼくたちが招待するだけの人数を収容できる場所はこのたりにはないからね。これは壮大な式典、一大イベントになるだろう。きみも自分をるだろき立てるドレスを着ないといけないよ。ルペがマドリッドから取り寄せてくれ白いから、目が喜ばしげに、ほっそりした彼女の体を眺めまわす。「きみは色が

「やっぱり取包まれたらとてもきれいだろうね」

ねた。？　まだ時間はあるけれど？」不安を覚え、彼女は訊

エドワルドは、ふたりの野宿に関するゴシップを思い、庇護《ひご》するように彼女を抱き寄せると、ため息をついた。「いいや、取りやめになんかしたくないさ」彼は身をかがめて、そっと彼女にキスした。それから、ほんの少しだけ身を起こし、彼女の両腕をとらえて自分の肩に巻きつけると、ふたたび頭を下げた。今度のキスは、もっと深く、もっと執拗だった。彼女の下唇を軽くかじったかと思うと、彼はもうなかに入っていた。彼女の唇をその愛撫で開かせ、ゆっくりとためらいなく舌を入れてくる。

彼女はうめき、彼を抱き寄せた。唇の上で、彼の唇がほほえみを形作るのがわかる。彼の鼓動が速くなるのも。彼女自身の鼓動も速くなっている。息は荒くなっていたが、それは肺のせいではなかった。

彼の両手が胸郭をなであげ、ゆったりと乳房を愛撫しはじめる。

愛撫されながら、彼女はぼうっと霞のかかった目で彼の目を見あげた。

「もう抗議しないの、バーナデット？」彼が小声でからかう。

彼女は気だるげにほほえんだ。「これ、好きよ」とささやく。「結婚するまでは、好きじゃないふりをすべきかしら？」

「そんなのは時間の無駄だね」エドワルドもまたほほえんでいた。彼は両手のなかのやわらかなものを悲しげに見おろした。「これを味わうためなら、なんだってくれてやるのにな。でも、このところの自分の運勢を思うと、きみの肌に口をつけたとたん、馬車一杯分のゴシップが襲いかかってきそうだ」

バーナデットは笑った。「あなたってほんとにいけない人ね」

「そのとおり」彼はもう一度彼女にキスし、その唇を味わうと、いかにも残念そうに体を離した。「早くきみを送り届けないと。もっといけない考えが浮かぶ前にね」

「お祖母様とルぺはどれくらい滞在なさるの？」いまのうちに知っておいたほうがよいと思い、バーナデットは訊ねた。

「夏いっぱいだよ」エドワルドは答え、これで彼女のもっとも恐れていたことが確定的となった。彼は微笑を浮かべ、彼女に目を向けた。「ぼくたちが結婚したら邪魔はしないだろう。あのふたりからずっと離れた、館の翼のひとつを丸ごと夫婦で使うわけだし」

「そう、それなら問題ないわ」

エドワルドは手綱を取って、狭い未舗装の道へと馬を進ませた。「祖母とあんなことになってしまって、きょうは本当にすまなかったね」彼は言った。「何しろ年寄りだし、結婚に関してはひどく頑固なんだ。でもそのうちにきみも慣れるだろう」

「そう思うわ」バーナデットは嘘をついた。

エドワルドは彼女をちらりと見て、ほほえんだ。「祖母もそう悪い人じゃないんだよ、バーナデット。祖父のことではずいぶん苦労もしている。結婚中ずっと、祖父には情婦がいてね。父が生まれたとき、祖父はその女性と旅に出ていたんだよ」

「お父様にごきょうだいはいないの？」

エドワルドはうなずいた。「父の死は祖母にとって大きな痛手だったんだ。ことにあんな形で起こったから――母の非常識な行動、父の衰え、そして急逝、だものな」

「ええ」バーナデットは悲しげに言った。「お祖母様はさぞおつらかったでしょう……それに、あなたも」

「そうなんだ。母は涙を流しも嘆き悲しみもしなかった。ぼくにもほかの誰にもなぐさめなんか与えなかったよ。そのときの愛人のことで頭がいっぱいだったからね」彼の顔が険しくなった。「当時ぼくは八歳だった」

バーナデットは顔をしかめた。「わたしなら、そんなとき……いいえ、ほかのどんなときでも、自分の子供をひとりぼっちにはしておけないわ」彼女はぼんやりと、声に出して考えながら言った。

「だろうね。だが母は平気でそうしたんだ。ニューヨークへ行ってしまったんだよ」エドワルドは冷たい目で前を見つめていた。「それ以来、ぼくは母に会っていないし、便りももらっていない。母はぼくの前でドアを閉ざし、それっきり振り返らなかったんだ。祖母はアメリカ女性すべてを母といっしょにしている。だから、ぼくがきみと結婚するのが気に入らないんだよ」

「よくわかったわ」バーナデットは言った。それは本当だった。「あなたのご家族と仲よくするよう努力するわね、エドワルド」

「彼らにも欠点はあるだろう。でも祖母はぼくには大切な人だ。きみにとって、お父さんやお兄さんがとても大切であるように」彼は眉を寄せた。「お兄さんには、結婚のことを知らせるんだろう？」

「もちろんよ。手紙を書くわ。アルバートとわたしは年がかなり離れているから、仲よしだったことはないの。でも、きっと兄もあなたのことは覚えているでしょう。それに、わたしのためにも喜んでくれると思うわ。わたしのほうもそうですもの。兄と父はずっとうまくいっていないの。特に姉が意志に反して結婚させられてからは」

エドワルドは顔をしかめた。「正直に言ってくれよ。きみはお父さんに無理強いされて望んでもいないことをするわけじゃないだろうね？　この結婚には、お父さんと同様、きみ自身も同意しているんだね？」

「当然でしょう」彼女はきっぱり答えた。「父だって本当は悪い人じゃないのよ。たぶんいつか、運命はどうにもならないものだってことをわかってくれるかもしれない。すべては神が決定しているってことをね」

「きみはその若さでもうそのことを知っている。なのにお父さんはまだわかっていないわけか」

バーナデットは笑った。「うちの父は難物なの」彼女はいたずらっぽくエドワルドを見やった。「あなたのお祖母様と同じよ」

彼は首を振った。「ぼくたちが結婚に至るまでには艱難辛苦《かんなんしんく》があるわけだな。だがやってやるさ」彼はバーナデットにほほえみかけた。「そして、ふたりでうちの牧場を帝国にするんだ。見ておいで」

「待ちきれないわ」熱をこめてそう言ったあと、瞳に輝く愛の光に気づかれまいと彼女は彼から目をそらした。

第八章

結婚式の準備期間中、エドワルドの祖母とルペが滞在していると思うと、バーナデットは不安でならなかった。あのふたりがことごとに自分を困らせようとすることはわかっていた。彼女はふたりを恐れてはいないし、萎縮《いしゅく》しているわけでもない。でも警戒はしていた。また、エドワルドの身内と仲たがいするのもいやだった。

とはいえ、あの老婦人の冷たい態度を思い出すと、反撃せずに侮辱に耐えるのはとても無理だとも思う。エドワルドにとってどれほど大切な存在であっても、あの伯爵夫人に自分の毎日を地獄にされて黙っている気はない。これまでも実の父親から疫病扱いされてきたのだ。もうたくさんだった。

一週間後、父が妙な表情を浮かべて、エドワルドの屋敷からもどってきた。彼はバーナデットを書斎に呼び、デスクの前にすわらせた。その顔はひどく心配そうだった。

「ちょっと訊きたいんだが」彼はためらいがちに切り出した。「おまえ、この結婚がいやになってはいないかね?」

バーナデットは眉を上げた。「なぜ？」

「なぜなら、たったいまスペインから来たあのチビの黒サソリに会ってきたからさ」コルストンは歯を食いしばって言った。顔は怒りで赤らんでいた。「同じ屋根の下にあんな女がいたんじゃ、毎日が地獄だろうよ。たとえ夏の間だけでもな」

バーナデットはおかしくなって父を見つめた。「まあ、お父様もやっぱりひどい目にお遭いになったの？」

コルストンは咳払いをすると、両手をうしろで組み、室内を行ったり来たりしはじめた。「あの性悪女め！」彼はつぶやく。「人を見下して、小作農扱いしおって。それにあの女、孫に向かって――いいか、本人の目の前でだぞ！――わたしが金持ちの紳士らしくは見えないとぬかしたんだ！」

「それくらい、わたしの言われたことに比べたらなんでもないわ」バーナデットはわびしげな笑みとともに答えた。「あの人はわたしが気に入らないの。それに、あの姪がきつい匂いの香水をたっぷりつけて入ってきたから、わたし、発作を起こしてしまったのよ」彼女は眉を寄せた。「ルペがエドワルドに言ってたわ。彼は看護婦を雇わないといけないだろうって」

「なんと無礼な！」

バーナデットはちらりと父を見やった。「でも、お父様もよく同じことを言っていたじゃないの」

　コルストンはきまり悪げな顔をした。「そうさな、以前のわたしは少し……不当だったかもしれん」彼は認めた。「だがわたし自身がどう感じていようが、あの女どもにはわたしたちをえらそうに批判したり、おまえについて無礼な意見を言ったりする権利はないんだ。わたしについてもだぞ！」

　バーナデットは生まれて初めて父に親近感を覚えた。エドワルドと彼女が婚約してからの、父の変わりようと言ったら！　しばらくしてようやく彼女は口を開いた。「あの人はわたしを認めていないし、わたしがエドワルドと結婚するのも気に入らないの。お父様がどんな大金を出すつもりでも同じことよ」彼女は大きく息を吐き、膝の上にきちんと重ねた小さな手に視線を落とした。「そうね、確かにあの人はつきあいにくいわ。それにルペは――」

「あの女はエドワルドがほしいのさ」コルストンが険しい顔でさえぎった。「気づいただろう？」

「気づかずにはいられないわ。優しげに振る舞っていたけれど、それも計略のうちよ。エドワルドが気づいているのかどうかはわからない。彼にとって家族と呼べる人はもうあのふたりだけなんだし、ルペのことで言い争いたくはないの。でも、もしウェディングドレスを彼女に注文させたら、きっとわたしはサイズがふたつちがう、馬鹿げたデザインのドレスを着て、祭壇に向かうことになるでしょうよ」

「あの女にドレスを選ばせたりはせんさ」

「でも――」

コルストンは片手で彼女を制した。「どうすればいいか教えてやろう。ニューヨークへドレスを買いにいくんだ。おまえが専用車両に乗っていけるように、サン・アントニオの事務所の秘書に手配をさせよう。マリアも連れていくといい。キッチンのほうは、牧童のかみさんの誰かにやらせるよ。どのみち食事をするのはわたしだけだ。お客はみんな帰ったからな」

そんな遠くまでひとりで旅をすると思うと、バーナデットは不安だった。「行きたくないわ」彼女はみじめに言った。

「いやなら、ルペに勝手にドレスを選ばせるしかないぞ」

バーナデットは立ちあがった。「それなら選択の余地はないわ」彼女は重々しく言った。「わかりました。行ってきます」

「あっちには専門家がいる。ぜんそくの治療で大きな成果をあげている医者だが」驚いたことに、父はさらにそうつづけた。「彼にも会ってくるといい」

バーナデットは唖然《あぜん》としていた。文句を言うときをのぞけば、父が彼女の健康に関心を見せたことなどもう何年もなかったのだ。「本気なの？」

父は自分の言葉に照れているように、目をそらした。「もちろん本気だよ。さあ、行って荷造りを始めるんだ。出発は明日だからな。すぐに電報を打って、あれこれ手配させるよ」

「でもエドワルドにはなんて言うの？」バーナデットは不安げに訊ねた。自分の留守中に、彼を言いくるめ、結婚をやめさせようとするあの女たちの姿が目に浮かんだ。

「彼はどこへも行きはしないさ。ホテルは、ウォルドーフ・アストリアにするといい。直接、電報を打って予約を入れておこう」

「お優しいのね、お父様」

「わたしに残された娘は、もうおまえだけだからな」彼はぶっきらぼうに答えた。「ボロを着せて嫁に出すわけにはいかんだろう。しかも式場は、サン・アントニオ一でかい大聖堂なんだ」

「ああ、そういうことね」

コルストンは彼女をにらんだ。「いいや、そうじゃない。そりゃもちろん自分の面子も大事さ。だが、あの高慢ちきなスペイン女におまえを笑いものにされてたまるかね！」

なんと言えばいいのか、バーナデットにはわからなかった。これはやはりいつもの父とはちがう。「そうはさせないわ」

「今度のことは全部わたしのせいだ」コルストンは自分のブーツに視線を落とした。「わたしは上流社会にもぐりこみさえすれば、もっと家柄のいい連中に受け入れてもらえるものと思っていた。あの舞踏会を開くまで、自分のまちがいに気づかなかったのさ」彼は元気のない目でバーナデットを見あげた。「連中と共通するところなど、わたしにはひとつもない。お互い昼と夜ほどもちがうんだ。わたしはすべてを自力で手に入れなくてはならなかった。ところが連中のほとんどは、財産を受け継いだだけだ。もちろん、カールヘン一家とわたしはうまくいっている。あそこの親父は、わたしと同様、自分で財産を築きあげた人だからな。だが考えてみると、彼らだって、東部から山ほど招待状が来て困ってるってわけじゃない」

「パーティーの夜は、お客様のほうもたいへんだったんじゃないかしら」バーナデットは言った。「あの人たちだって、お父様を招待に値しないと思っているわけじゃないわ。問題は興味の対象がまるでちがっていることなの。あの人たちは牛のことなど何も知らないし、お父様はゴルフのことなど何も知らないでしょう」彼女はほほえんだ。「クラブを買って、習ったらどうかしら。確か、サン・アントニオの誰かが、プレイできるコースを持っていたはずよ。ほら、カミング・マクドナとかいう――二、三年前、スコットランドからあの遊びを持ちこんで、ご子息たちとゴルフコースを作った人がいるでしょう?」

「おお、そうだったな！　それに彼なら、この近辺の誰よりもよくゴルフのことを知ってるはずだ。娘や、おまえにはいつも驚かされるねえ！　今週末にさっそくその男に会いにいってみるとするよ！」

バーナデットは笑みを浮かべた。「それこそ上流社会にもぐりこむのに最適の方法よ――彼らのする遊びを覚え、その遊びで負かしてやるの」

コルストンは笑った。「だんだんわかってきたよ」彼は母親そっくりのバーナデットの目を見つめた。「バーナデットや、これまでのわたしは、おまえのことを気にかけていないように見えたかもしれんな。だが実際は、気にかけているんだよ。この結婚もいまならまだやめられる。わたしは文句を言う気はないし、たとえそうなってもエドワルドには金を貸してやるつもりだよ」

「わたしも同じことを彼に言ったわ。でもことわられたの。約束したんだから、それをひるがえす気はないそうよ」

「でもおまえは？　相手が彼で本当にいいんだな？」

バーナデットは悲しげにほほえんだ。「わたしは心から彼を愛しているの」と父に打ち明ける。「何年も前からよ。この気持ちに報いることができないとしても、彼はわたしに好意を持っているわ。たぶんそのうち……」彼女はためらった。「子供が生まれるかもしれない。少なくともひとり、跡を継ぐ子がね」

コルストンの眉間《みけん》に皺《しわ》が寄った。ひとことも言わなかったが、彼は苦痛の叫びをあげる美しいエロイーズを目に浮かべているのだった。

「そろそろ行って、何を持っていくか考えないと」バーナデットは急いで言った。父の表情に気づき、その意味をまったく取りちがえたのだ。「ドレスを買うのを許してくださってありがとう、お父様。心から感謝しています」

「それじゃ足りないくらいだよ。おまえにはこれまでほとんど何もしてやらなかったからな」コルストンは窓のほうを向いた。「いいか、安物はだめだぞ。ルペがうらやましがって真っ青になるようなドレスを買うんだ」

「はい、そうします！」ドアを開けたところで、バーナデットは足を止めた。「エドワルドが訪ねてきたら、うまく言いつくろってくださる？　ルペが悪魔みたいに見えないように、ということだけど？」

コルストンは笑った。「できるだけのことはするよ」彼はつぶやいた。「だがあの女は悪魔だ」

「ええ、知ってるわ。でもエドワルドは知らないのよ。彼にとって身内はとっても大切なものなの。あの人にいやな思いをさせたくはないわ」

「あのふたりがあれじゃ、そいつは避けられんだろう」コルストンは娘に目をやった。「おまえはわたしの娘だからな。気性だってそっくりだ。おまえがあの婆さんに踏みつけにされて黙っているとは、とても思えん」

「わたしもよ。でも、もしかするとあの人は、式がすんだらすぐ帰るかもしれないわ」

彼女は希望をもって言った。

「わたしならあんまり期待はしないがな」

バーナデットはため息をついた。「ええ、そうよね」


その列車の旅は、片道四日かかった。移動の時間に、仕立屋やぜんそく治療の専門医を訪ねる時間を加えると、それは二週間の行程となった。父の専用車両での旅は、すばらしく贅沢《ぜいたく》だった。列車は、ミズーリ州セントルイス行き。彼女はそこで東部へ向かう列車に乗り換えた。自分のあらゆる要望をかなえるべく、父の雇ったポーターたちがてきぱきと車両を作り変えていくさまに、彼女は目を奪われた。王侯貴族の旅もきっとこんなふうなのだろう。

ニューヨークは、テキサス南西部出身のふたりの女性を驚かせ……圧倒し……夢中にさせた。バーナデットが選んだウェディングドレスに、マリアは大喜びだった。それは美しい白薔薇が刺繍され、ベルギー製のレースに覆われたドレスだった。ベールは、前は腰のあたりまで、うしろはサテンの裳裾の縁飾りまで届いている。高い襟は、刺繍に飾られ、華奢なレースに覆われていた。それに、肩口のふくらんだ袖や、大きく広がるスカート部分も。それは非常に高価な品だった。でも父も言っていたように、結婚式は一生に一度のことなのだから、と彼女は自分に言いきかせた。それに、これはプリンセスに美を添えるようなドレスなのだし。

試着と直しが行なわれ、ドレスは箱詰めされて、バーナデットとマリアの発つ準備が整うと駅に送られた。

その前に、バーナデットは、ぜんそく治療の新たな理論で医学界の注目を集めている若い医師、ドクター・ハロルド・メターに会った。彼はバーナデットのために鎮静剤を処方して発注し、家に持ち帰る処方箋《せん》もくれた。その薬はアヘン剤なので、ほかに何をやってもだめなときのみ使用するように、とのことだった。彼はまた、適度な運動と、新鮮な空気と、簡単な食事療法をすすめた。

バーナデットはこれまでにないほどの自信を得た。また、勇気を奮い起こして、子供を産めるかどうかもその医師に訊いてみた。母や姉が出産で死んだことを聞いてもなお、医師は、産めないわけがないと言った。彼はバーナデットを診察し、妊娠しても命に危険はないと明言した。妊娠に関してもまた、彼の理論は画期的だった。そのひとつは、女性は出産直前まで体を動かしていなくてはならないというものだ。彼は、子供ができたら、出産を楽にする運動を指導し、サン・アントニオの著名な産科医にも紹介しようと言ってくれた。

ヴァリャドリド郡への帰路、バーナデットはずっと浮き浮きしていた。美しいウェディングドレスも手に入ったし、ふつうの暮らしや赤ちゃんや幸せな結婚生活への展望も開けたのだ。あとは、あの老伯爵夫人とルペを出し抜き、エドワルドの心を射止めるだけだ。彼女はすっかり楽天的になり、なんでもできそうな気がしていた。残る問題はどうやるかだわ、と胸の内で思う。作戦に移る心構えはもうできていた。

父はドレスに感心し、完璧だと評した。また、医師がどんな助言をしたかを聞いて驚き、今後の見通しに満足の色を見せた。彼は、娘の人生がよい方向へ向かったことに、心から感動しているようだった。

エドワルドは、彼女がもどった翌日に馬でやって来た。別にいつもと変わった様子はなかったが、それも彼女と話しだすまでのこと。その態度はひどくよそよそしくて堅苦しく、まるで赤の他人のようだった。

ふたりは居間にすわり、マリアがキッチンから運んできたコーヒーを飲んだ。しばらくは、どちらも口をきかなかった。

「ドレスを見つけたわけだね?」硬い声にかすかに怒りをにじませて、ついにエドワルドがそう訊ねた。

「ええ、そうなの」バーナデットは彼の態度を不思議に思いながら答えた。「父が話さなかった？　わたし、自分でドレスを選びたかったのよ」

「ああ、聞いたよ。だがきみがドレスを買いにいったことで、ルペがひどく傷ついてしまってね。彼女は国王の姪御さんがドレスを買うのを手伝い、本当に王侯貴族にふさわしいものを見つけたんだからね」

バーナデットは水色のドレスの膝の上で両手を組み合わせ、一歩も退かずに彼を見つめた。「きっと国王を喜ばせたくて一生懸命だったんでしょうね」

エドワルドの眉が上がった。「彼女がぼくを喜ばせたがってはいない、と言いたいのかい？」

「そうは思わないわ。でもわたしは自分のドレスは自分で選びたかったのよ」

エドワルドは長いこと瞬きもせずじっと彼女を見つめていた。それから少し態度をやわらげて、ふたたび口を開いた。「彼女、泣いていたよ」つぶやくように言う。「祖母もひどく怒っていた。どうやらバロン氏はスペイン人を低く見ていて、われわれの趣味を信頼していないようだ、と言っていた」

「馬鹿な」バーナデットはいらだたしげに言った。

「馬鹿な？」

彼女は手を振った。「父はちっともそんなふうには思っていないってことよ。ニューヨークへ行くというのは、わたしの考えだったの」これは嘘だ。「ドレスは、父を旅行に同意させるためのただの口実。わたし、向こうにいる間に専門医に会ったのよ、エドワルド」バーナデットの意気込みは、その緑の瞳から灯台の光のように放射されていた。彼女は身を乗り出した。「そのお医者様は、発作のときに服《の》む鎮静剤をくださったの。それに、発作が軽くなるように、肺を鍛える方法も教えてくださったのよ！」子供だってなんの心配もなく産めるのだと告げたかったが、この件になると急に言葉が出なくなった――特に、きょうのエドワルドは、昔から知っている彼とはちがっているから。

「それはいいニュースだな」しばらくして彼は言った。「しかし、呼吸もほとんどできないときに、鎮静剤を服むのかい？」

「その先生はとても優秀なお医者様なのよ」彼女は答えた。「大統領のご親族も診てもらっているんですって。大勢の患者さんが先生の治療で治っているの」

「では、今回の旅も無駄ではなかったわけだね」エドワルドはコーヒーカップを置いた。彼は疲れた顔をしており、あまり幸せそうではなかった。

「お宅のほうがうまくいっていないの？」バーナデットはためらいがちに訊ねた。

　彼の黒い目が彼女の目をとらえ、細くなった。「相談もなくぼくが結婚を決めたことを、祖母が嘆いているんだよ」彼は椅子の背にもたれた。「祖母は、ぼくと婚約させようと思って、ルペを連れてきたんだ」

背すじに冷たいものが走った。衝撃で体がしびれるのを彼女は感じた。

「ルペはスペイン人だし」彼はつづけた。「気品もあって、血筋もよく、大富豪だからね。祖母は、ぼくもそろそろルペを拒絶してコンスエラと結婚した過ちに気づいたろうと思ったわけだよ」

バーナデットの怒りが爆発した。彼女はさっと立ちあがって、踵を返し、つかつかとドアに向かった。

「どこへ行くんだ?」立ちあがりながら、エドワルドが問いただす。

バーナデットはドアを開け、怒りに満ちた目を彼に向けた。「どうやら、あなたに対する影響力は、わたしよりお祖母様のほうが強いようね。それならルペと結婚なさいな。彼女も、コンスエラと同じくらいすてきな奥さんになるかもしれないわ。確か前の奥さんもお祖母様が選んでくれたんでしょう?」

バーナデットはずんずん廊下を進んでいった。背後から追ってくる荒々しい足音にはほとんど気づいていなかった。食料貯蔵室の前にさしかかったときだ。引き締まった強い手が腕をしっかりつかんで、その室内へ彼女をそっと押しこんだ。エドワルドはふたりの背後でドアを閉めた。

「このじゃじゃ馬め」彼は怒りをこめてささやき、果物や野菜の缶詰でいっぱいの棚に彼女を押しつけた。貯蔵室はせまくて薄暗く、むせかえるような暑さだったが、ふたりともそれには少しも気づかなかった。

「放して！」バーナデットは身をもがきながら、低い声で言った。「ルペこそ、あなたが求めている人よ。さっきそう言ったじゃないの。さっさと家に飛んで帰って、彼女に指輪をはめてあげたら？　ほら、こんなもの返すわよ！」

彼女は薬指から指輪を抜こうとした。ところが、そのきついリングをはずそうと両手を持ちあげたとたん、エドワルドが頭を下げた。彼は、彼女のやわらかな口をとらえ、激しく唇を押しつけてそれを開かせた。

彼女は彼を打ちすえた。しかし彼は、その両手をとらえてうしろへ回すと、彼女をしっかり押さえつけ、唇をむさぼった。熱烈なキスは果てしなくつづき、彼女の膝はいまにもくずおれそうになった。エドワルドのたくましい手が背中に回され、彼の肉体の力によって彼女を包みこむ。

「この悪党！」バーナデットは彼の唇の下で、うめくように言った。

だが彼のキスはいっそう激しくなるばかりだった。腰が腰に密着し、彼女を硬材の食料棚との間にとらえる。彼はさらに身を寄せ、長い脚の一方を彼女の膝の間に割りこませてきた。それは、初めて経験する息も止まるような接触だった。彼が腰を動かすうちに、その勃起ははっきり感じとれるまでになった。

キスのもたらす気だるさに襲われながらも、彼女は身を固くした。

彼女の拒絶を感じ、彼は頭を起こした。その息遣いはバーナデットと同様に荒く、彼女の目をさぐる目は欲望に光っていた。

「さあ、ぼくをルペのもとへやれよ」彼はささやいた。間近からかかる息が、濡れた唇をひんやりさせる。

バーナデットは口をきくことができなかった。体は重くなり、震えているようだ。彼がどれほどそそられているかを感じとり、彼女は恥じらっていた。「お願い」とささやく。「やめて……」

「やめる？」エドワルドは彼女の目をのぞきこむと、ゆっくりと、さらに身を寄せてきた。これまで許さなかった形で、彼女が自分を感じとるように。「これを感じるかい、バーナデット？」かすれた声でからかうように言う。「これが何を求めているか、わかる？」

「エドワルド！」彼女はあえいだ。

「怒りに消費されるあの大いなる情熱――別な形で使われればきわめて有益なもの」彼はささやいて、ふたたび身をかがめた。「口を開けて、バーナデット。そこに手をあてがい、ぼくに触ってくれ」

「この……悪党！」バーナデットは身をもがいたが、そのことがかえって状況を悪化させた。彼は低くうめき、突然、より執拗に求めはじめた。

彼の舌に貫かれながら、彼女は小さくうめいた。挑発的なキスが未経験の肉体に呼び覚ます快感に、体がひきつった。ちょうど彼に抱かれ、貪欲に愛撫された、砂漠でのあの夜のように。ただ、以前の彼女なら身を引き離していただろう。なのにいまでは、彼の体になじんだ体が恥じらいもせず愛撫を受け入れている。

彼の手が喉のボタンをさぐり、はずしはじめると、全身に震えが走った。食料貯蔵室はひどく暑かった。あまりの熱気に、呼吸することもままならないほどだった。彼の口が喉をとらえ、ボタンのあったところを下りていく。それはやがてドレスの内側、胴着のなかへともぐりこみ、裸の胸に押しつけられた。

バーナデットは身を震わせ、うめき声をあげた。指が彼の豊かな髪をつかみ、その頭を引き寄せる。彼の口を望みの場所へ誘い寄せようと、彼女はもがき、姿勢を変えた。

「お願い」むせぶように言う。「お願い、ここよ……ここ……もう少し先……！」

両手がやみくもにエドワルドを導く。やがて彼の口が固くふくらんだ乳首をとらえた。

「ここ？」かすれた声で彼がささやく。「ここがいいの、バーナデット？」そして、やわらかな肌を味わいながら吸いはじめ、彼女は切なげに身をのけぞらせた。

「そうよ」彼女はうめいた。「ああ、そうよ！」

彼の口は宇宙の中心となっていた。ふたりはいけないことをしているのだが、彼女はそれを求めていた。ああ、たまらない！　胴着をウエストまで下ろし、彼の口に乳房をくまなく愛撫されたい。彼のまなざし、彼の手、彼の口を、体のあらゆる部分に触れさせたい……。

ふたりを燃え立たせる欲望に、エドワルドはうめいた。そして、高窓から注がれる光のなかへと彼女を押しやり、ブラウスと、綿のスリップの肩ひもと、シュミーズとを両手でたくみに取りのぞいた。猛暑のため、彼女はコルセットを着けていなかった。なんてありがたい。彼は肩ひもをウエストまで下ろした。固くて先端が赤い、愛らしい乳房を目にすると、息が止まった。

「ああ、バーナデット」そうささやくと、うやうやしく乳房に触れ、いたわりと畏れをこめて愛撫した。

バーナデットは身を震わせ、両手でエドワルドの袖をつかんだ。彼の愛撫の魔法が体に力を及ぼし、彼女のもっとも女らしい部分を疼《うず》かせている。

彼の目に肌をさらしている快感に溺《おぼ》れ、彼女は半ば目を閉じ、背中をそらせた。「お願い……エドワルド」そうささやいて、彼の頭を引き寄せる。

大きく見開かれたその目を、彼はのぞきこんだ。「どうしてほしいの、可愛い人《アマーダ》？」

彼はそっとささやいた。「口で胸に触れてほしい？　こんなふうに間に何もはさまずに？」

「ええ」声が乱れた。「ええ、そうよ！」

「ぼくもそうしたい。きみを味わいたいよ。温かな花びらのようなきみをこの舌で」エドワルドは身をかがめ、なめらかな肌の上でゆっくり口を開いた。そして、バーナデットが即座に反応するのを感じ、その小さなあえぎを聞きながら、彼女の味、彼女の香りを楽しんだ。

それはゆっくりとした念入りな愛撫だった。彼が優しくじらし、触れ、味わい、さぐっている間、彼女はその腕のなかで死に、そのまま天国へ行ってしまいそうな心持ちだった。

「なんてすてきな肌なんだろう」彼女の体に唇を当てたまま、彼はささやいた。「やわらかくて温かくて、薔薇の香りがする。きみのすべてがほしいよ、バーナデット。ベッドのなかで、このやわらかな裸の体に体を重ねたい。きみを完全に自分のものにしたいよ」

本当なら、そんな熱い告白を聞けばショックを受けるところだ。でもバーナデットはいっそうそそられただけだった。彼女はエドワルドの首に腕を回した。そして、彼の味、彼の感触をいとおしみながら、不器用ながらできるかぎり情熱をこめ、官能的なその口に口を重ね合わせた。

突然、大きな足音とそれ以上に大きな声が、廊下から聞こえてきた。ふたりはさっと体を離した。エドワルドは朦朧《もうろう》としているようだった。その黒い目がバーナデットの裸の胸に釘付けになる。無言のまま驚きをこめて、彼はふたたび彼女に触れた。その間にも、足音はどんどん近づいてくる。

バーナデットは何か言おうとした。すると彼が唇に指を押し当てた。ふたりは息をひそめて待った。足音は食料貯蔵室の前でちょっと止まり、それから突然、居間のほうへと遠ざかっていった。

「危なかったね」エドワルドはそうささやいて、わびしげにほほえみながらバーナデットの目を見つめた。「制約が多すぎるな」彼女の胸に視線を落とし、彼は首を振りながらシュミーズとスリップを引っ張りあげた。「きみは本当にきれいだよ、バーナデット。見ると、頭がおかしくなってしまう」

バーナデットは言葉を失っていた。自分に服を着せるエドワルドを彼女はじっと見守った。心臓が正常に打ちはじめたのは、もとどおりボタンが留められてからだった。息は切れていたけれど、発作の苦しさはなかった。彼女は憧《あこが》れと崇拝をこめて、やるせなげに彼を見あげた。

エドワルドはその柔和なまなざしを正面から受け止め、優しくほほえんだ。「きみがとりすました女じゃなくてよかったよ。ぼくが触れても、きみは少しも拒まない。これなら前途有望だよ」

「わたしたちに前途があるの？」

彼はうなずいた。「ぼくにはきみをあきらめることはできないからね。祖母の気持ちは関係ないよ。もちろんずいぶん世話にはなったが、恩返しとしてルペと結婚するなんてとても無理だね」バーナデットの腫《は》れたやわらかな唇を、彼はなぞった。「きみはぼくの体内に野火のように血潮を駆けめぐらせる。昼も夜も、きみがほしくてたまらないんだ。きみの貞操とぼく自身の名誉のためにも、一刻も早く式を挙げないといけないな。いまだって——」彼は手振りで周囲を示した。「危ないところだったよ」

バーナデットはとまどった。「危ないところ？　でもここならおかしなことになるわけないでしょう？」彼女は神経質に笑った。「だって……ベッドもないんですもの」

「ああ、バーナデット」エドワルドは笑った。「きみはなんて純情なんだ」

「でもここにはそんな……エドワルド！」

エドワルドはウエストをとらえてバーナデットをかかえあげ、腰を使って壁に押しつけた。そうして優しくキスしたあと、その体をもとどおり下に下ろすと、意味を悟って赤くなっている彼女にほほえみかけた。

「立ったまま愛し合うこともできるんだよ」そうささやいて、衝撃に息をのむ彼女を見て笑った。「それに、ふつうでは考えられないような、いろんな場所や体勢でも。結婚したら、そのすべてを教えてあげよう」

バーナデットは言葉をさがしたが、驚きのあまり結局何も言えなかった。エドワルドは彼女の髪とドレスをなでつけると、ドアを開け、ぬかりなく外の様子を確認してから彼女を廊下へ引っ張りだした。

ふたりは用心深く玄関のポーチへと向かった。「見送らなくていいよ。外は暑すぎるからね」エドワルドは、彼女の手を口もとへ持っていき、その指にそっとキスした。「ぼくはたいへんな幸せ者だ」厳かに、熱意をこめて言う。「だから、きみがこの世でいちばん幸せな女性だと思えるように、精一杯努力するよ」

バーナデットの心臓がドキンとした。「じゃあ、ドレスのことはもう怒っていないのね？」

「あんなことがあったのに？」エドワルドは笑った。「ああ、バーナデット。もう怒ってないよ。明日かあさって、また迎えに来る。まだ招待客のリストや招待状やその他の最終的な手配があるからね」

「ルペが全部やるのかと思っていたわ」苦々しさや嫉妬心が声に出ないよう注意しながら、彼女は言った。

「今回はそうじゃない。これはきみの結婚式だからね。事柄によってはきみが決めるべきだと思うよ」彼は熱いまなざしで彼女を見つめた。「とにかくさっさとかたづけたいよ」

バーナデットはほほえんだ。「わたしも！」

お互いが相手のなかにかき立てる激しい情欲に驚き入って、エドワルドはゆっくりと首を振った。男と女があんな純な形で、あれほどの歓びを与えあえるとは、なんとすばらしいのだろう。ベッドでのバーナデットを想像すると、欲望のあまり頭がくらくらし、全身がぎゅっと固くなる。愛し合えば、彼女は甘美な天国となるだろう。彼にはバーナデットを妻にするのが待ちきれないほどだった。

彼の熱い思いに気づき、バーナデットは顔を輝かせた。「わたし、あなたをがっかりさせないように努力するわ。たとえスペイン人じゃなくても」

彼は笑った。「ぼくにとってはそれはどうでもいいことだよ」

「でもお祖母様にとってはちがう」

エドワルドの笑みが薄れた。「明日のことは明日考えればいい」彼は助言した。「取り越し苦労してもしかたないさ」

「本当にそのとおりね」バーナデットは一歩前に出た。「お祖母様ともなんとか仲よくやっていくから。約束するわ」

「ああ、わかっているよ」エドワルドは笑顔になった。「アディオス」

「アディオス」

彼はふと目を細めた。「少しスペイン語を習うといいかもしれないね」考え深げに言う。「きっと祖母が感心するよ」

スペイン語ならすでに母国語並みに操れるバーナデットだが、まだその秘密を明かす気はなかった。彼に知らせないことが、何かの役に立つ場合もあるかもしれない。

「考えてみるわ」彼女は約束した。

エドワルドは軽く手をあげ、厩に向かった。彼の馬は、飼い葉をやってブラシをかけてもらうため、そこにあずけてあった。牧場への帰り道、彼はずっとバーナデットと分かち合ったあの熱いひとときを思い浮かべていた。その記憶は、彼を激しく駆り立てた。一刻も早く式をすませ……招待客を家路に就かせたい。

そしてバーナデットとふたりきりに……。

第九章

結婚式の準備が整うまでには、一ヵ月かかった。ルぺは、毎日あれこれ口実を見つけて、わざとぐずぐずしているように見えた。一方、老伯爵夫人は、エドワルドの気持ちを変えようと手を尽くした。夫人は本人のいるところでもいないところでも、バーナデットのあらをさがして指摘した。バーナデットと父がエドワルドたちと食事する夜は、悲惨なものだった。

どうすればあの性悪な老婦人と同じ屋根の下でやっていけるのだろう？　エドワルドの前で伯爵夫人を批判する勇気は、バーナデットにはなかった。ふたりの間に生まれた仲間意識は、もうすっかり消えている。式の準備がだらだら長引くのにつれ、彼の緊張はますます高まっていった。彼はもはや未来の花嫁に手を触れようとはせず、額へのつつましいキスさえもしなかった。キスは手にするだけで、その際もあまり熱心ではなかった。バーナデットは彼が自分への欲望をすっかりなくしてしまったのではないか、と不安になった。

でもそれはまったく逆だった。欲望が暴力的なまでに高まっていたため、彼はバーナデットに触れるのを恐れていたのだ。彼女に触れれば、欲望を抑えきれなくなり、ふたりの名誉を傷つけることにもなりかねない。ルペの時間稼ぎと祖母の皮肉な寸評にいらだちながらも、彼は断固、動揺を見せまいとしていた。とにかく早く式をすませたかった。バーナデットを手に入れさえすれば、ほかのこともすべてうまくいくはずなのだ。

壮麗なサン・フェルナンド大聖堂での式の前、バーナデットは披露宴が開かれるサン・アントニオの大きなホテルで支度をすることになっていた。彼女自身は、着替えの手伝いはマリアにしてほしかったのだが、伯爵夫人はその名誉ある務めにはルペこそがふさわしいと主張し、エドワルドも言い合いを避けるためそれに同意していた。彼はあまり機嫌がよくなかった。新郎の付き添いを務めることになっていた友人が病気になり、来られなくなったからだ。その男は土壇場になって電報をよこし、エドワルドには代役を立てる時間さえなかった。

ルペはこのうえなく香りの強い香水をつけており、当然のごとくバーナデットはぜんそくの発作に襲われた。それは立っていられなくなるほどひどいものだった。ニューヨークの専門医の話を思い出したエドワルドは、バーナデットのバッグをさがさせ、例の鎮静剤を彼女が持ってきているよう祈った。彼女はちゃんと薬を持ってきていた。

彼はコルクで栓がされた茶色の小瓶から処方どおりの用量を彼女に与え、胸の内で悪態をつきながら、その効果が現われるのを待った。

「ほんとに……ごめんなさい」声を詰まらせ、懸命に呼吸しながら、バーナデットは言った。

「何もあやまることなどないよ」エドワルドはそっけなく言った。「ルペに言ったんだがな」彼は声を低くした。「香水のことはちゃんと話しておいたんだよ。きっと忘れたんだろう」

わざとだわ――バーナデットはそう思い、復讐《ふくしゅう》を誓った。でもいまはその時ではない。美しいウェディングドレス姿で、椅子の背もたれに寄りかかると、エドワルドが無言で彼女の手を取った。

「縁起が悪いわ」ややあって、バーナデットは言った。「新郎がウェディングドレス姿の花嫁を見てしまったわけですもの……式の前なのに」

「よくそう言われるね」エドワルドは答えた。「だがぼくは縁起を担ぐほうじゃない。きみもそんなことは気にするな。さあ、ゆっくり呼吸して」

モーニング姿の彼はなんてすてきなんだろう。まさに紳士服の優美さの見本。白いシャツは褐色の肌をさらに引き立て、黒い瞳をいつも以上に美しく見せている。

「あなた、とてもすてきよ」バーナデットは言った。

エドワルドはほほえんだ。「きみもね」彼は口を引き結び、驚くほど精巧なドレスの細部に注目した。「すばらしいドレスだ。パリ製なの?」

「いいえ」彼女は優しい笑みを浮かべた。「マドリッド製よ」

彼は驚きの色を見せた。

「スペインの新進デザイナーの作品なの。お店でひと目見て気に入って、どうしても買わずにはいられなかったのよ」

「とてもよく似合っているよ」

「ありがとう」彼女はゆっくりと身を起こした。呼吸はいくらか楽になっていた。「ほら。だいぶよくなったわ。ちょっとくらくらするけれど、それだけよ」

エドワルドは笑った。「必要とあれば、ぼくが支えてあげるよ」

これからふたりがともに過ごすすばらしい毎日を思い描きながら、バーナデットは彼にほほえみかけ、手を借してもらって立ちあがった。

エドワルドは彼女の視線をしっかり受け止め、その顔の前に薄いベールを下ろしてささやいた。「つぎにきみを見つめるのは、ぼくがこのベールを上げて、妻となったきみを初めて目にするときなんだね」

「そのときが待ちきれないわ」バーナデットはかすれた声で言った。

「ぼくもだよ」エドワルドは、彼女のやわらかな両手を口もとへ持っていき、関節のすぐ上にキスした。「さあ、行こう。また別の邪魔が入らないうちに!」

彼はドアのほうへと彼女を急がせ、あっけにとられている祖母とルペの前を素通りして長い階段を下りていった。

「おまえ、しきたりを破ったのね」ふたりのあとについてきながら、伯爵夫人がぶつぶつと言う。「男性が式服を着た花嫁を見てしまうのは、縁起が悪いことなのですよ！」

エドワルドは振り返って、まず祖母を、つぎに怒りをこめて、沈んだ様子のルペを見た。「花嫁が式に現われないほうが、もっと縁起が悪いでしょう。言ったはずだぞ」とルペを叱《しか》る。「匂いの強い香水は発作の引き金になるんだ」

ルペは両手を固く握り合わせ、なんとか威厳を保とうとした。「忘れていたわ。本当にごめんなさい」

「きみはそろそろスペインに帰ることを考えたほうがいいんじゃないか」それは思いがけない発言だった。彼は感じのよい笑顔で付け加えた。「当然ながら、きみだって新婚夫婦の邪魔はしたくないだろうからね」

ルペは青ざめ、伯爵夫人は息をのんだ。「エドワルド、誰に向かって話しているのか忘れていますよ！」夫人は高飛車に叱りつけた。「このアメリカ女が魔法をかけたにちがいない。だから自分の身内にそんな無礼な口のききかたをするんでしょう！」

「バーナデットは魔女というよりむしろ聖女ですよ。そしてまもなく、ぼくの妻となるのです」静かだけれども威圧的な口調で、彼はつづけた。「彼女がうちの一族の者たちからそれ相応の扱いを受けることを、ぼくは期待しています。さあおいで、バーナデット」

彼は待たせてあった馬車のところまで彼女をエスコートしていった。遅れの理由を聞きおよんでいた辛抱強い御者は、バーナデットの体を心から気遣い、彼女に手を貸してルぺや伯爵夫人と同じ馬車に乗りこませた。エドワルドは別の馬車でついてくることになっており、彼と離ればなれになることにバーナデットは不安を覚えた。ルぺは相変わらずたっぷり香水をつけていた。

ドアが閉まり、馬車は動きだした。戦いの火ぶたはすぐさま切って落とされた。伯爵夫人は恐ろしい目で、ぐっとバーナデットをにらみつけた。もっと気の弱い女性なら、きっと倒れていただろう。

「なんてことなの！」夫人は腹立たしげに叫んだ。「あなたはルぺに恥をかかせたのですよ！」

バーナデットは薬のおかげでかなり元気になっていた。彼女は老婦人に冷ややかにほほえみかけた。「おふたりの流す害毒にわたしが少しも気づいていないとお思いですの？　こちらもそこまで鈍くはありませんのよ。ここ数週間、あなたがたは、あらゆる手を尽くしてわたしとエドワルドの結婚を妨害しようとしてきた。陰謀をめぐらせ、計略を練り、目的を果たすために悪魔の手先のように働いてきたんです！　あなたは、ご自分の周囲のあらゆる人の人生を支配したがる性悪で陰険なお年寄り。そしてあなたは――」声を失っている伯爵夫人をそのままに、彼女はルペを振り返った。「女の姿をしたガラガラヘビよ！　香水がわたしの肺に障るのを知っていて、わざとつけてきたんですものね。あなたも隣にいる黒サソリと同類だわ！　エドワルドを子供扱いして、勝手に選んだ花嫁候補を押しつける権利など、あなたがたにはないのよ！　彼は高潔で立派な男性よ！　なのに、身内のおふたりがそうでないなんて、本当に残念だわ！」

「この厚かましいあばずれ！」伯爵夫人が甲高く叫んだ。「あんたがうちの孫とふたりきりで砂漠でひと晩過ごしたことは、この郡の誰もが知っている！　使用人たちがひそひそささやきあい――噂をしているんですよ！　あんたの評判は地に落ちてしまった。だからあの子はしかたなく、あんたと結婚するんです！」

その侮辱に青ざめながらも、バーナデットはつんと顎を上げた。「あの砂漠での夜、わたしたちの間には、人に知られて恥ずかしいようなことは何ひとつありませんでした」彼女はまことしやかに嘘をついた。「いずれにしても、エドワルドがわたしと結婚するのはあのことのせいではありませんわ、セニョーラ。彼はお母様のもたらした損失を補い、牧場を立て直すために、多額の借金をしなくてはならないんです。そして、たのみになるのはうちの父だけなんですの」

伯爵夫人はめんくらった。「孫は、お金が必要なら、わたくしのところへ来ればいいんですよ」彼女はぴしゃりと言い放った。

「そうですね。でも、それと引き替えに、そこにいるそのマムシと結婚するよう迫られるなら、どうしてそんな気持ちになれるでしょう？」

ルペが息をのんだ。「まあ、なんてことを！」

「その女と話すんじゃありません、ルペ」伯爵夫人は無力な怒りに打ち震えながら、手厳しく言った。「その女は、コルテス家のみんなの不名誉であり恥辱ですからね」バーナデットの青ざめた顔から、夫人は目をそむけた。「今後は二度と口をきかないことにしましょう。エドワルドが彼女と結婚して人生を台なしにしたいと言うなら、わたくしたちにそれを止める権利はありません」

「ものの道理をわかっていただけてよかったわ」バーナデットは、薔薇とカスミソウの小さな花束を握りしめ、窓の外へ目をやった。父からの侮辱にさえ、こんなにも傷つき孤独を感じたことはなかった。

馬車は、バーナデットの父が待つ教会の前に停まった。コルストンは、これまでずっと大事にしてきた本当の愛娘にするように、彼女を馬車から助けおろした。けれども、ベールごしに娘の顔を見るなり、輝くばかりのその微笑は消え失せた。彼は、口を固く引き結んだふたりの婦人に腹立たしげに目をやった。彼女らは、花嫁の付き添いたちに馬車から助けおろされているところだった。

「何があったんだ?」娘を連れて大聖堂の奥へと進みながら、彼は訊ねた。

「予想どおりのことがあっただけよ」バーナデットは静かに答えた。「エドワルドがアメリカ人と結婚するのをあの人たちが喜ぶとは思えないでしょう? 伯爵夫人は彼をルぺと結婚させたがっているの。ルぺもそれを望んでいるわ」彼女は悲しげに笑った。「少なくともわたしたちは、死よりも悲惨な運命から彼を救うことができたわけね!」

彼女の手の下で、父の腕の筋肉がぎゅっと固くなった。「なんて厚かましいやつらだ!」彼は怒り狂ってつぶやいた。

「いまはそういう時じゃないわ」バーナデットは言った。「血のつながりばかりはエドワルドにもどうにもできないわけだし」

「残念なことにな。元気を出せ、バーナデット」彼は優しくつづけた。「あの女どもがおまえを傷つけることは、彼が許さんだろうよ」

「あら、わたしのことはご心配なく」バーナデットは快活に言った。「護ってもらわなきゃならないのは、あのふたりのほうでしょうから」伯爵夫人とルぺに聞こえるように、そう付け加える。ふたりが明らかにむっとするのを目にして、彼女はここ数分でもっとも大きな満足感を味わった。

式は優雅で美しかった。直前の不愉快な出来事も忘れ、バーナデットは結婚という驚異、代々つづくしきたりに心を奪われていた。ふたりは神父の前にひざまずき、彼が誓いの言葉を述べた。それは時代を超えた感動的なものだった。

エドワルドが結婚指輪を指にはめてくれたとき、彼女は涙が頬を伝うのを感じた。そして彼がベールを持ちあげ、目をのぞきこんできたときは、初めて新妻を見たその黒い瞳の優しさほど美しいものは見たことがないと思った。

彼女の顔の輝きに、エドワルドは息を止めた。身をかがめ、花嫁の唇にうやうやしくキスすると、彼は顔を上げてほほえんだ。バーナデットも笑みを返した。こうして式は終わり、ふたりは夫婦となった。

バーナデットは披露宴の開かれるホテルへ、エドワルドと同じ馬車で向かった。その間も、伯爵夫人やルペとの痛烈なやりとりについては、ひとことも触れなかった。言わなければ言わないほど、修復も早いと思ったからだ。それに彼女は、憂鬱な考えは残らず締め出し、新郎への愛に思う存分浸りたかったのだ。

披露宴のため、バーナデットはウェディングドレスから美しい緑と白のパーティードレスに着替えた。髪にはドレスに合った緑のリボンを編みこみ、それをカールさせて頭のまわりに垂らした。まるで別人だわ、と鏡を見ながら思った。彼女は美人ではないけれど、花嫁らしく幸せそうに見えた。

披露宴は階下の広間で行なわれることになっていた。刺繍入りの絹のハンカチをバッグに入れ、彼女は部屋を出て階段へと向かった。

けれども、エドワルドの部屋の前にさしかかると、その足が止まった。ドアは少し開いていた。彼と合流していっしょに下におりようか、と彼女は思った。

ところがドアを開けようとしたとき、荒々しい声と女のすすり泣きとが彼女の手を凍りつかせた。

「……彼女がそんなことを言うなんて、信じられない！」エドワルドがスペイン語で言っている。

「あの女はルペをあざ笑ったのですよ」やはりスペイン語で、伯爵夫人が主張する。招待客にスペイン語をわかる者はいないと思って、安心しているのは明らかだった。「そしてあの夜、砂漠でしたことのために、彼は自分と結婚せざるをえないのだ、とルペに言ったのです。彼に愛されると思うなんてあんたは馬鹿だと言ったのですよ。彼に魔法をかけてやった、自分がたのめば彼はあんたと祖母を放り出すだろう、とね。そのうえ……あんたたちは二度と彼に会えないだろう、自分がそのように手を打ってやる、と言ったのです！」

ああ、あの年とった毒ヘビときたら――バーナデットは憤然と思った。ところが、なかに入って、老婦人の真っ赤な嘘と対決しようとしたとき、エドワルドの声が聞こえてきた。その言葉は、彼女の心を凍りつかせるものだった。

「ぼくが自分の家で自分の身内をどう扱うかについては、バーナデットにはなんの発言権もありません。彼女がこんなふうにあなたを悲しませることは今後二度とないでしょう。あなたはぼくの実の祖母なのですから」

泣きじゃくる声が聞こえた。でも、それが老婦人のものなのか、ルペのものなのか、バーナデットにはわからなかった。いずれにせよ、あのふたりが馬車でやられた仕返しをすることは、当然、予想しておくべきだった。

「お金ならわたくしが貸してあげたのに、エドワルド」伯爵夫人が嘆いた。「いいえ、貸すのではなくあげたでしょう。なぜ言ってくれなかったのです？　なぜ、あんな女と結婚してしまったの？」

「なぜなら、あなたにはもう充分すぎるほどいろいろしてもらっているからです」エドワルドは簡潔に答えた。「あなたはぼくを育ててくれた。大学へも行かせてくれた。現在のぼくがあるのは、すべてあなたのおかげなのです。これ以上、甘えるわけにはいきません」彼は苦しげにため息をついた。「バーナデットをだまして結婚することなど、ぼくにはできなかった。だから、愛してはいないが、ぼくたちならきっと楽しくやっていける、と言ったのです。本当にそうなると思いますよ。しかし彼女がどう思おうと、あなたとルペならいつでも歓迎です」

「あの女の父親には、娘との結婚という条件抜きで、お金を貸す気はなかったのかしら？」伯爵夫人は訊ねた。

「貸してくれたかもしれない。しかし……ほかにも、いろいろあったのですよ。それに噂が立っていたし」彼が歩きまわっている。その足音が聞こえ、長いため息がそれにづいた。

「野宿したりしなければねえ。あの女の名誉を汚したのがまちがいですよ」伯爵夫人が言った。

荒っぽい音がした。「ぼくは彼女の名誉を汚してなどいません！」

「でも彼女は汚されたと言っていたわ！」ルペが口をはさんだ。「すれっからしの女みたいに、そのことを言いふらしていたわよ」

「まさか彼女がそんな嘘をつくとは！」エドワルドが言う。

「みんなにそう言ったのよ」ルペが話を作る。その声はいかにも満足そうだった。「噂を広めたのは、牧童たちじゃなかったの。彼女自身が広めたのよ。あなたが自分と結婚せざるをえなくなるように」

バーナデットは心臓が縮むのを感じた。それはみごとな嘘、ルペの大勝利だった。噂を立てたのはバーナデットではないと言われても、エドワルドはもう信じないだろう。それに、もうひとつ別なこともわかった。彼は、結婚という条件なしで、父に借金を申しこむことも一度は考えてみたのだ。

　彼女は打ちのめされ、その場に立ちつくしていた。自分の心には闇の部分がある——彼はそう言っていた。そしていま彼女は悟った。彼の祖母とルペが巧みに刺激しているのは、その闇の部分なのだ。ドアに近づいてくる彼の足音も聞こえないほど、彼女は茫然としていた。気づいたときは、もう遅かった。

　エドワルドはぐいとドアを開け、そこに立っているバーナデットを目にした。彼女にスペイン語がわかるとも知らず、彼は非難の色をぬぐい去り、気持ちを落ち着け、できるだけいつもどおりに振る舞おうとした。

「バーナデット」彼は堅苦しく言った。「下に行こうか?」

「ええ」自分の声がおかしいのはわかっていた。気分もおかしかった。たったいま彼女は卑劣な形で中傷された。なのに、それに対してできることは何もない。エドワルドが祖母とルペの嘘を信じ、彼女に説明さえ求めないのなら、どうして彼の心を動かせるだろう?

　エドワルドが彼女のスペイン語力を知らないことは、ある意味で救いだった。いまのやりとりを彼女に聞かれたことに、彼は決して気づかないだろう。いつか彼に愛されるようになることを、彼女はずっと夢見てきた。彼が単なる欲望以上の感情を自分に対して抱くこと、自分の夫であることに幸せを——真の意味での幸せを——感じるようになることを。ところがいま、彼は怒りでいっぱいになっている。彼女が噂を立て——自分に嘘をついたと思いこんでいるのだ。

「一難去って、また一難だわ」彼女はつぶやいた。

「いまなんて？」エドワルドが慇懃に訊ねる。

バーナデットは口もとに無理に笑みを浮かべた。「ああ、なんでもないの。ただちょっと考えごとをしていただけ」

彼の黒い目が細くなる。「胸の具合はどう？」

「大丈夫よ」

「香水のことをルペが心から申し訳ながっていたよ。きみにお詫びを伝えてほしいと言っていた」

バーナデットは足を止めて、彼を見あげた。「ルペが後悔しているのは、香水が死に至る発作を引き起こすほどきつくなかったことだけでしょうよ」彼女はそう言って、エドワルドを驚かせた。「彼女もあなたのお祖母様もわたしを嫌っている。この結婚をぶち壊すようなことばかり言ったりしたりしているわ。まだ気づいていないとしても、あなたもいずれそのことに気づくでしょう。でもそのときはもう遅いのよ」彼女は無念な思いで付け加えた。「一度あなたのもとを去ったら、わたしは二度ともどらないわ、エドワルド。永遠によ」

「ぼくのもとを去る話をするのには、妙な時だね、セニョーラ・ラミレス」エドワルドは、アメリカ人のように結婚後の姓で妻を呼び、冷ややかに言った。スペインでは、女性は夫の姓も使うが、基本的には実家の姓を名乗りつづけるのだ。

「このことを話すのはこれで最後にするつもりよ」バーナデットは答えた。彼の目をさぐったが、そこに彼女の求めていたものは見つからず、実際にあったのは——怒りと幻滅だった。彼女はため息をついた。「わたし、本当に馬鹿だったわ。ずっと濡れた砂の上にお城を作っていたのね」この休戦状態がいつまでもつづくなどと、どうして信じられるだろう？　彼の心にはあの闇の部分がある。それにふたりは長年、敵同士だったのだ。

エドワルドは眉を寄せて彼女を見つめていた。「きみ、どうかしてるよ」

バーナデットは悲しげにほほえんだ。「ええ、そうね」

彼があたりを見回す。彼女はその視線をたどって、披露宴会場の人々が新婚夫婦の入場を待ちかねていることに気づいた。

「行きましょうか？」バーナデットは無理に快活な声を出した。「髪は上げてあるから、首切り斧《おの》の邪魔にはならないわ」

「なんだって？」

バーナデットはそれには答えず、先に立って会場へ入っていき、幸せを絵に描いたような姿で人々にほほえみかけた。

ずっとあとになって、父におやすみを言い、エドワルドや敵意に満ちたふたりの女性とともに馬車に乗りこんだとき、彼女は初めて、暗殺者たちの前ではどれほどの演技力が必要かを悟った。

彼女は美しいドレスの皺を伸ばし、しっかりとショールを体に巻きつけた。

「美しい式だったわ」ルぺがエドワルドに言った。「ちょっと長かったように思うけれど。でもわたしの手配は完璧だったでしょう？」

「きみは実によくやってくれたよ」エドワルドはそう答え、ちらりと妻に目を向けた。

「そうだろう、バーナデット？」

「ええ、何もかもがすばらしかったわ」彼女は明るく答えた。「それに、ピンクの薔薇の入った花瓶があんなにたくさんあって、本当にありがたかった。幸いわたしは、花粉を吸っても大丈夫なくらい薬を持っていたけれど」

ルぺはむっとした。「どんな結婚式にもお花は必要よ」

「もちろんそうだ。バーナデットも薔薇を育てているんだよ」エドワルドが言う。

でもバーナデットは花盛りのときは、なるべく薔薇にも近づかないようにしている。エドワルドもそのことは知っているのだ。バーナデットが祭壇の前で苦労するようルぺが画策したことを、彼は認めたくないのだった。

「あのドレスにはがっかりしたわ」ルペが淡々とつづける。「わたしならパリじゃなくマドリッドから取り寄せたのにね。向こうのデザイナーたちは――」

「あのドレスはマドリッド製よ」バーナデットが感じよく言った。「買ったのは、ニューヨークだけれど」

伯爵夫人がショールをぐいと胸に引き寄せた。「道理で」とためらいがちに言う。「見たようなレースだと思いましたよ」

「そうでしょうね」バーナデットはほかの女性たちと目を合わせずに答えた。「わたしの選んだレースは、代々コルテス家の花嫁が使ったものですもの」

ハッと息をのむかすかな音がした。

「だからあのドレスを選んだのかい?」エドワルドが驚いて訊ねた。

バーナデットは彼の視線を避け、揺れる馬車の外の暗闇へと目を向けた。「長く受け継がれてきた伝統だから、守ったほうがいいと思ったの」

向かい側の座席に、気まずげな沈黙が落ちた。どちらの女性もそれっきり、馬車がエスコンディド牧場に着くまで口を開かなかった。

ルペは明らかにねたましげに、しぶしぶ、おやすみを言った。伯爵夫人もルペに倣ったが、その目はバーナデットの目を本当に見てはいなかった。

エドワルドが先に立って階段をのぼっていった。左へ曲がると、そこが夫婦のためのつづきの間だった。

バーナデットはすでに、彼と寝室をともにしないことに決めていた。エドワルドはドアを開け、カーテンにもベッドカバーにも天蓋《てんがい》にも刺繡が施された、白とピンクを基調とする寝室に入っていった。あまりにも美しく女性的な部屋なので、男性がそこを共同で使うことなど想像もできなかった。

エドワルドは彼女の表情に気づいて、うなずいた。「ここはきみの部屋だよ」硬い口調で言う。「ふたりの結婚生活がつづくかぎり」

バーナデットは眉を上げた。「わたしと寝室をともにしたくないの？」彼がこうした理由をよくよくわかったうえで、困らせるのを楽しみつつ、彼女はそう質した。

エドワルドは頭をそびやかした。彼が歯を食いしばるのがわかった。

「あなたはわたしをほしいと言ったわ」バーナデットはなおも言った。「もういいの？」

エドワルドの顔は石のように無表情だった。彼はバーナデットを見つめ、黒い目を細めた。「ぼくたちが砂漠で一夜を明かしたことを牧童たちがどうして知ったか、教えてくれないか」

「父の舞踏会のとき、話したとおりよ。でも、喜んでもう一度、教えましょう。わたしたちが父にその話をしているのを、仲間のひとりが聞いた。だから牧童たちもそのことを知ったの」

「その話は信じられないと言ったら？　この結婚からぼくが逃れられないように、きみ自身が噂を広めたと思っていると言ったらどうする？」

「わたしは結婚を取りやめてもいいと言ったわ。父もそう言ったはずよ」

確かにそうだが、身内に吹きこまれた嘘のせいで、エドワルドはまともにものが考えられなくなっていた。彼はバーナデットをにらんだ。「噂を広めたことを否定するのか？」

「何も否定はしないわ」彼女は冷ややかに答えた。「わたしが嘘をつく人間かどうか、ご自分で判断してちょうだい」

バーナデットは嘘をつくような人間ではない。彼にもそれはわかっていた。しかしその一方、ルペにこの件で嘘をつく理由があるだろうか？　彼女はどのみち彼とはもう結婚できないのだ。

「結論が出るまで」バーナデットは先をつづけた。「あなたとは寝たくないわ。だからこうして部屋を別にするのは、わたしにとっても好都合よ」

彼の視線がさりげなく彼女に向けられる。「よくお休み、セニョーラ・ラミレス。朝食の時間になったら、誰かが呼びにくるだろう」

すてきだわ。つぎの言い争いを待つなんて。バーナデットはいらだちを覚えた。ドアへと引き返すエドワルドを、彼女はにらみつけた。「あなたのご親族は、いつまで滞在なさるのかしら?」

「彼女たちがいたい間はずっとだ」

「あなたは確か、そろそろ荷造りしたほうがいい、とルぺに言っていたわよね」

エドワルドは身を固くした。「ところが、ひとりだけで送り返したりしないでほしいと懇願されてね。ことわることはとてもできなかった。彼女は心からあやまったわけだからね」

「あれは心からだったの? まあ、すてき」

「彼女を冗談の種にするな」

「あら、なぜわたしが、あなたのいとこを冗談の種にするっていうの? あなたのご親族はすばらしいわ。お祖母様は王室と縁続きだし、親戚のルぺは天使のようにきれいだし」

エドワルドは顔をしかめた。「彼女たちを好きじゃないんだな」

「よく知らない人たちですもの」さらに、小さな声で付け加える。「それに、今後、親しくなるチャンスもないでしょう。だってあの人たちは、わたしを見るのもいやなんですものね」悲しみと失望を押し隠し、彼女は夫にほほえみかけた。「当然だけど、わたしはときどき父に会いにいくつもりよ。それに近いうちに兄を訪問したいと思っているの。兄と義姉に結婚の報告をしないとね。新しく生まれた赤ちゃんにも会いたいし」

「その件はまた今度話し合おう」エドワルドは言った。「結婚式からまだ間もないのにそんな遠くまで旅行するなんて、適当とは思えないよ」

「いったいどうして？」バーナデットは無邪気そうに訊ねた。「あなたのご親族がハネムーンの間、ここに泊まりこむなら、なぜわたしが兄に会いにいってはいけないの？」

「バーナデット！」エドワルドは鋭く言った。

バーナデットはつんと顎を上げた。「あなたは、こんな……こんなデリケートな時期に、ここに大勢の人をうろつかせておくことが適当だと思っているの？」

エドワルドの頬が怒りに赤く染まった。「デリケートな時期にはならないさ！」

「観客がいるかぎりはね」バーナデットも同意した。「でもそのことを人に知られてはならない。そうでしょう？　なんと言っても、わたしたちは新婚の夫婦なんですもの」

彼女は室内を手ぶりで示した。「わたしたちはいっしょに暮らし、別々に寝ようとしている。家じゅうの使用人たちがそれを見て、噂しあうわ」彼女の笑みが大きくなった。

「だって、それじゃまるで……いえ、おわかりよね。そのせいでご自分がどう見られるか」

きっと彼は不能者と見なされる。エドワルドにもそれはわかっていた。「そんな態度を取りつづけるなら」彼はゆっくりと言った。「きみは自分にとって非常に不快な事態を招くことになるよ」

「わたしをレイプするというの？」バーナデットはからかった。

つい一週間前なら、彼はこの軽口にほほえんだろう。でもいまはちがった。その顔は冷ややかでよそよそしく——不快げだった。

「男は妻をレイプしたりはしない」彼のまなざしは冷たかった。「いちばん最初に言ったろう、バーナデット、ふたりの縁組みは、お互いの欲望を満たすにちがいない。しかし、いまこの瞬間のきみは、ぼくにとってそういう意味での魅力はないんだ」

「不思議だこと。砂漠やあの食料貯蔵室での、あなたの言葉を思うと」

「レディーはああいう事柄について口にするものじゃない」

「わたしはレディーじゃないわ」バーナデットは誰にともなく、冷ややかにほほえんだ。「自力で財産を築いた鉄道労働者の娘だもの」

「ああなったのは、長いこと女性なしでやってきたせいだ」ようやくエドワルドが言った。「きみはその気だったし、こっちも自制心を失っていた」

「そう」

エドワルドはいらだたしげにため息をつき、両手を背後に回して組んだ。「きみのプライバシーを侵害する気はないよ。だから、きみのほうもそのようにしてほしい。ぼくたちはうまくやっていかなければならない。前に話したとおり、ここにいればきみは、実家では得られなかった自由と独立をある程度得られる。ぼくのほうは、偽りやごまかしなしに、正々堂々と金が借りられる」彼の目が細くなった。「ぼくは一度だってきみを愛しているふりをしたことはないよ、バーナデット。常に正直だったはずだ」

「わたしのほうはちがった?」バーナデットは質した。ふたりの関係をここまで悪化させたものがなんなのか、彼に認めさせたかったのだ。

エドワルドは大きく息を吸いこんだ。「ああ、わからない」彼は顔をそむけた。裏切られた、むなしい気分であり……混乱もしていた。

「二週間はここにいることにするわ」バーナデットは言った。「その期間が過ぎてもまだお祖母様とルペがここにいたら、わたしは兄に会いにいく」

エドワルドはくるりと振り返った。「ぼくに指図する気か?」

バーナデットは一歩も引かなかった。「自分がどうするつもりか話しているだけよ」彼女は堂々と答えた。「ご親族が望んでいるのは自分の幸せだけだとあなたは思っている。そのうち痛い思いをして目が覚めるでしょう」

「祖母には大きな恩がある」エドワルドは荒々しく言った。「たよる者がいなくなったとき、あの人はぼくを引き取ってくれた。ぼくを育て、養い、服を着せてくれたんだぞ!」

「そして一時《いっとき》たりともそのことを忘れさせなかったのよね」彼女は激しくやり返した。

「あの人はそうやってあなたを説き伏せ、コンスエラと結婚させたんでしょう?」

エドワルドは荒々しく大股で二歩進んで、バーナデットの両腕を乱暴につかんだ。

「二度とぼくの前でコンスエラの話をするな!」

「まあ、あなたったらうちの父みたいじゃない? あなたにとっては階級や地位なんてどうでもいいんだと思っていたけど、ちがったのね。あなたはのけ者、黒い羊。倫理観のまるでない大富豪のアメリカ女性とスペイン貴族の混血児。みんなに受け入れられ、認められたくてたまらないのね。だからあのお年寄りの言うことならなんでもする。ラミレス家の一員にふさわしいことを証明するためにね!」

その非難のなかには、エドワルドを激高させるだけの真実が含まれていた。「黙れ」彼は荒々しく言った。

エドワルドは自制心を失う寸前だ。バーナデットはそんな彼を刺激し、爆発させようとしている。彼女はそのことを知っていて、興奮を覚えていた。

「あなたはお祖母様のためならなんでもするんでしょう?」彼女は激しく言いつのった。「そうでしょう?」

「バーナデット……」

「あの人は、誰と結婚すべきか、どこに住むべきか、どう生きるべきか、あなたに指図したがっている。コンスエラをいつ抱くかも指図したの?」

「抱く?」エドワルドはオウム返しにそう言うと、バーナデットの腕を放し、バタンとドアを閉めて鍵をかけた。

「だめよ」かすれた声で彼女は言った。

「だめなものか」


数時間後、エドワルドは寝室から出ていった。バーナデットは身を起こした。ああ、レイプだと言って彼を責めることさえできたら! でも、そうではなかったのだ。最初、彼の手は荒々しかった。けれども、胸を裸にされ、そこに口で触れられると、彼女は我を忘れた。熱い愛撫がつぎの愛撫へ、キスがより深いキスへとつながり、交わりはもっと親密なものとなって、思いがけない歓びで彼女をもだえさせ、さらにつぎを求めさせた。

やみくもに充足を追い求め、声をあげたとき、エドワルドが笑ったのを彼女は覚えている。その強い突きが、自分を一気に天国へと押しあげたこと、めくるめく感覚に失神しそうになったことを。仮に痛みがあったとしても、そのことは熱い情欲の記憶のなかで霞んでしまっている。思い出しただけで、体は燃えあがり、脈打ちはじめる。彼女はいま、快楽に対する自らの感受性の強さと、歓びを与えるエドワルドの技巧とを痛切に意識していた。煌々《こうこう》と明かりが灯るなかで、彼は彼女を裸にし、その肉体を楽しんだ。

自分が男性にあんなことをさせるとは、それに、あれほど大胆になれるとは、思ってもみなかった。最初の交わりのあと、ふたりが震えながら横たわっていたとき、バーナデットは自分からふたたび彼を引き寄せたのだ。

身を横たえたまま、天井をじっと見あげ、彼女はただ、夫と分かち合ったあの情熱の激しさに驚いていた。

第十章

目を覚ましたとき、バーナデットはかすかに恥ずかしさを覚えた。何年もの間、交わりとその当然の結果である妊娠を、彼女は死ぬほど恐れてきた。なのに昨夜、突然、狂った情熱のなかで、恐怖はすべて吹き飛んでしまった。エドワルドの力強い手と温かな唇の与えるあんな刺激に耐えられるとは、夢にも思っていなかった。恐怖はもちろん、官能に満ちた忘我の霞のなかへ入りこめるものは何ひとつなかった。

いまの彼女は真の意味で人妻であり、身ごもった可能性も大いにあった。好奇心とかすかな不安とともに、腹部に触れてみる。もしも妊娠したら、生き延びられるだろうか？　無事に出産できるという、ニューヨークの専門医の診断にまちがいはないのだろうか？　ぜんそくのことでは、彼は正しかった。その革新的な治療は奇跡を起こした。運動と新鮮な空気は彼女の体を強くし、処方された薬は発作の苦痛をやわらげてくれた。昨夜のもつれあいを思い出し、彼女は顔を赤らめた。その間、肺はなんともなかった。ただ息が切れただけだ。あれは男性に抱かれた際の激しい愛欲の副作用にちがいない。

そのことを考えるだけで、彼女の息は止まった。エドワルドも同じ歓びを感じたのだろうか？　到達する直前、彼女が消耗しつくし、もう彼に腕を回すこともできなくなったとき、彼は荒々しくうめいていた。たくましいあの体ががくがく震えたのも覚えている。彼女自身もまた、歓びにのみこまれた瞬間、確かにうめき声をあげ、身を震わせた。目を閉じると、体の上にのしかかる彼の姿が見える。一糸まとわぬ引き締まった完璧な体や、恐ろしくて刺激的な男らしいものが。ベッドでの男女について、これまで彼女は何ひとつ知らなかった。ところがいまは、知りすぎるほど知っている。あんな情熱は経験しないほうがよかった。今後は生きているかぎり毎晩、それを切望することになるだろう。エドワルドがまた近づいてくるとは思えない。彼女がひどく怒らせてしまったから。でもあの怒りは長くはつづかなかった。それはすぐさますさまじい情欲へと変わり、ふたりを消耗させたのだ。

バーナデットは服を着て、鏡の前にそろそろとすわり、もつれあう長い金髪にブラシをかけた。はっきりどことは言えないが、彼女の顔は変わっていた。目には新たに世俗的な知恵が宿り、口もとには以前とはちがうやわらかさがある。この変化は、家人たちにも——夫にもわかるのだろうか？

いつもどおり髪を結ってしまうと、顔に少しだけ白粉をつけ、彼女はしぶしぶ家の者たちのいる階下へと向かった。

拍子抜けしたことに、夫はすでに出かけていた。とはいえ、朝食の時間はもう過ぎているので、彼がテーブルにいないのはふつうのことなのかもしれなかった。伯爵夫人はそこにいた。ルペもだ。ふたりは、バーナデットなど目に入らないかのように、そのまま話をつづけた。

ふたりの嘘に、バーナデットは激高していた。コーヒーを注ぎながら、彼女は目を細めた。「おふたりともよくお休みになれたでしょうね？」彼女は冷ややかに訊ねた。

返事はない。

本当は食欲などなかったが、平静を装うために、彼女はソーセージと卵を皿に取った。「わたしはぐっすり眠りましたわ――やっと寝られてからは、ですけど」そう言って、意地悪い目でほかのふたりをちらりと見やった。

伯爵夫人は怒り狂っていた。彼女はナイフとフォークをガチャンと置いた。「よい家の婦人はそのようなことは言わないものです。ことに食事の席ではね！」

「でもわたしはよい家の婦人ではありませんもの」バーナデットは穏やかに答えた。「少なくとも、あなたがたは夫にそう話されましたよね。確実に結婚できるようにわたしが噂を広めたとあの人に信じこませたんでしょう？」

ルペが憤りに燃える目でバーナデットをにらんだ。「そう言ったのは彼女よ」

「嘘だわ」バーナデットはそっけなく言い放った。「あなたがたが言ったのよ。それに、ほかにもいろいろなことを」

ルペはナプキンを放り出して立ちあがると、部屋から飛び出していった。

伯爵夫人はその場に残っていた。数分前よりいくらか敵意は薄れた様子だ。砂糖入りのコーヒーの入った繊細な陶製のカップに片手をかけたまま、彼女は用心深くバーナデットを見つめた。

「スペイン語が話せる《アブラス・エスパニョール》のね」夫人は言った。それは質問ではなかった。バーナデットが話せることを夫人は知ったのだ。そうでなければ、式の直後、エドワルドの控え室で交わされたやりとりの内容を彼女が知っているわけはないからだ。

「ええ、あなたが英語を話せるのと同じように」バーナデットは認めた。

伯爵夫人は自信がぐらつきかけているようだった。興味の色も露わにしげしげとバーナデットを見つめている。「なぜそのことを黙っていたの？」

「夫の母国語がわかるのを認めて、あの人の尊敬を勝ち取ろうなどという気はありませんわ。あの人は、わたしがあなたやルペを目の敵にしているものと思いこんでいる。それに、わたしが嘘をつき、噂を広めたというでたらめまで信じてしまった。そのうえ――」彼女は苦しげにつづけた。そのことを思い出すのはつらかった。「あの人はあなたがたの前で、わたしを愛していないと認めたんです」そう言いながら、誇り高く頭をもたげる。「ともかく、もう結婚してしまったわけだし、離婚は不可能ですわ。なんとかうまくやっていくしかありません」彼女はコーヒーを少し飲み、テーブルにカップを置いた。「わたしはあなたのお眼鏡にかなうような孫の嫁ではないでしょう。でも、あなたの大事なコンスエラより情がありますわ。彼女はエドワルドを怪物扱いしたそうですから」

老婦人が息をのむ音がはっきりと聞こえた。

「あら、ご存じなかった?」バーナデットは冷ややかに訊ねた。「ああ、なるほど。あなたは他人を操るだけで、ご自分のお節介がどんな結果をもたらしたかまでは気にしていらっしゃらないんですのね。奥さんと息子さんを亡くしたあとのエドワルドを見てもいないんでしょう? でもわたしは見ましたわ」

伯爵夫人は喉に手をやった。

「エドワルドは何があろうと、コンスエラに苦労したことや子供を失ったことを、あなたに話しはしなかったでしょうね」バーナデットは苦々しく言った。「あの人はあなたをとても愛していますもの。そんな心の重荷になるような話をするわけはありませんわ」

伯爵夫人はテーブルに視線を落とし、陶製のカップの柄にそっと触れた。「あなたはあの子を殺人犯だとは思わなかったんですね」

「ええ」バーナデットは冷ややかに答えた。

「なぜ？」

「彼を愛しているからですわ！」バーナデットは苦悩の色も露わに言い、衝撃の浮かぶ老婦人の目をまっすぐに見つめた。「わたしは自分の命よりも彼を愛しているんです」

激しくささやくように、彼女はつづけた。

「彼のそばにいるためなら、どんな噂にも、どんな非難にも耐えられます。彼に結婚を申し込まれたとき、それが父のお金のためだと知りながら、わたしは即座に承諾しました。なぜかと言うと……」目が閉じられた。彼女は懸命に心を鎮めようとしていた。「いつかほんの少しでも好きになってもらえれば、と必死で願っていたからです。でも、もうわかりました。それは決してかなわぬむなしい願いなんですわ」苦悩に曇る目が開かれた。

「わたしは馬鹿でした。あなたとルペに会ったその日に、結婚をことわるべきだったんです。おふたりには勝てないと悟るべきでしたわ。エドワルドはあなたに愛と忠誠を捧げなくてはならない。あなたの言うことを信じないわけにはいかないんです」彼女はナプキンを置いて立ちあがった。「それにもちろん、あなたが彼に嘘をつくわけがありませんし。だってあなたは彼を愛していて、その幸せだけを願っているんですものね」やや皮肉っぽくそう付け加える。

老婦人が顔を赤らめたのを見て、彼女は満足を覚えた。

「これは昨夜、彼が言ったことですの。あなたが嘘をつき、ルペの嘘に口裏を合わせたと非難するなんて、わたしは恥知らずなのだそうです」彼女はテーブルの下に椅子を押しこんだが、その手は震えていた。「でも恥知らずなのは、わたしではありませんわ、伯爵夫人、あなたのほうです。あなたと出会った日をわたしは呪っています」

バーナデットはくるりと背を向け、ドアに向かって歩きだした。

「このあばずれ！」伯爵夫人が震える声で言った。「おまえなどいないほうが、孫は幸せだ。あの子の父親にとってあの妻がいないほうがよかったのと同じですよ！」

そういう傲慢な態度にはもううんざりだった。バーナデットはテーブルのところへ引き返し、クリームのピッチャーを持ちあげると、美しく整えられた老婦人の髪にその中身を注いだ。

「意地悪猫にはクリームを」高慢な口調でそう言うと、ぐしょぐしょに濡れて何かまくしたてている老婦人を残し、彼女はその場をあとにした。

エドワルドがどこにいるかバーナデットは知らなかったし、気にしてもいなかった。彼女は怒りに燃えていた。荷物をまとめて出ていくほどにだ。ショックを受けている使用人たちを尻目《しりめ》に、彼女は玄関ポーチまで自分でスーツケースを運び出した。するとルぺが憤然と廊下に飛び出してきた。

「何をする気なの！」彼女は叫んだ。

「出ていくのよ」バーナデットは歯を食いしばって言った。「夫はあなたと伯爵夫人に差しあげるわ。どうやらあなたがたに対する彼の愛情は、わたしに対して示しているまがいものの愛情よりも深いようだから」

「でも式の翌日なのよ！」ルぺが叫ぶ。「彼の恥になるわ！」

「そう思う？」バーナデットは喜んでいるふりをした。「わたしの寝室のシーツを取り替えるとき、使用人たちはなんと噂しあうかしらね！」露骨な言葉にルぺが卒倒しそうになると、バーナデットはほほえみ、さらにひとこと意地悪く付け加えた。「みんな、彼がわたしの期待に応えられなかったと思うでしょうね」

バーナデットは、いまにも気絶しそうになっているルぺを迂回し、ショールとバッグを取りに寝室へもどった。最後にもう一度、乱れたベッドに目をやり、彼女はひとり冷たく笑った。これがわたしの経験した短い結婚生活なのだ。もう二度と、だまされて男に抱かれたりはすまい。

彼女は玄関ポーチへと引き返した。二輪馬車の支度をたのんでおいた使用人の少年は、弱りきった表情でそこで待っていた。どうやらルぺが、牧場を出ることを禁じたらしい。

「大丈夫よ」完璧なスペイン語で、バーナデットは少年に言った。「誰もあなたを責めたりはしない。これはわたしの命令なの。あなたにはさからえない。いいわね？」

「はい、セニョーラ《シ》」彼はほっとしたように言った。

少年がスーツケースを積みこんだあと、バーナデットはその手を借りて馬車に乗りこんだ。「残りの荷物は、誰かに取りにこさせるわ」彼女はルペに言った。「エドワルドにはなんとでも好きなように嘘をおつきなさい。きっとどんなことでも信じるでしょうよ。ごきげんよう」

バーナデットがうなずくと、使用人が馬の頭上で鞭を振り、馬車は走りだした。

実家までの道々ずっと、バーナデットはこんな結末になったことを嘆き悲しみつづけた。エドワルドがどう思おうと、どんな行動に出ようと、それはもうどうでもいい。彼のことは心から締め出し、昨夜、宣言したとおり、兄に会いに行くつもりだった。エドワルドはどうとでも自分の好きなようにすればよい。

父は玄関で彼女を迎えたが、娘の表情を見るとむっつりと不機嫌になった。

「最初からあんな家にはやるんじゃなかったよ」バーナデットを助けおろしながら、彼は歯を食いしばって言った。少年がバッグを持ってくると、コルストンはチップをやって、彼を家に送り返した。

「あの人はルペと結婚すべきだったのよ。わたしが言いたいのはそれだけ」そう言ったあと、バーナデットは他人行儀に誇り高く付け加えた。「必要以上にここに長居して、お父様に負担をかけるつもりはないのよ。つぎの列車の切符が買えたら、すぐアルバートのところへ向かうから」

「ああ、バーナデットや、おまえが負担だなんてことはないよ」父は悲しげに言った。「いつまでもいたいだけここにいればいい。わたしの見当ちがいの野心のせいで、こんな悲惨なことになってすまないね。誓ってもいいが、おまえの不幸を望んだわけじゃないんだ。あの婆さんとルペのおまえに対する仕打ちを思うと、ろくに眠れなかったよ」

父の気遣いに、彼女の胸は温かくなった。幸せかどうか気にかけてくれる身内がいるのは、よいものだ。特にこの人は、これまで彼女の気持ちに関心を寄せたことなどほとんどなかったのだから。

「ありがとう、お父様。わたしもほとんど眠っていないの」バーナデットはその理由は言わなかった。「休みたいわ。そのあとは、本当にアルバートに会いに行きたいの。しばらく遠くへ行っていたほうがいいと思うのよ」

「何日かしたらな」父も同意した。「つらい体験を乗り越えてからだよ」

数日でも数週間でも、同じことだ。今後、何があろうと、彼女の人生の悲しい進路が変わることはない。結婚して一日足らずで捨てられたと人は言うだろう。そして、事実そのとおりなのだ。伯爵夫人やルペを責める者はなく、みんなバーナデットを責めるだろう。結婚生活があんな悲惨な結果に終わったのは、育ちの悪さのせいだと。それでもエドワルドは、融資を得られる。その件はすでに処理され、金は支払われたのだから。いまさら金を返せと言うには、父は高潔すぎる。それにエドワルドは、もしも嘘をつく気があれば、結婚を取り消すこともできるだろう。そうすれば彼は可愛いルペと結婚し、祖母の財産を相続する資格も得られるのだ。彼にとっては何よりの話だ！

一方、バーナデットにはもう夢も希望もない。大声で叫びたいのをこらえるのがやっとだった。祖母たちが到着してから、エドワルドはすっかり変わってしまった。バーナデットは彼との間に築かれていた美しい関係の死を嘆いた。

帰宅して、妻がいないのに気づけば、彼は動揺するだろうか？　バーナデットにはそうは思えなかった。伯爵夫人はバーナデットの仕打ちに怒り狂い、復讐に燃えていることだろう。ルペも同じだ。エドワルドはふたりの言うことならなんでも信じるだろう。彼女が出ていったことなど、気にも留めないかもしれない。ベッドを去るとき、彼は声をかけてもくれなかった。何よりもつらいのはそのことだった。

バーナデットは以前の自分の部屋へ行き、窓際の寝心地のよい長椅子に横たわった。数分後、みじめな気分をかかえ、帰途の埃の影響で少し咳きこみながらも、彼女はぐっすり眠っていた。

エドワルドが厩の前で馬を下り、足早に家に向かったのは、もうだいぶ暗くなってからだった。バーナデットにしたことを思い、彼は良心に責めさいなまれていた。もちろん痛い思いをさせたわけではない。でも彼は、街の女のように彼女の体を利用したのだ。それもただ、非難されて怒りを覚えたというだけの理由で。あれはひかえめに言っても、恥知らずな行動だった。彼にはバーナデットに合わせる顔がなかった。

祖母とルぺはいつもどおり居間で針仕事にいそしんでいた。彼はバーナデットの刺繍の腕を思い出した。でもどうやら彼女は、今夜は誘われなかったらしい。

「バーナデットはどこです？」彼はそっけなく訊ねた。

「休んでいますよ」祖母は答え、ルぺに意味ありげな視線を投げた。「そう、休んでいるのです。邪魔しないでほしいと言ってね。だからわたくしたちも、あの人をわずらわせなかったのです」

エドワルドは少し緊張を解いた。よかった。少なくとも彼女は、荷物をまとめて出ていったりはしていない。実はそれこそ彼が予想していたことなのだが。おそらく彼女のプライドは、彼の思っていたほど傷ついていないのだろう。

「食事はすませましたか？」

「いいえ」伯爵夫人は優雅に立ちあがり、エドワルドの腕にそっと手をかけた。「おまえを待っていたのですよ、坊や。疲れたでしょう」

「ええ。それにひどく空腹ですしね。バーナデットはどうなんだろう？」

「あの人ならもう部屋に食事を運ばせましたよ」

三人はダイニングへ移った。祖母はもの思いにふけっていた。ルペはエドワルドを相手にたわむれ、彼を笑わせた。彼自身もそうして気持ちをまぎらわせていた。

寝室に向かう途中、バーナデットの部屋の前で彼は足を止めた。しかしドアの下から漏れる光はなく、物音もしなかったので、彼女は眠っているのだろうと考えた。いまはこれ以上言葉を交わさないほうがいい。昨夜のことについては、明日、ふたりがもっと冷静になってから話し合おう。そして自分たちが結婚生活の傷ついた土台の上にどんな未来を築いていけるか、いっしょに考えるのだ。

これまでのところ、バーナデットの父親から借りた金は有効に使われている。備品の購入や家の塗り直し、傷んだ木材の交換が進められ、家畜の数も増えつつある。将来の展望はいくらか明るくなってきた。それもすべて新しい義父のおかげだ。彼は心に誓った――借りた金は必ず返そう。バーナデットの失われたプライドも、たぶん彼の力でいくらかは回復させられるだろう。ベッドでの彼女はすばらしかった。あの熱く甘美な情熱の夜以来、彼女に対する欲望は前にも増して強くなっている。不愉快な言動は見過ごしてもいい。いっしょに一からやり直そう。ふたりはともによい人生が送れるだろう。彼女なら帳簿係になってエスコンディド牧場の再建を手伝うこともできる。将来は楽しいものとなるはずだ。

朝食の席で、彼は祖母にそう言った。祖母は気まずげだったし、ルペのほうはメロンを丸ごとのみこんだような顔をしていた。ふたりの態度は、いかにもうしろめたげだった。

朝食が終わってもまだ新妻が現われる気配はなく、エドワルドの疑惑は刻一刻とふくらんでいった。コーヒーを飲み終えると、彼は疑わしげにじっとふたりを見つめた。

「バーナデットはどこです？」

ルペは飛びあがり、伯爵夫人は堂々と頭をもたげた。「父親のもとへ帰りましたよ」彼女は冷ややかに言った。「自分のいるべきところへ。もともとこういう名家に入れるような階級ではなかったのです。あれはあなたの妻にふさわしい人ではありません。この結婚はすぐに取り消したほうがいいでしょう。そのあとは、ルペと結婚してはどうかしらね」夫人は姪にほほえみかけた。「家柄もいいし、とても健康ですからね。この子の家の財産とわたくしの財産とで、おまえたちはスペインに帝国を築くことができるでしょう。ルペと結婚するなら、わたくしは必ずおまえに遺産を相続させますよ」

「ルイスはどうするのです？」エドワルドの声は低く抑えられていて、ほとんど聞きとれなかった。

「ルイス？」夫人は華奢な手を振った。「ルイスにはブドウ園と妻の土地がありますからね」

エドワルドはナプキンをごく慎重にテーブルに置いた。「彼がカリサ・モラレスとの婚約を発表する前、あなたはルペと結婚するよう彼にすすめたのではありませんか？」

伯爵夫人は顔をしかめた。「ええ」そして急いで付け加える。「でももちろん、ルペはルイスにはもったいない娘ですからね。そうでしょう、ルペ？」

ルペは答えかけたが、エドワルドは黒い目でぐっとひとにらみして彼女を黙らせた。

「バーナデットはいつ実家へ帰ったのです、お祖母さん《アブエラ》？」彼は静かに訊ねた。

老婦人はナプキンをもてあそんだ。「昨夜でしたかね」

「昨夜だって！」エドワルドは爆発した。「あなたは、彼女は二階にいると言ったではありませんか！」

伯爵夫人はほんの少し弱った様子を見せた。「おまえは疲れていましたからね、坊や。動揺させないほうがよかろうと思ったのです。ルペに話したら、この子もやはり何も言わないほうがいいという意見でしたよ。おまえがもっと……よく休んでからにしようと」

エドワルドは立ちあがった。その態度は専横で高圧的だった。「つまり、バーナデットは暗いなか、ひとりで家に帰ったということですか?」

「まだ日はあったわ」ルペが急いで答えた。

「なんてことだ《アイ・ディオス》」エドワルドは息巻いた。「ならずっと前じゃないか。なのにぼくは何も知らなかった」

「あれはひどい女ですよ!」彼に負けずに荒々しく伯爵夫人が言う。「わたくしに頭からピッチャーのクリームをかけたのですからね!」

エドワルドは唖然として祖母を見つめた。「なんですって?」

「本当よ!」ルペが言った。「かわいそうなおば様。お風邪を召すところだったわ! わたし、家の者を呼びに行って、あと始末をさせなければならなかったのよ! どうしてあんな乱暴な女を奥さんにしておきたいの?」

エドワルドの左右の眉が上がった。見知らぬ他人を見るような目で、彼はまじまじとふたりを見つめていた。

「なぜ彼女はあなたにクリームをかけたのです、お祖母さん《アブエラ》?」

老婦人は顔をしかめた。「ちょっと言い合いをしていたのです。そうしたら向こうが急にカッとなったのですよ」

「挑発されないかぎり彼女が手を出すわけがありません。いったいあなたは何を言ったのですか?」

老婦人は苦い顔をした。「あの女は、実家に帰る、と言ったのです。おまえにはルペやわたくしがちょうどお似合いだ、とね。わたくしたちは、恥知らずなケダモノだそうですよ」

エドワルド自身、ちょうどそうかもしれないと思いだしているところだった。彼の黒い目が細くなった。「で、あなたはなんと……？」

伯爵夫人は大きく息を吸いこんだ。「おまえなどいないほうが、孫は幸せだと言ってやりました！」

「なぜ？」

夫人は赤くなり、目をそらした。「あの女が言ったのです……」

「なんと？」

夫人はごくりと唾をのんで、目を伏せた。「ルペにこう言ったのですよ——出ていってやる。そうすれば、使用人たちが噂しあうだろう。おまえがあの女の……期待に応えられなかったと！」

エドワルドは頭をそらして大笑いした。こんな愉快なことは、ひさしぶりだった。バーナデットが祖母の頭にクリームをぶちまけているさまが目に浮かぶ。彼女は、ベッドで失望させたと言って露骨に彼を非難し、その技量についての新たな噂に彼をさらそうとしている。本来なら憤慨すべきところだが、不思議と怒りは感じなかった。バーナデットはみごとに祖母をやりこめたのだ。そんな彼女に、彼は感心しきっていた。また、家のなかで何が起きているかについても、かなりはっきりつかめてきた。どうやらこれまで自分には何も見えていなかったらしい。

「笑いごとではありませんよ！」祖母が猛々しく言った。

「いいえ、笑えます」エドワルドは笑顔で祖母を見おろした。「あなたはぼくの家族だし、とても大事に思っていますよ。しかしバーナデットに対しては、あなたはきわめて不当だった。向こうはなんの悪意もなかったわけですからね。これまでの彼女の人生はとてもつらいものでした。彼女の父親は、妻が出産で死んだことで娘を責め、彼女のことをずっとお荷物のように扱ってきたのですから。ある意味、彼女はあの父親から逃れるためにぼくと結婚したのです。なのにあなたは彼女を火のなかへ追い返したわけです」

伯爵夫人は目をそむけた。「あれは粗野な娘です」

「いいえ、気丈で独立心の強い女性ですよ」エドワルドは訂正した。「彼女は、世界を敵に回してもひとりの男の味方をし、ともに戦うタイプの人です。残念ながら、その男はぼくではないでしょうが」驚いたことに、そう思うと彼の胸は痛んだ。「あなたは彼女にチャンスを与えるべきでした。その点はぼくも同じですが」彼は静かに付け加えた。

伯爵夫人は手を振った。「もうおしまいですよ。彼女は行ってしまった。もう二度と帰ってこないでしょう」

「それはどうでしょうか」エドワルドは身をかがめて、祖母のしかつめらしい顔に優しくキスした。「あなたはあなたなりにぼくを愛してくれている。でも、ぼくがどういう人間で、どういう妻を求めているかは、わかっていらっしゃらない。コンスエラを選んだとき、あなたは大きなまちがいを犯したのです。しかしぼくは、あなたの心を傷つけるのを恐れて、本当のことを言いませんでした。でもそこまで気を遣わずに、もっと正直であるべきでしたよ。コンスエラはこの家を嫌い、ぼくを嫌っていました。その嫌悪は、彼女を冷たくて苦々しい女性に変えてしまったのです。彼女は正気を失い、自分の産んだ赤ん坊に背を向け、その子を飢え死にさせたのですよ」

伯爵夫人の顔が蒼白になった。「まさか！」

「本当なのです。ぼくが旅からもどってみると、息子はゆりかごのなかにいた。使用人たちは解雇されており、彼女は何事もないように居間にすわってレース編みをしていました。子供がどうなったか教えても、彼女はまったく理解できず、罪の意識もなく、ただぼくを見つめるばかりでした。二日後、葬儀のすぐあとに、彼女はぼくの銃のひとつを持って、屋敷の裏手の山に入りました。そして数時間後、ぼくたちは、弾丸で頭を撃ち抜いて死んでいる彼女を発見したのです」彼の視線が床に落ちた。「その後、いろいろ噂が立ちました。ぼくが子供の死を妻のせいにし、復讐のために彼女を殺したのだと言う者も何人かいましたよ」彼は誇り高く頭をもたげた。「でもそれはちがう。実は、コンスエラは出産後、正気を失い、もはや母親の役目も妻の役目も果たせずにいたのです。ぼくは使用人たちを常に彼女に付き添わせていました。ところがたった一度、仕事で旅に出、家を空けたところ、彼らは妻に解雇され、子供のことで彼女に意見する者はいなくなってしまったのです。子供を可愛がるぼくが憎い、と彼女は言っていた。だからぼくが二度と子供を可愛がれないようにしたわけですよ」

伯爵夫人は皺だらけの老いた手で顔を覆って、泣きだした。

エドワルドは、つらい過去になおも心を囚われたまま、祖母の肩に軽く触れた。「その後、ぼくは酒に溺れるようになりました。妻のことより子供の死が悲しかったのです。一度などはめをはずして死ぬところでしたよ。ところがバーナデットが、身の危険も顧みず近づいてきて、ぼくの手から銃を取りあげたのです。彼女はぼくに人生を取りもどしてくれた。子供やコンスエラのあとを追うわけにはいかないことを悟らせてくれたのです。彼女らしいあの慎重でひかえめなやりかたで、ぼくを救ってくれたわけですよ。なぜなのかは、わからなかったが」

伯爵夫人にはわかっている。だからよけいにその罪は重いのだ。いま聞いたようなことは、何ひとつ知らなかった。罪悪感と後悔でいっぱいになりながら、夫人は孫を見あげ、何をしようと自分が彼に与えた苦しみは償えないことを知った。

ずっと黙っていたルペが進み出てきて、老婦人の両手を取り、椅子から立ちあがらせた。「もうお休みにならないと、おば様《ティア》」彼女は優しく言い、エドワルドの険しい顔をちらりと見あげた。彼女の目にも後悔の色があった。そして、歳月を経てもなお変わらない切望も。彼女は肩をすくめた。「たぶんバーナデットが出ていったのは、わたしたちふたりのせいなのかもしれないわね」彼女はちょっと背すじをこわばらせて、つづけた。「あなたが彼女にもどるようたのむなら、今後、わたしやティアが彼女の悩みの種になることはないでしょう。約束するわ」

エドワルドはため息をついた。「彼女をここに連れもどすには、それだけではだめなんじゃないかと思うよ」女性たちではなく自分自身のしたことを顧みながら、彼は答えた。バーナデットは、彼に受けた辱めをそう簡単には忘れてくれないだろう。それに、あの行為により彼女の恐れていたことが現実となる可能性もある。彼女の母親と姉がお産で亡くなったことを思い出し、彼は眉をひそめた。バーナデットは怯えているだろう。それでもあの父親は娘をなぐさめようとはしないだろう。彼女はひとりぼっちだ。これまでもずっとひとりぼっちで、例外は彼といるときだけだった。ああ、彼女に信頼され、好かれていたころにもどれるものなら、なんでもくれてやるのに。彼女はどんなに彼を憎んでいるだろう！

ルペとともに階段へ向かう伯爵夫人を見送りながら、エドワルドは思った。祖母はひどく老けこみ、淋しそうに見える。彼女にはもう自分自身の人生はない。唯一の楽しみは、周囲の人々の人生を操作することなのだ。祖母の傲慢さは、彼に人生最大の悲劇をもたらした。そして本人はそのことをいままで知らなかった。事実を知ったいま、おそらく彼女の傲慢さは影を潜め、ふたたび彼の子供時代の親切で優しい婦人にもどるのかもしれない……。

まだ朝早かったが、エドワルドは馬に鞍をつけ、バロン牧場へと走った。バーナデットが会いたがるとは思わなかったが、道義上、やるだけのことはやってみなくてはならない。彼は幼い妻をずいぶん苦しめてしまった。いまこそ償いをする時だ。

彼は屋敷の前で馬を下り、杭《くい》に手綱を結んだ。玄関で彼を迎えたのは、不安げに眉を寄せたマリアだった。

「どうした?《ケ・パサ》」彼女の表情から何かあったのだと悟り、彼はただちに訊ねた。

「セニョリータが……いえ、セニョーラが」マリアは急いで言い直し、眉間に皺を寄せた。「きっときのう、風と埃のなかを馬車に乗ってきたせいですわね。昨夜は家じゅうの者が目を覚ましたほどでした。それはもうひどい発作でしたわ。お嬢様はとても具合が悪いんです。お薬も効きません。セニョール・バロンがお医者様を呼びにやりましたが」

マリアは首を振り、涙に曇る目で彼を見あげた。

「お嬢様は……助からないかもしれませんわ、セニョール！」

第十一章

エドワルドは恐怖を胸に抱きつつ、バーナデットの部屋に入った。こんなにも不安でみじめな気持ちになったのは、幼い息子が死んでいるのを見つけたとき以来だった。コルストン・バロンは枕元にすわっていた。ベッドの上では、蒼白な顔をしたバーナデットが懸命に呼吸しようとしている。彼女は、枕板に寄りかかり、汗をかいていた。その呼吸音はゼイゼイと耳障りで……ひどく苦しげだった。

エドワルドはベッドに歩み寄り、コルストンの頭ごしに彼女を見おろした。「あの薬は?」緊迫した口調で彼は言った。「あの薬は飲ませましたか?」

コルストンは放心したような目でエドワルドを見つめた。「ああ、コーヒーをな」彼はのろのろと言った。「それに、ドクター・ブレイクリーがくれたハーブティーも少し――」

「そうじゃない!」エドワルドは急いでさえぎった。「彼女がニューヨークから持ち帰った薬です!」

コルストンはまだ、エドワルドが何を言っているのか、のみこめずにいた。「ああ、あれか。あれは見つからなかったんだよ。あの子が持ってきたスーツケースには入っていなくてな」

「なんていうことだ」エドワルドは動揺していた。「できるだけ早くもどります！」

彼は玄関へと走り、馬をほどいて鞍に飛び乗った。殺さんばかりの勢いで馬を駆り、エスコンディド牧場にもどると、玄関の前でひらりと鞍から飛びおりて、新しい馬を連れてくるよう厩番の少年に大声で命じた。

一段抜かしで階段を駆け上がりながら、彼はさきほど見た光景を思い出すまいとしていた。恐怖に足を引っ張られてはならない。バーナデットのいた部屋に行くと、彼女のトランクをかきまわし、あの貴重な薬瓶をさがしだした。

彼は廊下を走った。「エドワルド」すれちがったルペが叫んだ。「いったいどうしたの？」

「バーナデットが死にそうなんだ」彼は歯を食いしばって答え、先を急いだ。

ルペは仰天した。その耳に伯爵夫人の叫び声が小さく響く。小柄な老婦人は自室の入口に立っていた。

「死にそうだと言ったの？」伯爵夫人が叫ぶ。

「薬だわ」ルペはつぶやいた。「彼は薬を取りに来たのよ。バーナデットはあれを忘れていったの」彼女は老婦人に向き直り、そわそわしながら言った。「きっとぼんやりしていたのね」

伯爵夫人は十字を切った。「神よ、お許しください」彼女はささやき、顔をそむけた。エドワルドは、薬をしっかり握りしめ、いま来た道を馬で駆けもどっていった。ああ、神様、お願いです。彼は祈った。どうか間に合いますように！

バロン牧場までの時間が、永遠のように思えた。空にはぼ雲が浮かび、近くのどこかで犬たちが吠えている。空気には雨の気配が感じられる。でもそれらはすべて、苦悩に満ちた彼の頭を素通りしていった。彼はバーナデットだけを見、考え、呼吸していた。とにかく間に合わなくてはならない。

疲れ果て、息も絶え絶えの哀れな馬に詫びながら、彼は家までの最後の区間を駆け抜けた。馬を玄関ポーチに残して、なかへ駆けこむと、まっすぐにバーナデットの部屋へと進んだ。ゼイゼイという呼吸音は室内に響きわたっていた。顔は蒼白で冷たかったが、それでも彼女は汗をかいていた。呼吸につれて喉の奥が動くのが見える。吐き出せない古い空気に抗い、肺が酸素をとりこもうとするたびに、肋骨が広がるのもわかった。

エドワルドが手にしたものを見て、コルストンは立ちあがり、ぼんやりと言った。

「あの薬か」その目は赤かった。一方の目を彼は袖でぬぐった。

「うちに置いていったんです」進み出たエドワルドは、一回分の服用量を計り、バーナデットの頭をそっと起こした。「さあ」彼はささやいた。「さあ、バーナデット、これを飲んで。きみの薬だよ。痙攣がやわらいで、息ができるようになるからね。ほら、口を開けて、いとしい人《ケリーダ》」

バーナデットは、家に着いてからのことをほとんど覚えていなかった。エドワルドがここにいる。でも霞んだ目には、その姿ははっきり見えない。彼は何かを与えようとしている。あれはなんだろう？　彼の低い声に機械的に従い、彼女は薬を飲んだ。

エドワルドはコルストンに代わって枕元にすわると、バーナデットの小さな手をしっかり握りしめ、薬が効いてくるのを待った。握っているのは右手だったが、やがて胸に置かれた左手に目が留まった。そこに指輪はなかった。その理由を悟り、彼はひるんだ。彼女は指輪をはずしたのだ。彼を人生から締め出したのだ。当然の報いだが、それでもつらかった。

「あの薬だが」コルストンが言う。「前は効いたんだよ。今回も効くと思うかね？　この子はひどく悪いんだよ、エドワルド！」

「きっと効くでしょう」エドワルドは力強く答えた。「効くはずです！」そうと信じるしかない。バーナデットを死なせてはならない。彼女を失うわけにはいかないのだ。彼女のいない人生などなんの価値もないのだから。

彼の手が彼女の手を強く握りしめる。これは気のせいだろうか？　いくらか呼吸が楽になったようだが？　彼は立ちあがって、身を乗り出し、彼女の顔をのぞきこんだ。まちがいない、バーナデットは緊張を解きだしている。呼吸しながら、彼女は目を開いた。ひと呼吸ごとにその胸が大きく上下し、空気を吸いこむたびに喉のくぼみがぐっとへこむ。顔は青白く、冷や汗でびっしょりだ。彼女は苦しんでいる。エドワルドはその苦痛を代わりに背負ってやりたかった。

バーナデットは口を開いた。けれども言葉が出てこない。彼女はさらに少し身を起こし、前に乗り出した。薬のせいで頭はくらくらしている。それでも胸は楽になりだしていた。肺も楽になりだしていた。

彼女はゆっくり息を吸った……すると、ふたたび空気が出てきた！　突然、呼吸が楽になり、彼女は小さく笑った。もう一度やってみる。そしてもう一度。

「呼吸が楽になったようだぞ、ほら、わかるか？」コルストンは叫んだ。「ああ、よかった！」

「そうですね」エドワルドは重々しく言った。「楽になってきたろう、バーナデット？」

「ええ」バーナデットはかすれた声でなんとか答えた。「だいぶ……楽になった」

エドワルドは彼女の頭をかき寄せ、その上に身をかがめた。突然湧いてきた涙が目にしみる。

「この馬鹿なチビめ！」やわらかな髪に向かって、彼は非難を浴びせた。この恐ろしい一時間、抑えていた苦しみがついに彼をのみこみ、心を揺さぶっていた。「この馬鹿なチビめ、死んでいたかもしれないんだぞ。薬も持たずに家を離れたりして！」

「別に……関係ないでしょう？」バーナデットが言い返す。「あなたは……追いかけてきもしなかったじゃないの！」

エドワルドの手の力がゆるんだ。バーナデットの髪から顔を上げ、彼は少し身を退いた。「ぼくはね、バーナデット、きみが部屋にいないのを今朝まで知らなかったんだ」彼はみじめに言った。しかしバーナデットが信じていないのはわかった。緑の目に冷ややかに見つめられ、彼はびくりとした。彼女がこんな気持ちになっているのは、彼が追いかけてこなかったせいばかりではない。新婚初夜に彼がしたことのせいもあるのだ。

バーナデットは高い枕に寄りかかって、新鮮な空気を吸いこんだ。集中するために目が閉じられ、やがてまた開かれた。前よりよくなったとはいえ、呼吸はまだ苦しかった。

「薬を取ってきてくれて、ありがとう」コルストンが心からそう言って、エドワルドの背中をたたいた。「ひどく心配したよ。この子はちゃんと、薬を持ってきてくれと言ったんだ。ところがこっちは、ハーブティーのことだと誤解しちまってね。この鈍い脳みそめが！」

バーナデットは父の気遣いに驚いていた。これは彼が見せたことのない新たな一面だ。でももっと驚いたのは、エドワルドが現われ、トランクの薬を取りに走ってくれたことだった。あの薬がスーツケースではなくトランクに入っていたのを彼女は忘れていた。それは致命的なミスだった。

「いれたてのコーヒーをどうだい、バーナデット？」父が優しく訊ねる。

バーナデットはゆっくりとうなずいた。

「マリアからもらってこよう。すぐもどるからな！」

「なぜ……来たの？」父が出ていくと、気まずげに顔をそむけ、バーナデットは訊ねた。「もう充分じゃない？」

そう言われて、エドワルドは顔が熱くなるのを感じた。両手に視線を落とし、彼は考えた。何か自分の与えた心の傷をやわらげるような言葉はないだろうか。「結婚式の夜は、我を忘れていたんだ」彼は静かに言った。「完全にね。言い訳のしようもない。ぼくは怒っていた。カッとなって、欲望を抑えきれなくなったんだよ。あの……あの出来事がきみにとって受け入れがたいことはわかっている。あんなふうにきみを扱ったことについては、心から謝るよ。それに、きみが嘘をついたと信じたことについても」

バーナデットはあの夜の記憶に頬を染めた。ふたりの間にあったことを思うと、彼のさぐるような目に目を合わせることができなかった。彼はほかの誰よりも彼女の体をよく知っている。見た目も、感触も、彼の巧みな愛撫にどう反応するかも。彼女は、彼にすがって求めたのだ……。

恥ずかしさのあまり彼女が思わず小さくうめくと、その声は熱い矢のようにエドワルドの体を貫いた。

「許してくれ」彼は苦しげに言った。「きみは処女だった。あんなふうに乱暴に扱う権利は、ぼくにはなかったんだよ。まったく言い訳のしようもない」そうつぶやくと、黒い目でふたたび彼女の顔を見つめる。「ひとつだけ言えるのは、たまらなくきみがほしかったということだ。引きさがることなどとてもできなかったんだよ」

バーナデットはよけい赤くなった。両手でぎゅっとベッドカバーをつかみ、彼女は顔をそむけた。

「ああ、恥ずかしいのはわかるよ」エドワルドは優しく言った。「きみは自分自身の振る舞いばかり覚えていて、ぼくのしたことはあまり覚えていない。問題はそこなんじゃないかな?」

「お願い」彼女は声をつまらせた。「わたし……その話はできない!」

「でも話し合わないと」エドワルドは彼女の手を取り、そっと握りしめた。「きみはぼくの妻なんだよ、バーナデット」小声でそう付け加える。「ぼくがきみにしたことは、男女の間の自然な営みなんだ。結婚生活の一部なんだよ」

バーナデットは唇を嚙みしめ、その震えを止めようとしたが、目からは涙があふれ出てきた。「わたし、娼婦のように振る舞ったわ」

エドワルドの手が彼女の手をぎゅっと握る。「きみは、夫と結ばれることを切望している女性らしく振る舞っただけだよ」彼はドアのほうを意識し、彼女にだけ聞こえるように小声で言った。「ぼくたちの交わりはとてもすてきだったよ、バーナデット。とても情熱的だった」彼は彼女の手を取って裏返すと、汗ばんだてのひらに貪欲にキスした。「あのあとは、恥ずかしさと自分に対する軽蔑から、きみに顔を合わせることができなかった。無理強いする気はなかったんだよ。わかってくれるね？」

バーナデットはぎこちなくうなずいた。「あなたは……無理強いなんてしなかったわ」

「そうだね。きみは寛容だった。ぼくにはもったいないくらいに」彼は深々と息を吸いこんだ。「すべてが狂ってしまったね。ぼくはこの結婚に大いに期待していた。なのに、それをぶち壊すようなまねばかりしていたんだ。きみにもう一度帰ってきてほしいんだが」

バーナデットは首を振った。

エドワルドの指が彼女の手をなでた。「祖母も、もうこれ以上ふたりの邪魔はしないと約束してくれたんだよ」彼は説得を試みた。「ルペもだ」

「もどるくらいなら、毒ヘビでいっぱいの穴に飛びこむほうがましよ！」

エドワルドは淋しげにほほえんだ。「まあ、ぴったりの表現だろうな。でも、どんなに不愉快な人間だろうと、彼女たちはぼくの身内なんだよ」彼はさらに身を寄せ、彼女の緑の瞳を見つめながらささやいた。「もどっておくれ。もう一度きみを愛したいんだ。今度はもっとゆっくり、もっと優しく、いくら与えてもきみが飽き足らなくなるように」

全身がぞくぞくした。真っ赤になって、バーナデットは彼をにらんだ。「そんなこと言わないで！」

エドワルドは意地悪くほほえみ、彼女の手首に優しくキスした。「言うよりも行動したいね」そうささやくと、彼女の胸に視線を落とし、目でそれを愛撫した。「ああ、愛し合ったあときみを置いて出ていくときは、後ろ髪を引かれる思いだったよ！　きみを見ると、つま先まで欲望で疼いたものだ」

「あなたはわたしに言葉もかけなかったわ！」

エドワルドはいかにもスペイン人らしく肩をすくめて、ほほえんだ。「ぼくが出ていったのは、恥じ入っていたからだよ」

力強く美しい彼の両手をじっと見つめ、バーナデットはその優しさと技巧を思い出した。長くゆっくり息を吸いこむと、彼女は小さな声で言った。「わたしも恥ずかしかった。何よりも、自分があなたに言ったことが」声が乱れた。

彼女の指に触れるエドワルドの唇は、焼けつくようだった。「官能的で、すばらしい言葉だった」彼はささやいた。「あれは、ぼくの血を沸きたたせた。ぼくは大胆になり、きみに夢中になり、燃えあがった！　きみの言葉はぼくを歓ばせたんだよ、いとしい人《ケリーダ》。だからぼくも同じ言葉をきみに返した。忘れたの？」

いいえ、忘れてはいない。そのことを思うと、全身がぞくぞくした。バーナデットは顔を上げ、彼の黒い瞳をさぐった。それは優しく、愛情に満ちあふれていた。彼にこんなふうにほほえみかけられるのは、実にひさしぶりのことだ。

エドワルドの歯が手の甲をそっと噛む。彼は張りつめた顔をしていた。「ぼくが覆いかぶさると、きみはぼくを見た。初めてああいう形でぼくを見たとき、きみは息をのんでいたね」

そして、それにつづいて起きたことに、彼女はさらに大きく息をのんだのだ。長い脚を優しく押し広げられたこと、計算されたゆっくりした挿入、それに伴う本物の交わりの衝撃に。

「少し痛い思いをさせたね」エドワルドは彼女の目をまっすぐ見つめながら、ささやいた。「そしてきみはまた息をのんだ。でもほしくてたまらなかったから、やめてほしいとは言えなかった。ぼくが入っていきやすいように、きみは腰を浮かせた……」

「エドワルド！」

「そしてぼくが入っていくのを、きみはじっと見守っていた」彼はつづけ、恥じらう彼女を見てほほえんだ。「それがぼくたちの歓びをいっそう大きくした。見ることがね。あの行為はみだらだったね？　みだらで、同時にすばらしかった」

バーナデットは唾をのんだ。「あなたは……あなたは言ったわ。これまで女性に見せたことはないって」

「本当のことだからね」彼の指が、てのひらの線をなぞる。「これまであした交わりは、暗闇のなかでしかできなかった。自分の……自分の征服した女性に対し、一種の恥ずかしさがあったからね」彼は自分の手のなかの小さな指を見おろした。「コンスエラのときは――その話はもうしたね」そう言って、彼女の優しい目を見つめる。「セックスがあんなに胸を打つ崇高なものだとは知らなかったよ。ぼくたちは明かりのもとでそれを共有したんだ。きみはぼくに本物のエクスタシーを与えてくれた。これまで経験したすべてをはるかに超える充足をね。衝撃を受けたよ。ぼくはあの経験に動揺し、きみをほとんど無理やり従わせたことに罪の意識を感じたんだ。すまなかったね。ぼくに理解がなかったために、きみはもう少しで命を落とすところだった」

バーナデットは新たな目でエドワルドを観察した。彼は複雑な男性だ。深い感情はいつも用心深く隠している。ところがいまそれが表に出ている。あんなふうに必死で薬を取りに走ったところを見ると、彼女に対して何かを感じているのだろう。

「それにきみも」彼は静かにつづけた。「充足を得たんだろう、セニョーラ・ラミレス？」

バーナデットはあわてて視線を落とした。呼吸がふたたび荒くなりだす。

「こらこら」エドワルドは彼女の顎を持ちあげ、目をのぞきこんだ。「結婚生活のこの部分については、お互い隠し立てしてはいけないんだよ。ぼくはきみを完全に満足させたかい？」

バーナデットはごくりと唾をのみ、ささやいた。「ええ」

エドワルドはうなずいた。「でも痛かったんだね」

「……少しだけ」

「そうだろう。出血したからね」

バーナデットは赤くなって、目をそらした。

「あれも自然なことなんだよ」彼は言った。「害にはならない。傷はすぐ治るし、今後はなんとも感じないよ」

バーナデットは止めていた息をほっと吐き出した。「そういう話をするのは、恥ずかしいわ」

「きみはぼくの妻なんだ。うちにもどっていっしょに暮らしておくれ」

彼女は用心深くエドワルドを見た。「なぜ？」

彼はほほえんだ。「なぜなら、伯爵夫人に頭からクリームをかけるような自信に満ちた女性こそ、エスコンディド牧場の立て直しを手伝うのにふさわしい人だからさ」

バーナデットは眉を寄せた。「何を言われたにせよ、あんなことすべきじゃなかったわ」彼女はつぶやいた。「か弱いお年寄りをあんな目に遭わせるなんて、ひどすぎる」

「か弱い？　あの祖母が？」エドワルドはバーナデットの額に手を当てた。「本気でそう思っているなら、きみは熱があるんだ。祖母はたとえ臨終の床にあっても、か弱くはならんさ。あの人も後悔しているんだ。帰ってきて、お詫びをさせてやってくれないか」彼の白い歯が光った。「こんな機会は二度とないだろうよ。それに祖母は、この崇高で興味深い新たな務めを果たすときも、自分にはなんの罪もないかのようにやってのけるにちがいないね」

バーナデットはどうにか笑ってみせると、彼の表情をさぐった。「ルペのほうは？」

エドワルドは彼女の手を取り、自分の膝の上で握った。「ルペはぼくのいとこだ。それ以上の何ものでもない。これまでもずっとそうだった。彼女の気持ちは知っているが、ぼくはその想いに応えることはできない」彼はあっさり言った。「ぼくがほしいのは、きみだよ。きみだけだ、バーナデット」

彼女も彼がほしかった。でも、それを言葉にするだけの自信はなかった。鎮静剤が効きだすのにつれ、彼女の呼吸は静かになり、そのまぶたは落ちてきた。

「もどってくれる?」エドワルドが優しく訊ねる。「自分の部屋で過ごさせてもらえる?」

エドワルドは大きく息を吸いこんだ。「ああ。もちろん。どんな望みでもかなえてあげるから」

どんな望みでも……。バーナデットは窓に目をやった。薄いカーテンの向こうには、青い空とふわふわの白い雲が見えた。「しばらく考えさせて」

エドワルドはためらった。ここはむずかしいところだ。これ以上、彼女を動揺させないようにしなくては。きれいな丸い爪のついた小さな手を見おろし、彼は静かに言った。「こちらとしては、寝室をともにしてもらえればもっとうれしいんだが。でもきみの気持ちはよくわかるよ」

バーナデットは驚いた。「いまでも……わたしがほしいの?」

この質問と彼女の口調は、エドワルドを驚かせた。彼はバーナデットの顔に視線をもどした。顔色は前よりよくなり、緑の瞳はきらめいていた。「それは決して変わらないよ」彼は静かに言った。

「でもたったいま、部屋は別々でいいって……!」

「それがきみの望みだと思ったからだよ」彼はそっけなく言った。「ああ、バーナデット、ぼくはきみを街の女のように抱いてしまったんだ! もう一度きみに求められるなんて期待できっこないだろう?」

彼女の目が大きくなった。「あなたは求めているの?」

その無邪気さは、エドワルドに自分の年を感じさせた。深刻な状況にもかかわらず、彼は笑った。「なんて恥知らずなことを訊くんだ。本当に答えてほしいのか?」

バーナデットはドアのほうへ目をやった。でもそこには誰もいなかったし、近づいてくる足音も聞こえない。彼女は熱心に身を乗り出した。「男の人は……相手が悪い女性のときに、ああいうやりかたをするの?」

「バーナデット!」彼は我慢できずに笑いだした。「まったく!」

「だってね」バーナデットは恥じらいもせずつづけた。「もしそうなら……相手が悪い娘でない場合は、どんなふうなのかしら?」

エドワルドは彼女の質問をきちんと受け止め、自分も率直に答えた。「優しくするんだよ。強引な愛撫や執拗なキスはしない。乱暴な挿入も激しい動きもなしだ」

バーナデットは可愛らしく頬を染めた。「でも……」

「なんだい?」

「でも、だからこそ……よかったのよ」

エドワルドはうなずいた。「ぼくもそう感じたよ。あんなすばらしい交わりはこれまで経験したことがなかった。だがきみに対してはもっと慎重であるべきだったね。何しろきみは初めてだったんだから」

「すべて、わたしが願っていたとおりだったわ。でも、とても恥ずかしかった！　だって、明かりをつけたままなんですもの！」

エドワルドは小さくため息をついた。

「正解だったのはその点だけだな。ぼくは明かりをつけたまままきみを愛した。だから、ぼくの愛人、ぼくの女、ぼくの妻となった瞬間のきみの顔を見ることができた。あの畏れと歓びの表情を、ぼくはいつまでも心に留めておける。何があろうとあれだけは逃せなかったよ」

バーナデットは驚いていた。きまり悪かったが、同時にうれしくもあった。「わたしはぜんぜんあなたを見ていなかったわ」彼女はささやいた。「あなたの顔は霞んでいたの。あまりに歓びが強烈で、死ぬんじゃないかと思った」

エドワルドはほほえんだ。「それはうれしいね」

「あんなふうだなんて、知らなかったの」

彼は笑った。「もうわかったろう」そう言って身を乗り出す。「ほかにもまだきみの驚くことがあるんだよ、セニョーラ・ラミレス」

バーナデットは神経質な笑みを浮かべた。「そうなの？」

だがそこへ彼女の父とマリアが入ってきたため、エドワルドの話は先送りとなった。

彼らはそれぞれ、コーヒーとケーキの載った盆を持っていた。

「ずいぶんよくなられて！」バーナデットの顔色を見て、マリアが叫んだ。「ああ、ありがたや。伯爵様が奇跡を起こされたのですね！」

「そう、奇跡だとも」コルストンは感謝をこめて静かに言った。「きみは娘の命を救ってくれたんだ」

「これでおあいこです」ブラックコーヒーを飲むバーナデットを見つめながら、エドワルドは答えた。「彼女のほうも一度ぼくの命を救ってくれましたから」

バーナデットはかすかに眉を寄せた。「わたしが？」

「妻と息子が死んだ直後のことだよ。ぼくは酔って、ピストルを振り回していた。忘れたかい？」

バーナデットは首を振った。「わたし、あなたが誰かを撃とうとしているんだと思ったのよ」

「そうだよ」暗いユーモアをこめてエドワルドは答えた。「自分自身をね」

「まさか！」

彼は大きな肩をすくめた。「ぼくにとって、あれはつらい時期だった……我が子が死んでいるのを見つけたわけだから」目を上げると、コルストン・バロンが席をはずすべきかどうか迷って、ためらっていた。

「こちらへ来てすわってください、コルストン」エドワルドは重々しく言った。「あの恐ろしい時期、ぼくの味方はあなたたちだけでした。何があったかぼくは一度も話さなかった。しかし話すべきだったと思います。おふたりには真実を知ってほしいんです」

コルストンはまだためらっていた。「だがなあ、つらい思い出なんだろう?」

「ええ。しかしぼくは話したいんです」

コルストンはついに折れ、ベッド脇の別の椅子に腰を下ろした。話す間も、エドワルドはバーナデットのやわらかな手を握っていた。

「妻の母は正気ではありませんでした」彼は静かに言った。「結婚式がすむまで、ぼくはそのことを少しも知りませんでした。その点は祖母も同じです。コンスエラはまったく正常に見えましたから、心の病気を疑う理由などなかったのです。式の準備の間、ぼくはスペインに滞在し、長いこと家を空けていました。そのため、マドリッドでの挙式後、妻を連れてもどってみると、牧場の経営状態は悪化していたのです。ぼくは損失を取り返し、牧場を維持するために、昼夜を問わず働かなくてはなりませんでした。コンスエラは長いことひとりぼっちにされ、そのことが彼女の心にこたえたようです。特にここに来てまもなく、妊娠を知ったときは」

思い出がよみがえり、彼は顔をひきつらせた。

「彼女はぼくを嫌うようになり、子供が生まれることもそれと同じくらいいやがっていました。そして息子が生まれると、完全にその子を無視したんです。ぼくは子供の世話をさせるために乳母をさがさなくてはなりませんでした」

彼はバーナデットの手を見おろし、彼女が励ますようにぎゅっと手を握るのを感じた。

「そのころぼくはかなりの負債をかかえてしまい、さらに金を借りるために出張することになりました。コンスエラも連れていこうとしたんですが、彼女はいやがり、結局、赤ん坊といっしょに家に残りました。すでに妻の正気を疑いだしていたぼくは、留守中、大勢の使用人が彼女と子供を見守るよう手を打ちました。ところがもどってみると、家にいたのは妻だけでした。彼女は子供を連れてぼくに会いに行くと言って、使用人たちを解雇したのです」

バーナデットの手がさらに強く彼の手を握りしめる。父にこの話をするのが彼にとってどれほどつらいことか、彼女にはわかったのだ。

エドワルドは大きく息を吸いこんだ。

「彼女は刺繍をしていました。ごく穏やかにぼくを見て、仕事はうまくいったかと訊ねたものです。赤ん坊のことを訊くと、なんのことかわからないという顔でぼくを見つめました。ぼくは子供の部屋へ向かいました。冬なので、家のなかは冷えきっていましたよ。特にあれは厳しい冬でしたから。暖炉にもまったく火の気がありませんでした。息子は上掛けもなく、ベッドに横たえられていました。やせ衰えて、見たところ、死んでからもう……数日は経っていたようです」

彼は歯を食いしばった。

「ぼくは息子を埋葬し、何があったかは誰にも言いませんでした。赤ん坊がどうなったか優しく話してやっても、コンスエラは理解できないようでした。ところがその日の午後、ぼくが牧童たちに牧場での急ぎの作業を指示している間に、彼女はぼくのピストルのひとつに弾をこめ、裏の山に入っていったんです。凍てつくような寒さのなか、ショール一枚まとわずにです」彼は白いベッドカバーに視線を落とした。「ついにぼくが発見したとき、彼女はピストルを握りしめたまま岩のそばに倒れていました。頭を撃ち抜いて死んでいたのです」

彼は目を上げ、同情に満ちたバーナデットの顔とその父の顔を見比べた。

「使用人たちは、ぼくが話してやったことしか知りません。しかし人は噂をしたがります。世間は、妻が赤ん坊を殺し、ぼくがその復讐のために彼女を殺して、自殺に見せかけたのだと言いました。でも真実はそうではない。妻は心の病をかかえていたのです。ぼくは息子を愛していたし、その死を嘆き悲しみました。しかし妻を傷つけたりはしていません。彼女は妻としての責任を果たすには、精神的にもろすぎたんです。なのに手遅れになるまで、誰ひとりそのことに気づかなかったわけです」

「かわいそうに」バーナデットが優しく言った。「あなたがあんなに荒れていたのも無理はないわ」

「きみが彼女に何もしていないことくらい、わたしたちにはわかっていたさ」厳粛な口調でコルストンが言葉を添える。「真相を話してくれてありがとう。だがきみはご婦人を傷つけるような男じゃないし、わたしにはそれがわかっていたよ」彼は力強くほほえんだ。「バーナデットのためにわたしをやっつけたときのきみの態度で、その確信はますます強まったよ。わたしはかなりひどい父親だったからな。しかしこの娘は寛容な子だし、わたしも過去でなくいまを生きることを学びはじめている」

「われわれはみな、いつかそれを学ばなくてはならないのでしょうね」エドワルドは答えた。「本人さえよければ、バーナデットを連れて帰りたいのですが」

「あの女どもはどうするんだ?」コルストンは用心深く訊ねた。

「ああ、バーナデットならちゃんと対処できると思いますよ」エドワルドは皮肉っぽくつぶやいた。

「わたしもそう思うわ」バーナデットも言った。彼女は切ないほどにエドワルドを愛している。そしてエドワルドのほうも、彼女に対してなんらかの感情を抱いている。ただの親愛の情かもしれない。それはささやかなものだけれど、土台にするには充分だ。

「アイルランド娘が尻尾《しっぽ》を巻いて逃げだしたなんて、誰にも言わせない!」

「四輪馬車できみを迎えにくるよ」エドワルドは言い、きっぱりと付け加えた。「今回は移動の間、顔に何かかぶって、埃から肺を守るんだぞ！」

「はい、エドワルド」彼女はいたずらっぽく彼を見あげてつぶやいた。

「いかにも従順そうだな」エドワルドが茶化した。「でもこっちは、きみがそういう人じゃないのを知っている」

「あなた、自分の家の主《あるじ》になるんだと言っていたでしょう？　わたしはただきちんと言いつけに従おうとしているだけよ」

「きみはもう充分、へりくだったところを見せてくれたよ」エドワルドはおかしそうにコルストンを見やった。「彼女、ぼくの祖母に頭からピッチャー一杯分のクリームをかけたんですよ」

　コルストンは愉快そうに声をあげて笑った。「心配するんじゃなかったよ」彼はそう言って立ちあがった。「では仕事にもどらせてもらおうか。体に気をつけるんだよ、バーナデット」彼は厳しく付け加えた。「その肺にはくれぐれも注意しろ。わたしにはもう娘はひとりしかいないんだ。それを失うなんてまっぴらだからな！」

　バーナデットの顔は輝いていた。彼女は喜びに満ちた目で父を見あげた。「ええ、気をつけます」

　コルストンは娘にウィンクし、エドワルドと彼女を部屋に残して出ていった。

ふたりは笑みを交わした。

「さあ、一からやり直そう」エドワルドがささやく。「今度は、出だしからつまずいたりしないように」

第十二章

エドワルドがふたたびバーナデットを家に導き入れたとき、伯爵夫人とルペは居間で縫い物をしていた。ふたりは目を上げ、きまり悪げな顔をした。

「バーナデットはまだ回復しきっていないのです」エドワルドは堅苦しく言った。「二階へ連れていって夕食まで寝かせます」

「それがいいわ」ルペは無理に口もとに笑みを浮かべた。

伯爵夫人は沈んだ表情でバーナデットに目を向け、ぎこちなく言った。「少しはよくなったのでしょうね」

「ずっとよくなりました」バーナデットはわざと明るく答えた。「お気遣いありがとうございます」

エドワルドは身内のふたりに礼儀正しく会釈すると、彼女を連れ去った。

バーナデットが連れていかれたのは、重々しいマホガニー製の調度の置かれたとても広い部屋で、窓は天井近くまで届いていた。ベッドは大きな四柱式のもので、カバーは明らかに熟練工の手によるパッチワークのキルティングだった。カーテンも椅子と同じで、美しいというより簡素で機能的だ。それは女性ではなく男性の部屋だった。

「帰国して以来、ぼくはずっとここで寝ているんだよ」エドワルドは言った。「そうしたければ、内装を変えるといい」

「とりあえずは何もしないつもりよ」バーナデットはベッドの縁にすわった。ずいぶん高いベッドなので、磨きこまれた木の床に足が届かないほどだった。彼女ははにかんだ笑みを浮かべ、夫に目をやった。

エドワルドはため息をつき、腕組みをして大きなドレッサーに寄りかかると、じっと彼女を見つめた。「すっかりくつろいでいるようだが」彼は言った。「わかっているのかな。ぼくはふたりの結婚生活をプラトニックなものにするつもりはないんだよ」

「わかっているわ」

彼の黒い目が細くなった。「まだ子供のことを話し合っていなかったね、バーナデット」ややあって彼は言った。「きみが出産を怖がっていることは知っている。それに、ふたりが結ばれたとき、ぼくは妊娠を避ける手段を何ひとつ講じなかった」

バーナデットは不安よりむしろ好奇心でいっぱいだった。「そんなことができるの？妊娠を避けるって？　どうやって？」

エドワルドは笑った。「また質問攻めか！」

「男女のことは、わたし、何も知らないの。ほかに訊ける相手もいないでしょう？」エドワルドはベッドに歩み寄って、彼女の隣にすわった。「覆いを使えばいいんだよ」彼はそう教え、それをどこにどう使うか説明した。

バーナデットの目が大きくなった。「でも違和感があるんじゃない？」

「少しね。きみのほうも同じだろう。だがそれは妊娠を避ける実証ずみの方法なんだ」

バーナデットはボタンつきの靴のつま先をじっと見つめ、眉を寄せた。

「どうしたの？」

彼女は身じろぎし、つぶやいた。「それじゃまるで手袋をはめて愛し合うみたいだわ」

エドワルドの心臓が止まった。「なるほど。そういうのは気に入らないというわけだね？」

「わたし……」彼女はためらった。彼の顔を見ることができない。「わたし……あなたを感じたいの」

エドワルドの息遣いが激しくなる。「ぼくを感じる……きみのなかで？」彼はささやいた。

バーナデットは息を止めた。数秒後、彼女はベッドカバーの上にあおむけになっており、エドワルドは彼女の唇をむさぼっていた。彼の両手が体をまさぐっている。その感触は温かく、心地よかった。激しい欲望を覚え、彼女は彼を引き寄せた。

彼はためらった。「ちょっと待って」

そして立ちあがり、寝室のドアに鍵をかけ、錠を下ろした。シャツのボタンを両手ではずしながら、彼は引き返してきた。

バーナデットは肘をついて身を起こし、彼が服を脱ぐのを恥じらいもせず見守っていた。その目がどんどん大きくなっていく。やがて最後の一枚が床に落ちた。

彼がベッドに歩み寄ってくる。彼女は息をはずませながら身を起こした。そして、ボタンや留め金をひきむしりだし、彼の手が作業を引き継ぐと喜んでつづきをまかせた。

「呼吸が苦しくならないかな?」彼女をそっとベッドにすわらせ、緑色のレースのブルマーを引きおろしながら、彼は緊張した口調で訊ねた。

「ええ、大丈夫よ」彼女は震える声でささやいた。

エドワルドはバーナデットをベッドに横たわらせ、その隣にすわって、彼女の裸で目を楽しませた。「髪を下ろして」

彼女は大急ぎでつぎつぎとピンを抜き取っていった。それが終わるまで、彼に先へ進む気のないことがはっきりしていたからだ。

エドワルドは彼女の髪をベッドカバーの上に広げ、淡い金色の輝きとその長さとを楽しんだ。それから窓にちらりと目をやり、なかのひとつが開いているのに気づいた。ひとことも言わずに立ちあがると、彼はそちらへ歩いていき、しっかりと窓を閉めた。

厳粛な顔をし、奮い立っているのがはっきりわかる姿で、エドワルドはベッドに引き返した。

「なぜ窓を閉めたの？」彼が隣に身を横たえると、バーナデットは訊ねた。

「愛し合うとき声をあげるからだよ」彼は優しく答えた。「人に聞かれるのを心配して声を押し殺すようなことはしてほしくないんだ。きみがうめくのが好きなんだよ」

エドワルドが乳首に向かって頭をかがめると、バーナデットは彼の裸の肩にしがみついた。乳首はすぐに固くなった。彼はほほえんで、それを吸い、彼女の唇から漏れる小さな叫びを聞いた。

彼の両手が彼女の背中の下にすべりこみ、体に回される。一方の手がやわらかな腹部をなでおろし、彼女の女らしさを楽しむためにその脚を開かせる。体をさぐられ、刺激され、ついには進んで身を委ねながら、彼女は震え、あえいだ。やめないで、と哀願するうちに、体は弓なりになっていた。

彼の口がのぼってきて、緩慢で温かな圧迫によって彼女の唇を開かせた。

彼はゆっくり時間をかけて彼女を刺激し、その体を燃えあがらせては炎を鎮めた。そしてそうしながらずっと、彼女にほほえみかけ、優しくキスし、本人には抑えられない彼女の反応を見守り、堪能していた。

バーナデットは彼を切望するあまり、目に涙さえたたえていた。その渇望に応えないかぎり、ふたりの歓びを長引かせることはできない——そう悟って、エドワルドは彼女の唇にそっと唇を重ね、巧みに手を動かした。彼女はリズミカルに震え、欲望が満たされた瞬間、身を固くして声をあげた。

「そうだ」顔を上げて彼女の顔をのぞきこみ、彼はささやいた。「よかった？」

彼女はすすり泣きの途中で息を止めた。「あれで……全部なの？」

エドワルドは笑って、彼女の濡れたまぶたにキスした。「まだ始まったばかりだよ」彼はささやいた。「でもきみは、ぼくの計画どおりにするにはせっかちすぎる。さあ触って、バーナデット。ぼくがこれからきみの体を楽しむように、ぼくの体を楽しんでくれ」

それは発見の船旅のようだった。我を忘れさせる、息もつけない刺激的な触れ合いのなかで、彼女は彼を知り、彼は彼女を知った。

最初のときとはちがい、彼は辛抱強かった。ときどき手を止めて、自分自身と彼女を落ち着かせた。そして毎回、快感は恐ろしいまでに高まった。自分の肉体がこれほどの歓びに耐えられるとは、バーナデットは夢にも思っていなかった。

欲望がぐんぐんつのっていく。震えを抑えることができない。体は彼に向かって開かれている。彼の瞳、その手、その口に向かって。やわらかな生け贄《にえ》のように、彼女は彼の下に横たわっていた。すぐ上に留まっている彼の男らしいものを崇め、その目は大きく見開かれていた。

エドワルドの自制心は徐々に失われていった。彼は自らの疼きを感じ、相手を満足させたいなら、いますぐ彼女を抱かねばならないことを悟った。

彼は、彼女の太腿をなで、その体をゆっくり自分の下に引き入れて、優しく慎重に適切な姿勢を取らせた。

彼女の瞳孔が広がるのを見つめながら、体の上に体を下ろし、自分を迎えたがっているあの部分をそっとさぐりはじめた。挿入のたやすさに、思わずふっと吐息が漏れる。欲望をかきたてられた彼女の体は、彼が入りはじめても、逃げようともしなかった。

彼を取りこむ過程に魅せられ、彼女は下に目を向けた。緩慢で甘美な歓びとともに、たくましい腕をつかむ両手にぎゅっと力がこもった。

「とても美しく、とても神聖なんだ——この男女の交わり、このゆっくりしたすばらしい愛の行為は……」

彼がなかに押し寄せてくると、思いがけない歓びに彼女は身をすくめた。腰が自然にそりかえったが、彼が両膝をとらえ、その動きを抑えた。

「だめだよ」彼はそっとささやいた。「ゆっくりだ、可愛い人《アマーダ》」そして、彼女の上で官能的に動く。「ゆっくり……ゆっくり」その目が閉じる。懸命に衝動を抑えこみ、彼は身を震わせた。高まっていく興奮に、歯がぎりぎりと噛み合わされる。彼女の体は温かく、心地よかった。彼女がぎゅっと収縮するのを感じ、彼はあえいだ。

交わりがもっとも深まったとき、衝撃と驚きのうちに彼女は彼の目を見つめ、かすれた叫び声をあげた。

「ぼくがどれほど強いか感じる？」エドワルドは乱れた声で訊ね、さらに奥に入ってきた。「初めてだよ……こんなに……深くまで来たのは……！」

突然、歓びが抗いがたいほど高まり、そのすさまじい衝撃に怯えて、バーナデットは身を震わせた。「怖いわ！」

エドワルドは彼女の両手首をつかみ、ベッドの上、頭の両脇に押さえつけた。突然、長く強く執拗に突きはじめたとき、彼の顔は暗く、険しく、恐ろしくさえあった。

「ああ……！」顔をゆがめ、全身を緊張させて、彼女は涙を流した。欲望がぐんぐんと高まっていく。

「可愛い人《アマーダ》」彼は喉を詰まらせた。「ミ・ビダ、ミ・アルマ、ミ・コラソン……！」

最初の収縮が体を引き裂くのを感じると、彼の苦しげな顔がぼやけた。彼女は何度も繰り返し静止しては痙攣した。何度も何度も。息ができない。心臓の鼓動も感じられない。痛みにも似た深い歓喜の波のなかで、彼女はただエドワルドの力強い肉体の衝撃を感じていた。

はるか彼方から、果てしなく叫びつづける自分の声が聞こえてくる。彼女は彼に何かささやいた。自分の耳にはほとんど聞き取れない何かを。やがて緊張がはじけ、ものすごい高さから地上へ、灼熱《しゃくねつ》の地面へと転落していきながら、彼女は激しく泣いていた。

エドワルドのかすれたうめき声が、耳のなかにこだましている。永遠とも思えるほど長い間、彼は震えていた。彼の両手が痛いほどに手首を締めつけているが、それさえも心地よい。あまりに深く彼が入りこんでいるので、自分たちは溶け合い、これっきり離れられなくなるのではないかとさえ思った。胸はいっぱいだった。エドワルドは気づいていないが、絶頂に至ったとき彼がスペイン語でささやいたあの熱い言葉の意味を彼女は理解していた。彼は彼女を、わが命、わが魂、わが心臓、と呼んだのだ。彼女こそ愛する人だとささやいたのだ。お互いが与え合った歓びだけでなく、その告白にも彼女は圧倒されていた。

汗にまみれ、身を震わせ、胸を激しく鼓動させながら、交わりの熱い余波のなかで、ふたりは抱き合った。

手さぐりしてみると、エドワルドのなめらかなたくましい背中はじっとり湿っていた。内奥に彼を感じ、バーナデットはゆっくり体をゆすった。そうしたときの快感が、たまらなく好きだったのだ。

エドワルドは小さくうめき、自分も体をゆすった。「バーナデット」そう言って、身を震わせる。そしてあえぎながら、ふたたび体をゆする。「こんなに近づいても……まだ足りないよ、バーナデット」

「ええ、わかるわ」彼女はほほえみ、彼をぎゅっと抱きしめた。

エドワルドは彼女の顔に顔をすり寄せた。「最後の瞬間、自分の言ったことを覚えている？　ぼくの耳に何をささやいたか？」

もちろん覚えている。彼女は彼の喉に顔を埋め、強く押しつけた。

「きみは〝妊娠させて〟と言った」エドワルドは震えた。「ああ、あのあともっと近づこうとしながら、ぼくは死ぬかと思ったよ。きみの魂まで貫きたかった」

「そうしなかった？」バーナデットは熱心にささやいた。「そうされたように感じたわ」ふたたびぎゅっと彼を抱きしめ、彼女もまた震えた。「赤ちゃんがほしくてたまらない」彼女は声をつまらせた。「怖くはないわ、エドワルド。ニューヨークのお医者様は、危険はまったくないとおっしゃっていた。わたしは……ヒップもあるし、難産になりはしないって」彼が気をのまれているのを意識しながら、彼女はその喉に激しくキスした。

「本当に子供がほしいの？　ぼくの子供が？」

「ええ、もちろんよ！」

体をからみあわせたまま、エドワルドはゆっくり横向きになり、彼女の優しい目を見つめた。黒い髪は濡れ、広い額に乱れかかっていた。彼女の腫れた唇に、彼はそっと手を触れた。「でもぜんそくは……そのせいで出産はたいへんになるんだろう？」

バーナデットは彼の濃い眉と高い頬骨を指でなぞった。「息子がほしくないの？」彼は目を閉じた。「ああ」張りつめた声で言う。「この世の何よりもほしいさ！」

バーナデットは優しくほほえみ、身を乗り出して、固く結ばれた彼の口にキスした。それから試しに体をゆすり、その動きのもたらした快感に声をあげて笑った。彼女の目が彼の目と出会う。「もう一度」彼女はささやいた。「お願い」

エドワルドの両手がヒップまですべりおりてきて、腰を抱き寄せる。彼はしなやかに動き、自らの膨張を感じると息を止めた。

「ああ……そうよ」バーナデットはあえいだ。「そうよ！」

エドワルドは彼女に何か言うつもりだった。でも、それがなんだったのか思い出せない。ふたたび欲望が襲ってくる。彼は歯を食いしばり、彼女の腰にぐいぐいと腰を押しつけた。

それは熱く激しく、たちまち終わってしまった。ふたりの共有する奔放な情熱によって、前回の優しさは影を潜めていた。彼女も彼と同じくらい荒々しく、突いてくるその体の下で、噛んだりひっかいたりした。クライマックスはふたりを高く舞い上がらせ、彼らは息を切らし、消耗しきった状態で充足のうちに取り残された。

裸で抱き合ったまま、ベッドカバーの上に横たわり、ふたりは長いこと眠った。目を覚ましたとき、室内は暗くなっていた。

エドワルドは痛む筋肉を伸ばしながら、うめき声とともに身を起こした。「セニョーラ・ラミレス」彼は皮肉っぽくつぶやいた。「きみのせいで背中を傷めたようだよ」

「ご不満なの？」バーナデットはそうささやきながら、彼の長い脚を裸足でさすり、腿の上のほうまでゆっくりなであげていった。

エドワルドは彼女の足をとらえ、ウエストまで手をすべらせていった。それから、彼女の唇をさがしあて、眠たげにむさぼるようにそこにキスした。「とんでもない」彼はささやいた。「ベッドのきみは最高だよ、バーナデット。ぼくは、きみと結ばれたときの感じがとても好きなんだ」

「わたしもよ」バーナデットは彼の喉に顔をすり寄せた。「お腹がすいたわ」子供のように彼女は言った。

エドワルドは笑った。「ぼくもだよ。ふたりとも何も食べてなかったものな」

「朝食は食べられなかったの。とても具合が悪かったから」バーナデットは疲れたようにつぶやいた。「お腹がぺこぺこよ」

「服を着て、食べ物をさがしに行こうか？」

「ええ」

エドワルドはランプに灯を灯し、バーナデットがベッドを出て服を着はじめると、喜びの目でその姿を見つめた。「なんて美しい体なんだろう」ベッドの周囲に脱ぎ散らかされた自分の衣類を拾いあげながら、彼はつぶやいた。「その体があんなに感じやすいとは、夢にも思わなかったよ」

「わたしも」バーナデットはブラウスのボタンをかける途中で手を止めた。「わたしは正常なの、エドワルド？」

エドワルドはまずズボンのボタンをかけ、それから彼女の両腕をとらえて、顔を見おろした。「つまり、あんなふうに完全に身を委ねたから？」

「ええ。それに、あなたにいろいろ言ったでしょう？」

エドワルドはほほえみ、身をかがめて優しく彼女にキスした。「きみは夢そのものだよ、バーナデット。ぼくの望みどおりの女性だ。いっしょに寝るときのきみについて、変えたいところはひとつもない」少し腫れた彼女の唇を、彼は優しくなぞった。「もしも残念な点があるとすれば、それはぼく自身のスタミナの欠如だ。もっと何度もきみを抱きたいからね」

「ええ、でもわたしはきりがないみたいよ」バーナデットはつぶやいた。「つまりね、あなたにとってあれは一度だけのことだけれど、わたしは何度も何度もなの」

「女性はそうなんだ」エドワルドはいたずらっぽくささやいた。「きみが何度もいくのも、ぼくは好きなんだ。こちらは一回で、きみの全回数分と同じだけの歓びを得られるんだからね」

「ほんとに？」

エドワルドは笑って、彼女を抱き寄せた。「本当だよ」彼はため息をついた。「ぼくが人生で最初にした賢いことは、きみと結婚したことだな」

バーナデットの心臓が飛びあがった。「ほんとに後悔していない？」

「ああ」

「わたしも」

ややあって、エドワルドは身を離し、彼女の目をのぞきこんだ。「あれは本気だったの？　子供のことだけれど？」

「ええ、本気よ」

「じゃあ期待するとしよう」

バーナデットは彼にほほえみかけた。「ええ」


彼らはそろって階下に下りたが、居間には誰もいなかった。「たぶんふたりとも部屋に引き取ったんだろうね」淋しげな笑みとともに、エドワルドが言った。「おそらくきみにはおしゃべりよりも休息が必要だと感じたんだろう」

バーナデットは不安げに彼を見あげた。「わたしたちの声、聞こえなかったかしら」

エドワルドはほほえんだ。「ぼくたちの部屋は、屋敷の反対側だからね。誰にも聞こえはしないさ」

バーナデットは迷った。彼があのとき何を言ったか理解していることを打ち明けるべきだろうか？　その黒い目をさぐり、彼女はもう少しだけ待つことにした。彼女は全身全霊をかけて彼を愛している。彼も同じ感情を抱いているとわかっただけで、天国にいるようだった。少なくとも、彼女はあのときの言葉を信じている。でも、男性は女性を意に沿わせたいとき、そういうことを言うものだそうだ。おそらく、もうしばらく辛抱すれば、彼の本当の気持ちがわかるだろう。

ふたりは熱い新婚生活へと入っていった。それは、週内にグラナダへ帰るとルペが告げたことで、さらに盛りあがった。伯爵夫人のほうはもう数週間残ることになった。バーナデットは最初、この話をあまり喜べなかった。けれどもルペが発ったあと、老婦人は新しい義理の孫娘をさがして居間にやって来た。

夫人は、銀の柄の杖《つえ》をたよりに、バーナデットの向かい側の小さなウィングチェアにそろそろと腰を下ろした。夫人の細い目が、作りかけのドレスの胴部にバーナデットが施している凝った刺繍に注がれた。

「刺繍が上手なのね」ややぎこちなく夫人は言った。

バーナデットは彼女を見つめた。「昔、祖母がときどきうちを訪ねてきていたんです。そのとき、わたしに縫い物や鉤針編みを教えてくれたんですわ」

「わたくしも手芸は好きですよ」伯爵夫人は椅子のなかでそわそわした。襟ぐりの高いドレスのスカート部分の黒いタフタがさらさらと音を立てた。「お母上も手芸をなさったの？」

「母はわたしが生まれたときに亡くなりました」バーナデットは簡潔に答えた。「わたしは母を知らないんです」

老婦人は眉を寄せた。「あなたはひとりっ子？」

バーナデットは首を振った。「姉がひとりいましたけれど、出産で亡くなりました。兄もいます。アルバートという名ですの。奥さんと子供といっしょに、メイン州に住んでいます」

伯爵夫人は、長いスカートの下からのぞいている靴のつま先をじっと見つめた。「では、あなたは……出産に対して恐怖心があるのでしょうね」

「ええ、少し。でもニューヨークのお医者様に、特に危険はないだろう、と言っていただけましたの。わたしはヒップもあるし、頑丈ですものね。もちろん、肺だけは別ですけど」彼女はわびしげに付け加えた。

伯爵夫人は咳払いをし、小さな手に握られた、細かな刺繍のある絹のハンカチで口もとをぬぐった。「孫はあなたの肺が悪くなったときの処置がとても上手なようだけれど」「うちの家政婦のマリアに、どうすればいいか訊いてくれたんですわ」バーナデットは説明した。「父がわたしの健康に無関心なのをエドワルドは気にしていたんです」彼女はため息をついた。「わたしがエドワルドと結婚してから、父はずいぶん変わりました。長いこと母が死んだことでわたしを責めていたんですけれど。でも、このごろは別人のようですの。少しはわたしに愛情を感じているのかもしれませんわ」

伯爵夫人はむっとした様子を見せた。

「子供には自分の誕生についてなんの責任もありませんよ」夫人は高飛車に言い、じっとバーナデットを見つめた。その様子はまるで、孤独で不安な子供だったかつてのバーナデットを見ているようだった。老いた顔が少しやわらいだ。「うちの息子はわたくしの全世界でしたよ。わたくしはあの子を育て、教育し、アメリカに移住して夫の父親の築いたこの家を継ぐことも認めました」夫人の顔が険しくなった。「息子はサン・アントニオの祭りであの女と出会ったのです。息子の魅力と富と相続財産は彼女を夢中にさせました。ふたりはわたくしに逆らって結婚し、長年にわたり、わたくしたちはお互いに口もきかない仲でした」

夫人はゆっくりと息を吸いこんだ。この話をするつらさが、その表情にありありと浮かんでいる。夫人は突然、ひどく老けこみ、弱ったように見えた。

「あの子が死んだという知らせが届いたときは、自分も死ぬのではないかと思いましたよ」夫人の唇が震え、大きくて熱い涙の粒が皺の寄った華奢な顔を伝い落ちた。

バーナデットは刺繡を置いて立ちあがると、老婦人のかたわらにひざまずいて、泣いている彼女を抱きしめた。

「とても……つらかった」伯爵夫人は涙を流した。「息子を深く愛していたのでね」

「ええ、そうでしょう」

伯爵夫人はハンカチで目をぬぐった。「息子を失った苦しみがあなたにわかるわけはありませんよ」

「ひとつわたしに考えがあるんですけれど」バーナデットはほほえんだ。「もっと神様とお話しになるべきですわ」ささやくように言う。「あのかたは聞いてくださいます。わたしも始終、話しているんですよ。きっとわたしの果てしないおしゃべりにうんざりなさっているんじゃないかしら」

思いがけず伯爵夫人はほほえんだ。彼女は手を伸ばし、バーナデットの頰に軽く触れた。「あなたになぐさめてもらえるとは思ってもいませんでしたよ。わたくしはとても不親切でしたからね」夫人は眉を寄せた。「まだ幼い子供だったエドワルドがうちに送られてきたとき、あの子はわたくしの命となったのです。あの子が金持ちのアメリカ女と結婚すると聞いたとき、わたくしは嫉妬し、心配になりました。歴史が繰り返されるのが目に見えるようで、そうなったらとても耐えられないと思ったのです」

「わたしはお金持ちではありませんわ」バーナデットは言った。「父にお金があるだけですの」

「わたくしの恐れをわかってくれるでしょう？」

「ええ、わかりますわ。でもわたしは決してエドワルドを傷つけたりはしません。心から彼を愛しているんですもの」

「わかっています」伯爵夫人はゆっくりと言った。「気づくのが遅すぎましたけれどね。いろいろとあなたの邪魔をしたことを許してもらえますか？」

「ええ、頭からクリームをかけたことを許していただけるなら」バーナデットはいたずらっぽく答えた。

伯爵夫人の老いた顔が明るくなり、顔に刻まれた歳月がくずれ落ちた。「あれは一生忘れられない経験でしたよ。それに、ああされただけの価値は大いにあったと言わざるをえません。おかげで、エドワルドからあの子の人生に咲いたたったひとつの明るい花を奪わずにすんだわけですから」夫人は首を振った。「あの子はついに、コンスエラのことを話してくれたのです」彼女の眉が上がった。「あなたは知っているの？」

バーナデットはうなずいた。

「わたくしは少しも知らなかったのです。コンスエラの母親に奇癖があることは、わかっていました。でも正気でなかったとは――完全におかしいとは知らなかったのです。その後、エドワルドがコンスエラをわたくしたちの目の届かないテキサスへ連れていくと言いだしたときも、こちらはあの子の妻の問題をまったく知りませんでした」夫人は悲しげに首を振った。「本当に後悔することばかりですよ。他人のお節介は焼くものではありませんね」

「ええ。でも相手を大事に思っていると、なかなか放ってはおけないものですわ」

伯爵夫人はほほえんだ。「確かにそうですね」笑みが広がり、彼女は付け加えた。「ポルケ・ノ・セ・ディセス・ア・ミ・ニエト・ケ・プエデス・アブラル・エスパニョール？」

「ポルケ・アオラ・ノ・エス・エル・ティエンポ・パラ・エソ」

伯爵夫人は笑った。「なぜ、いまはまだあの子にスペイン語が堪能なことを話す時期ではないのです？」

「なぜなら、彼が明かしたがらないいろいろなことを、こっそり知ることができるんですもの」バーナデットは簡潔に答えた。「でもそろそろ話すつもりです。もうまもなく」

その輝く緑の瞳を見つめ、伯爵夫人は思った。こんな美しい瞳のひ孫を持てたら、どんなにいいだろう。

エドワルドは、自分にゆかりのあるふたりの女性の関係が改善されたことに気づき、ひそかにおもしろがっていた。垣根はたちまち取り払われたようだった。いまでは、夜、彼女らが針仕事だの鉤針編みだのにいそしむとき、伯爵夫人はいつもバーナデットの隣にすわっている。ふたりの話題はつきないようだった。だが、彼女らの間にほかにも何かがあることに、エドワルドは気づいていた。ふたりが何か企んでいるという印象は、次第に強まりつつあった。

ある朝、家の近くの草の葉にまだ露が残っているころ、彼はバーナデットを乗馬に連れ出した。

バーナデットは、彼と乗馬するとき、古いジーンズを穿きたがる。これは、作法にうるさい彼の祖母が激怒しそうなことだった。ところが驚いたことに、伯爵夫人は笑って、かさばった重たいスカートで馬に乗らないとは、わたくしの新しい孫娘は分別のある娘だ、と言った。

「きみのおかげで祖母は変わったよ」屋敷からだいぶ遠ざかったとき、エドワルドは言った。

「わたしのほうもお祖母様のおかげで少し変わったんじゃないかしら。わたし、お祖母様が好きよ。もちろんつむじ曲がりだし、ひどく頑固だけれど、いつでも何を考えているかわかるもの。お帰りになったら、きっととっても淋しくなるわ」

「ぼくもだ」エドワルドはおかしそうに彼女を見やった。「でもルペがいないのは別にかまわないんだね？」

バーナデットはさっと彼に目を向けた。「ルペはいらないわ」彼女はそっけなく言った。「あの色目を使う、香水まみれのお節介女！」

エドワルドは頭をそらして、大笑いした。「向こうもきみのことを同じように思っているんじゃないかな」

「あなたの妻は彼女じゃない。このわたしよ！」

エドワルドは愛情をこめて甘やかすように彼女を見つめた。「確かにそうだね、セニョーラ・ラミレス。まちがいなくぼくの妻だ」

彼はふたりのめくるめく夜のことをほのめかしているのだ。バーナデットは思わず頬を染めた。

「きみはなんて大きな歓びを与えてくれるんだろう《アイ・ケ・プラセル・メ・ダス》。きみなしでは生きていけないよ《ノ・ポディア・ビビル・シン・ティ》」

「わたしも、あなたなしでは生きていけないわ」無意識のうちに、彼女はそう答えた。

「まあ、見て！　エドワルド！」

理解できるはずのないスペイン語に彼女が応えたことに衝撃を受けながらも、エドワルドは彼女の指さすほうを目で追った。するとオジロジカ数匹がふたりの行く手を飛びはねながら横切っていくのが見えた。

「美しいシカだね」そう言ったものの、頭はくらくらしていた。バーナデットはスペイン語がわかるのだろうか？　だとしたら、ぼくはどこまで胸の内を彼女に漏らしてしまったのだろう？

「わたし、ここが好きよ」彼女はささやいた。「それに、気づいているかしら、肺の具合もいままでにないくらいいいの」

「気づいてるよ」エドワルドは目を細めて、じっと彼女を見つめた。「バーナデット、もしかするとぼくの話すスペイン語が理解できるの《エス・ポシブレ・ケ・トゥ・メ・エンティエンデス・クアンド・アブロ・エン・エスパニョール》？」

バーナデットは彼を見あげ、もっともあたりさわりのない表情を作った。「ごめんなさい。なんて言ったのかしら？」

エドワルドはもう一度、もっとゆっくり同じ言葉を繰り返した。

バーナデットは眉を寄せた。「ああ、英語で言ってくれないとだめなの。ごめんなさい」彼女はいかにも無邪気そうに言った。「いまのはどういう意味？」

「いいんだ」エドワルドは答え、緊張を解いた。「なんでもないよ。行こうか」

バーナデットは馬を促して彼の馬と並ばせ、ほっと安堵のため息を漏らした。ほんとに危ないところだった！

第十三章

ある日のこと、キッチンをあずかるクローディアが、朝食の支度に遅れて現われ、ふたりの子供を連れてきたことをさかんにバーナデットにあやまった。

彼女がスペイン語でまくしたてたところによれば、姉が病気になり、まだ小さい息子と娘、三歳と四歳を置いてくるわけにはいかなかったとのことだった。

バーナデットは笑って、自分が子供たちにお話を読んであげるから仕事にかかるようクローディアに言った。

彼女は流暢《りゅうちょう》なスペイン語で読みきかせを始めた。キッチンとダイニングの間のアーチ路に夫とその祖母が現われたのには、まったく気づかなかった。

男の子と女の子を膝に載せた彼女が、物語を読んでは、ときどきむずかしい言葉をスペイン語で説明しているのに、エドワルドは耳を傾けた。

彼の息が止まった。まさかそんな……そして彼はほのかなきまり悪さとともに、自分が彼女の前で口走ったさまざまなことを思い出した。その気持ちは、ベッドでの自分の奔放なささやきを思い出すと、さらにふくれあがった。なのに彼女は何もわかっていないふりをしていたのだ!

彼の息をのむ音があたりに響いた。バーナデットはさっと振り返り、エドワルドの顔を見て、自分の秘密がもはや秘密でないことを知った。

彼女はばつが悪そうにほほえんだ。「おはよう」

「おはよう」

伯爵夫人が笑った。「とうとう、この子に秘密を打ち明けることになりましたね」黒い目におかしそうな色を浮かべ、夫人は言った。「ちょうどいい時期ですよ! 子供たちはわたくしが居間へ連れていきましょう。お話のつづきはあちらで読んであげますよ。あなたがたには話し合うことがおありでしょうからね!」

「話し合うことだと!」寝室のドアを閉めながら、エドワルドはつぶやいた。彼は腕組みして、いらだたしげにバーナデットを見つめた。

彼女はエドワルドに歩み寄り、いたずらっぽい笑みを浮かべて、彼の首に両腕を回した。「女には夫の本当の気持ちを知るすべが必要なのよ。あなたは絶対に教えてくれないでしょうからね」

「そう思うかい?」長いため息とともに、エドワルドは彼女のきらめく瞳を見つめた。

「ぼくは最初からきみを求めていた。知っていたはずだよ」

「求めているのは知っていたわ。でも愛さずに、求めている可能性もあったから」彼女はためらった。「わたし、結婚式のあと、ルペとお祖母様にあなたが言ったことを全部聞いてしまったの……」

「いとしい人《ケリーダ》」彼はうめくように言い、バーナデットを抱き寄せた。「あれをなかったことにできるなら、腕を一本切り落としてもいいくらいだよ！　ぼくはきみがほしくて頭がおかしくなりそうだった。なのに、あのふたりが、きみを中傷するのを黙って聞いていたなんてな……」彼は顔を上げた。その黒い目には、すまなそうな色が浮かんでいた。「ぼくは混乱しきっていたんだよ、バーナデット。まるでいきなり嵐のただなかに放りこまれたようだった」彼は優しく彼女の顔をなでた。「ぼくがきみを愛するようになったのは、きっと何年も前なんだろう。だがぼくは、結婚を恐れていた。コンスエラのことでずいぶん苦労したし、父の結婚も同じように悲惨なものだったから……」彼は身をかがめて、そっと彼女にキスした。「許してくれるかい？」

「ええ」バーナデットは答えた。「許してあげるわ」

「約束する。これからは、きみ以外の誰の意見も聞かない……きみと自分自身の心にだけ耳を傾けるからね」

めったにあやまらない彼の謝罪に、バーナデットは笑みを浮かべた。「よかった！

実は、この牧場の経理に関していいアドバイスがあるのよ！」

エドワルドは笑った。「結構。ちゃんと聞くよ」そう言って、小さくため息をつく。「愛しているよ、バーナデット。いつからなのかは本当にわからないんだ。でもきみなしの人生なんてもう考えられない」

「わたしもあなたなしの人生なんて考えられないわ」バーナデットは首を傾けて、温かな彼の喉にキスした。

「祖母はきみがスペイン語を話せるのを知っていたんだね」

バーナデットは笑った。「ええ、そうよ。なのに、あのいけないお祖母様は、それをひとこともあなたに言わなかったの」

「ずっと自分の立場を楽しんでいたんだな。祖母はきみに敬意を抱いているんだよ。ぼくもそうだ」

「わたしもお祖母様を尊敬しているわ。あのかたはただ、あなたがお父様のように傷つくのを恐れていただけなのよ。わたしのことを知らなかったから、きっとあなたのお母様のような女性だろうと思いこんでしまったの」

「きみは母とは似ても似つかないよ」エドワルドはつぶやき、彼女をさらに引き寄せた。「ねえ、バーナデット、牧場のほうが経済的に落ち着いたら、メイン州のお兄さんを訪問しようか?」

「ええ、ぜひ！」

エドワルドは頭を起こして、笑顔で彼女を見おろした。「じゃあ約束だ」彼の目が細くなる。「しばらくは、ここの暮らしは楽ではないだろう。きみの父上からの融資はあっても、破産の危機を脱するためには全力を尽くさなければならないからね。かなりたいへんだろうよ」

バーナデットは彼の唇に触れた。「わたしは平気よ」それは心からの言葉だった。「力を合わせてやりましょう」

エドワルドはうなずいた。「ああ、力を合わせて」


かつての繁栄への道は、長く険しいものだった。バーナデットは大いに力を発揮した。彼女は生まれながらに帳簿づけや予算管理の能力があったのだ。彼女は、数週間前、資産管理人が辞めて東部へ帰って以来、放置されていた経理の仕事を引き継いだ。そのときになって初めて、エドワルドは最近の損失は、管理人の能力不足が原因だったことを知った。

「まるで知らなかったよ！」バーナデットが事務室に彼をすわらせ、備品購入のための多額の出費について説明しだすと、エドワルドは爆発した。備品のほとんどは、ぜいたく品以外の何ものでもなかったのだ。「きっとあの男はわかってやっていたんだ」エドワルドは額をぴしゃりとたたき、スペイン語で息巻きはじめた。

「まあまあ」バーナデットはなだめるように言った。「大したことはないわ。少なくとも横領していたわけではないもの。品物のなかには状態がよくて、返品できるものもあるのよ」彼女は帳簿に向かって身をかがめ、帳簿係が乏しい備品の在庫に加えた、馬の鞍や新しい耕作機の余分な部品などを手早く消していった。「金物屋のジェイクスさんはこれを引き取ってくれるでしょう。あの人も工作機を買ったばかりだから」そう言って、エドワルドに笑顔を向ける。「きっとスペアの部品が手に入れば喜ぶわ」

彼女の肩ごしに帳簿をのぞきこみながら、エドワルドは首を振り、感嘆した。「きみには天賦の才があるんだな。すごいよ！」

「なのにあなたは、わたしのことをただ肉体的にそそる女性としか思っていなかったんですからね」バーナデットはすました笑みを浮かべて言った。

エドワルドは彼女の髪に軽く手を触れ、こめかみのあたりにキスした。「きみにはいつも驚かされるよ。これまでぼくは、きみなしでどうしてやってこられたんだろうね？」

「さあ、どうしてかしら」

彼女が帳簿に記入した数字をチェックしながら、エドワルドは真顔になった。「二度とこんなことのないように経費を切りつめる手を考えないとな」彼は首を振った。「あんな男を頭から信じてしまった自分を蹴飛ばしてやりたいよ。以前、牧場を経営していた人間だから、財政管理も心得ているものとばかり思っていた」

「自分を責めないで。牧場経営の日常的な細かなことに不慣れな人なら、たいてい見落としてしまうことですもの」バーナデットは彼を見あげた。「家畜を管理する人は、ひとつのこと、つまり動物たちに専念しているわけですものね。実家にいるとき、わたしはうちの牧場に必要なものの発注を一手に引き受けていたの。だからそういうことに詳しいのよ」彼女はほほえんだ。「父は読み書きがほとんどできないの。そのことを人に知られるのをとてもいやがっているけれど、おかげでいろいろ苦労してきたのよ。母はきっとお金の管理が得意な人だったんでしょうね。いっしょになった当初は、父が財産を築くのにかなり貢献したはずよ」

エドワルドは彼女を抱きしめた。「その人の娘が牧場を見てくれるわけだから、ぼくの財産はもう安全だね！」

バーナデットは笑った。「安心するのはまだ早いわ。でも出費を抑えて、赤字を出さずに、牛でもうけることはできるはずよ」

その日からエドワルドは、バーナデットの財務に関する超人的センスをあてにするようになった。当然ながら父親のほうは、彼女なしでやっていくしかなかったが、バーナデットは彼のために有能な代役――経理を心得ている元銀行員――を見つけた。

エドワルドは自分の計画や夢をすべてバーナデットに打ち明け、牛の売買の時期になると、ほかの牧畜業者らとの会合にも必ず彼女を連れていった。最初、エドワルドが妻を出席させると主張したとき、牧場主たちは驚いた。市場における牛の価格の変動や売買成功の要因を評価できる女性など、見たことがなかったのだ。しかしバーナデットは、牛の価格の動きとその理由に関する最近のニュースに触れて、たちまち彼らを感心させた。彼女は一群の畜牛を売って別の一群を買うようアドバイスし、その理由として独自の理論を展開した。牧場主たちは、女にそんな決断をさせるとはエドワルドはいかれてしまったのだと考え、聞き流していた。

ところが、エドワルドが牛を売ったもうけを二倍に増やし、さらに格安で牛を買い増すと、彼らも耳を傾けだした。以来、バーナデットがエドワルドにアドバイスを与えるときは、熱心な聴衆が集まるようになった。

牧場主たちが彼女を受け入れたことを、エドワルドはおもしろがった。「彼らの奥様がたのほとんどは、一日じゅう針仕事をしながらファッションの話をしたがるような人たちなんだ」彼は打ち明けた。「牛の価格がわかる女性にどう接したものか、みんなとまどっているんだよ」

「わたしは楽しんでいるわ」

「そうだろうとも」エドワルドはまじめに言った。「ぼくたちがキング牧場から買った新種、サンタガートルーディスの価値は、もう二倍になっているんだよ。あれは頑健な種だ。ブラーマン種の血を引いているから、暑さ寒さによく耐えるし、祖先のヘレフォード種と肉質が同じだしね」

「わたし、あのきれいな赤い毛皮が好きだわ」

エドワルドは顔をしかめてみせた。「ぼくは競売で連中につく値が好きだよ。あの牛たちはこの土地に生えるわずかな草でよく太るから、高い飼料を与える必要もあまりないんだ」彼はため息をついた。「ぼくもようやく将来に希望が持てるようになったよ、バーナデット」

「わたしもよ」彼女は答えた。「父もやっぱり楽観視しているようなの。あなたに融資したことを喜んでいるわ。あなたが家族になったことはそれ以上にうれしいんだろうけれど。父は昔からあなたを尊敬していたの」

「ぼくのほうもさ。荒削りかもしれないが、お父さんは紳士だよ」

かたわらの帳簿の上に置かれた彼の手を、バーナデットは握りしめた。「ここは順調よね。でも、あなたのお祖母様がいないのは淋しいわ」

エドワルドは彼女の髪にキスした。「ぼくもだよ。祖母も帰りたくなかったんだが、本人が処理すべきビジネス上の事柄があってね」

「最初の洗礼式のとき、また来てくれるとおっしゃっていたわ」バーナデットは意図的に、結婚してからの四ヵ月間、ほぼずっと避けられていた話題を持ち出した。出産は怖かったけれども、いまのバーナデットは、子供ができないことにいらだち、悲しみを感じていた。もしかすると不妊症なのかもしれない。エドワルドに問題がないことはわかっている。彼とコンスエラには息子がいたのだから。バーナデットは自分に何か欠陥があるのではないか、と疑っていた。また、エドワルドがこの状態、つまり、結婚四ヵ月目なのにまだ妊娠の徴候がないことについて、何も言わないのにも気づいていた。

丸一分の間、エドワルドは無言だった。頭のてっぺんで大きく渦を巻く彼女の淡い金髪を、その手がぼんやりと愛撫する。「そのうち徴候が出るだろうよ」彼はつぶやいた。

バーナデットは悲しげに彼を見あげ、低い声で言った。「ごめんなさい。あなたがどれほど息子をほしがっているかはわかっているの」

エドワルドは肩をすくめて、無理に笑顔を作った。

「愛しているよ、バーナデット」彼の声は優しく静かだった。「この愛によって子供ができるなら、それはすばらしいことだ。でも、一生ふたりきりだとしても、ぼくは幸せに老いていくことができるよ」

「ええ、そうね。でもわたしも子供がほしいの」

エドワルドは彼女を抱き寄せ、優しくキスした。「くよくよするな」彼はささやいた。「たいていの問題は時が解決してくれるものだよ」

「ならいいけれど！」

ふたりは帳簿にもどり、家畜がどんどん増えていることを喜びあった。

しかし、どんなにうまくいっている事業にも、厄介事はつきものだ。エドワルドの育てている牛たちは、スペイン・アメリカ戦争から無一文になって帰還した悪党らの目を引いた。彼らは何人かで徒党を組み、メキシコの国境付近で自分たちの牧場を始めるために肉牛を強奪するようになった。

ある夜のこと、彼らはエドワルドの牧場の外側のエリアを襲撃し、市場へ送られるばかりになっていたよく太った牛を百頭以上も連れ去った。

牧童のひとりから知らせを受けたエドワルドは、すぐさま拳銃を身に着け、ウィンチェスター銃に弾をこめた。

バーナデットは恐怖のあまり息が止まりそうになった。エドワルドは、行かないで、と哀願する彼女には耳も貸さず、大股でドアへと向かった。

「妻をよろしくたのむ」さっと帽子をかぶりながら、彼はクローディアに言った。「なるべく早く帰ってくるよ。みんな《ムチャチョス》、行くぞ《バモノス》！」牧童たちにそう呼びかけると、彼は馬に飛び乗り、武装した集団の先頭に立って進みだした。

途中、バロン牧場に立ち寄ると、やはり牛泥棒の被害に遭っていたコルストンも自分の牧童たちを集めて、義理の息子に合流した。

彼らはそろってメキシコへの長い道をたどった。


バーナデットは不安で胸をいっぱいにして窓辺にすわり、眠くならないよう何杯も何杯もブラックコーヒーを飲みつづけた。夜が明けると、クローディアが何か食べなくては力が出ないと言って、スクランブル・エッグとベーコンを運んできた。

フォークで卵をすくって、口もとへ運んだとき、奇妙なことが起こった。バーナデットはじっと卵を見つめた。吐き気がこみあげてくる。彼女はぱっと席を立って、裏のポーチへと走った。何杯分ものブラックコーヒーが吐きもどされた。ところが、クローディアは心配するどころか、バーナデットのかたわらに立ち、大喜びで手をたたいて笑っていた。

「こっちはひどく気分が悪いのよ。なのにただ突っ立って笑っているなんて、どういうつもり?」バーナデットは胃の痙攣に身を震わせながら、つぶやいた。

「ああ、ちがうんです、セニョーラ。うれしいのは、吐き気じゃなくてその原因のほう。この吐き気は数ヵ月で消えて、代わりに立派な可愛い赤ちゃんが現われるんですから!」

バーナデットの息が止まった。彼女は茫然としてクローディアを見つめた。「本当にそう思う?」

クローディアは笑みをたたえてうなずき、バーナデットはふたたび手すりから身を乗り出した。「ええ、もちろん」クローディアは言った。「そう思いますとも!」

第十四章

バーナデットは子供ができた可能性に天にも昇る心地だったが、同時に、この希望を夫と分かち合う前に未亡人になってしまうのではないかと恐ろしくもあった。

吐き気が治まると、彼女は窓辺での寝ずの番にもどり、毛糸と鉤針を取りあげた。それは、ぶるぶる震える冷たい手を働かせておくためだった。赤ん坊のことを思ってにっこりし、彼女は赤ちゃん用の小さな靴を編みはじめた。ソックスの編みかたを知っているので、これはさほどむずかしいことではなかった。手仕事に無理に集中していると、時間が経つのはずっと速くなった。

エドワルドはこの知らせをどう受け止めるだろうか。彼女はそう考えて、ひとりほほえんだ。彼はすばらしい父親になるだろう。この子供は、亡くなった息子の埋め合わせになるかもしれない。話を聞いたときの彼の顔を思うと、さまざまな恐怖もいくらかやわらいだ。けれども、夫がもどらないかもしれないという恐れは、打ち消しがたかった。

馬たちの蹄の音が聞こえてきたのは、日が暮れてだいぶ経ってからだった。バーナデットは編み物を放り出し、クローディアをすぐうしろに従えてポーチへと走り出た。堂々と鞍にまたがる背の高い夫の姿を、その目が必死でさがし求める。しかし彼はすぐには見つからなかった。恐れていた最悪のことが現実になったのだ。そう思うと、目に涙がにじんだ。

「エドワルド！」日干し煉瓦の外壁にぐっと手を押しつけ、彼女は悲哀をこめて叫んだ。「いないわ、クローディア！　あの人、殺されたのよ……！」

「いえいえ、セニョーラ、大丈夫です！」クローディアはそう叫んで、くずおれかけた女主人の体を支えに駆け寄った。「あのかたはお元気ですよ！　ほら、ごらんなさい、セニョーラ！」

クローディアの指さすほうへ目をやると、そこにはエドワルドがいた。ほかの者たちからだいぶ遅れ、バーナデットの父と馬を並べてやって来る。ふたつの牧場の牧童たちは、近くの囲いに牛たちを追いこみだした。

「彼は大丈夫なの？」自分自身の声がうつろに耳に響く。そして、支えようとするクローディアの努力もむなしく、いきなり彼女はその場に倒れた。

エドワルドとコルストンは、必死で両手を振り回しているクローディアに気づき、馬に拍車をかけてポーチまで飛んできた。

エドワルドはすぐさま馬を下り、意識を失った妻を抱きあげると、クローディアの支離滅裂な説明を聞きながら、彼女を居間へと運びこんだ。妻の体をカウチに横たわらせ、彼は驚きと喜びのこもる目でそこに投げ出された編み物を見つめた。

「バーナデット!」そっと呼びかけ、心配そうに彼女の手をさする。「いとしい人《ケリーダ》、何か言って《ディガメ》!」

バーナデットにはその声が、霧の彼方から聞こえてくるように感じた。緑の目が気だるげに開き、黒くきらめく彼の目と合った。彼女がほほえみ、彼の顔に手を伸ばすと、彼はその手を取って、熱烈にキスした。

「この子は大丈夫なのか？　いったいどういうことだ?」コルストン・バロンが娘のかたわらで叫ぶ。

「ただエドワルドが無事なのを見て、ほっとしただけ」バーナデットはささやいた。

「子供には父親と母親が必要ですもの」喜びでいっぱいになりながら、彼女は付け加えた。

「子供」エドワルドはその語感を味わうように繰り返すと、身をかがめて妻の青白い顔にうやうやしくキスした。「あんなに心配して、結局、取り越し苦労だったんだね。本当によかった」

「ええ、本当に」バーナデットも熱心に言った。

「子供か」コルストンがつぶやく。彼は見るからに心配そうだった。

バーナデットは幸せに輝く夫の顔から不安げな父の顔に目を移した。「わたし、ニューヨークのお医者様と話をしたでしょう?」彼女は優しく父に言った。「その先生がおっしゃるには、家族にあんな不幸があっても、わたしの場合、なんの心配もないということなの。無事に産めるでしょうって!」

コルストンはまだ不安げだった。「いいか、体には充分気をつけるんだぞ。看護婦や医者が必要なら、わたしが手配してやるからな」

バーナデットはうれしそうにほほえんだ。「ありがとう、お父様」

コルストンはきまり悪げな顔で咳払いした。「孫が生まれるってのは一大事だからな」彼の顔が明るくなった。「この子に鉄道のことをいろいろ教えてやれるな。それに、アイルランドの伝説や何かも……」

バーナデットは笑った。「エドワルドのほうは、スペイン人のご先祖たちのことを教えてあげられるわね」

「この子はすばらしい遺産を受け継ぐことになるな」エドワルドは、いかにもうれしそうに妻のウエストを見つめ、満足げにつぶやいた。「それに、すばらしい母親も持てる」

「そう、バーナデットは完璧な母親になるだろうよ」コルストンも言った。「実家じゃいつも、牧童の子供たちに囲まれてたもんだよ。生まれながらの母親なんだな」

「待ち遠しいわ」バーナデットは静かに言った。それは心からの言葉だった。

「ぼくもだよ」エドワルドも言った。しかし妻に気取られないようにはしていたが、その顔にはかすかな不安の色があった。


それから数ヵ月にわたり、牧場の景気はよくなる一方だった。エドワルドの抗議にもかかわらず、バーナデットは経理の仕事をつづけた。家畜の強奪事件もその後はなく、肉牛は、純粋種の子牛の新しい群れとともに、契約どおりに売られていった。バーナデットが驚いたことに、家畜はすべて沿岸部からオーストラリア行きの船に積まれた。

「こんなに売り上げがあがるなんて、信じられないわ」彼女はエドワルドに言った。

「ぼくもだよ」彼は妻のお腹のふくらみを見おろし、優しくそこに触れた。「あとどれくらいだと思う、バーナデット?」

「お医者様によると、もういつ生まれてもおかしくないんですって」

彼の顎の筋肉がぴくぴくした。

バーナデットは大きくなったお腹の許すかぎり身を寄せて、彼の胸に頭をもたせかけた。「心配しないで。約束するわ。わたしは死なない」

エドワルドは笑ったが、その声はうつろだった。妻の淡い金髪を優しくなでながら、彼はぼんやりと虚空を見つめていた。バーナデットは彼の命だ。もしもいま彼女を失ったら、彼は生きていけない。牧場も、この世のほかのどんなものも救いにはならないだろう。

「約束するから」彼を見あげ、彼女は繰り返した。「わたしたちの生活はこれまでずっと苦しかった。神様が、やっと幸せになれたとたんその幸せを奪うようなことをなさると、あなたは本気で思っているの？」

「そう言うと、ぼくの恐れが冒瀆《ぼうとく》のように聞こえるな」エドワルドはつぶやいた。

「信仰は山をも動かす」あっさりとそう返して、バーナデットはほほえんだ。「きっと何もかもうまくいくわ」

「わかった。心配しないよう努力するよ」

それでもやはり彼は心配だった。そしてある朝早く、バーナデットは破水して倒れ、あえぎながら彼を呼んで、お医者様を連れてきて、と言った。

エドワルドは彼女のそばを離れようとしなかった。代わりに牧童のひとりを町へやり、そのあとコルストン・バロンの屋敷へも立ち寄らせた。

バーナデットは悶《もだ》え苦しみ、なすすべもなく泣いていた。エドワルドにはどうすればよいのかわからなかった。クローディアは、彼を部屋から追い立てた。医者の到着後しばらくしてコルストン・バロンが着いたとき、エドワルドは輸入もののスコッチのボトルを半分空け、さらに飲みつづけているところだった。

「もうひとつグラスを持ってきて、わたし用にたっぷり注いでくれ」コルストンは使用人のひとりに命じた。「いまこそ痛飲すべき時だ」

エドワルドは血走った目で義父を見つめた。「もう二時間も経っているんですよ」彼は声をつまらせた。「なかをのぞこうとしたんですが、医者がうちの使用人を使ってぼくをここに押しこめたんです」彼は肩をすくめた。「彼女、悲鳴をあげていました」歯を食いしばってそうつづける。「ドアを破ってでも彼女のところへ行くべきだったな。でも本人が大丈夫だからと声をかけてきたもので。あのふたり、ぐるになっているんですよ。彼女と医者とがね」暗い顔になり、彼はふたたび口もとへグラスを持っていった。それから憤りをこめて、義父のほうに目をやった。「彼女が死んだら、あの医者の目をこの手で撃ち抜いてやりますよ！」

「死にはしないさ」コルストンは、内心の不安を押し隠して、さも確信ありげに言った。

「銃に弾をこめよう」エドワルドが言う。

「まあ、飲めよ。弾はあとでもこめられる」

エドワルドはボトルに向き直った。まずグラスを、つぎに銃の架台をまじまじと見つめ、それから椅子の背もたれにもたれかかる。「たぶん待ったほうがいいのかもしれませんね。もう少しだけ」

それから一時間、ふたりは飲み、しゃべり、心配しつづけた。タオルで手をぬぐいながら医者が入ってきたときは、どちらも椅子の上でぐったりしていて、呼びかけられてもまともに口もきけず、身を起こすのがやっとというありさまだった。

医者は笑みを浮かべた。「バーナデットは元気ですよ。赤ちゃんは男の子です」

「男の子。息子か。なんてありがたい！」エドワルドがよく回らない舌でつぶやく。

「よかったなあ、きみ、ほんとにおめで――」

「――それに、女の子と」医者はつづけた。

エドワルドは目を瞬いた。聞きちがいではないかと思ったのだ。「さっき男の子だと言ったでしょう」

「ええ、そのとおりです」

「なのに考えが変わって、女の子だというわけですか？」

医者は笑った。「朝が来るころには、きっとあなたの胸は誇らしさではちきれそうになっていますよ。男の子と女の子。双子なんです」

ハッと息をのむ音が室内に響きわたった。エドワルドは椅子の肘かけをつかんで、身を支えた。「双子か！」

「双子か！」コルストンは自分のグラスにまたウィスキーを注いだ。「やったぞ！　双子か！」

「バーナデットがおふたりに会いたがっていますよ」医者は首を振り振り、向きを変えた。よろよろ立ちあがるふたりを尻目に、彼は声をひそめて付け加えた。「どうしてなのかは謎ですがね」

仮にそれが大声だったとしても、泥酔したふたりにはなんのことかわからなかったろう。お互いに腕を回して支え合い、彼らは医者のあとから暗い廊下を千鳥足で進んでいった。寝室からは、赤ん坊の小さな泣き声がはっきりと聞こえていた。

「丈夫ないい肺だ」ふたりの赤ん坊を腕にクローディアが進み出ると、医者はつぶやいた。「奥さんの肺もそうです。あの長いお産の間、ぜんそくの発作はまったく起きなかったわけですから」彼は笑みを浮かべた。「彼女について論文が書けるかもしれません」

「ケ・グアポス・ソン」クローディアは輝くばかりの笑みを浮かべて、幼子らをエドワルドに見せた。「とても美しいお子さんたちですわ、セニョール」

「そう、美しい」エドワルドはそれぞれの小さな顔に触れながら言い切った。「ぼくのバーナデットとそっくりだよ」

孫たちに見とれているコルストンをその場に残し、彼はベッドに歩み寄って、消耗しきったバーナデットのかたわらにすわった。彼女はなんとか笑みを浮かべると、片手を上げて彼を引き寄せ、その唇にそっとキスした。

「わたしたちには子供がいるのよ」彼女は弱々しくささやいた。「息子と娘が」

「そして約束どおり、きみは生きている。この試練の間、肺はなんの障害にもならなかったんだ」エドワルドはもう一度、彼女にキスした。「バーニー、ぼくはへべれけだよ」

バーナデットは、彼がたったいまつけた、なじみのない愛称に笑った。「ほんとにね！」彼女は叱った。「わたしを信じてなかったの？」

「信じようとしたさ。でも、悲鳴をあげてる人を信じるのはむずかしいものだよ」エドワルドの輝く瞳が彼女の瞳と出会う。「命よりも愛している」彼は優しくささやいた。

「生きていてくれてありがとう。それに何より、子供たちを産んでくれてありがとう」

バーナデットは彼の肩に顔をすり寄せた。「こちらこそありがとう」

エドワルドは義父に目をやった。彼は椅子にすわって、赤ん坊のひとりを抱き、小声で話しかけている。バーナデットが顔を上げ、魅せられたような夫の視線を追った。孫と父がいっしょにいるその光景に、彼女は目をうるませた。

「あなた、奇跡を信じている、エドワルド？」自分と父が歩んできた道のりと、ほんの一年前までの混沌とした日々を思い、バーナデットは夫に訊ねた。多くのことが変わったのだ。以前の彼女には、こんな幸せなど想像すらできなかった。

「ああ」エドワルドは答えたが、彼女を見てはいなかった。

バーナデットは笑顔で彼を見あげた。ふたりには大きな利益を生む牧場があり、生まれたばかりの双子がいる。そのうえ世界は両手を広げて彼らを待っているのだ。まるで夢を見ているようだった。

「ねえ、あなた。念のためにつねってくれない?」彼女は言った。

その意味をすぐに察して、エドワルドは笑った。「お返しにそっちもつねってくれるならね」彼は身を乗り出した。「でも危険は冒さないほうがいいんじゃないか。これが夢なら、絶対起こさないでほしいね!」

バーナデットもこれには反対できなかった。彼女はほほえんで、彼にキスした。窓辺の席からは、アイルランドの子守歌が小さく聞こえている。愛情に満ちた歌声だけれど、残念ながら調子っぱずれだ。それでも彼女は、こんな美しい歌は生まれてから一度も聞いたことがないと思った。

訳者あとがき

自由、平等、民主主義。貧しい移民たちが、自らの知恵とやる気と努力だけで、リッチになりうる機会均等の国。古くはそんなイメージが強く、またそのことを誇りとしてきたアメリカ合衆国ですが、そこはやはり建国からまだ二百年あまりという歴史の浅い国のこと、重みを感じさせるヨーロッパ諸国の伝統や長い歴史といったものへのあこがれは、確実に存在するようです。

本作の舞台は、一九〇〇年のテキサス州。アイルランドから無一文でアメリカに渡り、鉄道労働者として新天地でのスタートを切り、そのたゆまぬ努力と抜け目のなさによって財を成したひとりの男、コルストン・バロンが、爵位を持つ親戚ほしさに、病身の娘バーナデットを貴族に嫁がせようと躍起になっているところから、物語は始まります。自らの才覚で冨を築いたコルストンは、もちろんそのことに大いに誇りを抱いています。しかし、いくら金があっても、地元の上流社会は、彼を粗野なアイルランド人と見なし、なかなか受け入れてはくれません。そこで彼が思いついたのが、ヨーロッパ貴族と娘を結婚させるという計画なのです。

物語のなかでも触れられていることですが、アメリカの家庭の自由なイメージとは裏腹に、この時代、上流社会ではこうした爵位と富を結びつけるような、本人同士の気持ちとは無関係な縁組みがしばしば見られたようです。また、やや滑稽に描かれるコルストンの姿からは、建国からわずか百年あまりのこのころ、アメリカにすでに階級社会ができあがっており、成り上がり者が上流の人々と交わるのに苦労していたことがうかがえます。ロマンスは常に、そのときどきの世の影響を受けるもの。時代に翻弄されるヒロインがいかに愛を貫くか――それこそが歴史ロマンスの醍醐味と言えるでしょう。

さて、本書のヒロイン、バーナデットが紆余曲折のすえ婚約する相手は、近隣で牧場を営むスペイン伯爵、エドワルド・ラミレス。彼は、母親の浪費癖ゆえに破産寸前に追い込まれ、代々受け継がれてきた牧場を救うために、金を必要としています。一方、バーナデットは、病身の彼女をごくつぶしと見なし、つらくあたる父親から逃れるチャンスをさがしています。この縁組みにより、エドワルドは金を、バーナデットは父からの独立を、コルストン・バロンは貴族の娘婿を獲得することができるわけです。

愛のない結婚——一見、そのように見えますが、実はバーナデットはずっと以前から、謎めいたエキゾチックな男性、エドワルドにひそかに恋心を抱いています。彼の側に愛情はないかもしれない。でも結婚してずっとそばにいれば、いつかきっと……そんな淡い期待を胸に、バーナデットは一途にエドワルドを愛しつづけます。エドワルドは暗い過去を持つ男性ですが、彼女はまさに、「彼の人生に咲いたたったひとつの明るい花」。彼女の愛らしさは、次第にエドワルドの心を開かせ、また、その痛快な負けん気は彼の敬意と共感を勝ち取っていくのです。

そんなふたりの恋の行方から目を離せないのはもちろんですが、この作品のもうひとつの魅力は、彼らを取り巻く脇役たちがとても生き生きと描かれていることです。結婚の妨害を試みるエドワルドの祖母。エドワルドに横恋慕する彼の遠縁のルペ。スペインからはるばるやって来るこのふたりは、バーナデットとエドワルドの仲を裂こうとして、読者をはらはらさせると同時に、物語にヨーロッパの香りを添えてくれます。一方、頑固一徹のアイルランド移民、コルストン・バロンはアメリカ代表といったところでしょうか。粗野で不器用ながら、亡くなった妻を忘れられないというセンチメンタルな一面も持ちあわせ、こちらもなかなかおもしろいキャラクターです。

ヨーロッパへのあこがれとアメリカの誇り、素朴さと洗練、愛と打算、富と爵位。対極を成すものがぶつかりあい、そのなかで愛の物語が織りなされていく――『伯爵と一輪の花』はそんな魅力にあふれた作品です。心温まるラストシーンまで、どうぞじっくりお楽しみください。

訳者

二〇〇六年九月

大ベストセラー作家が贈る幻のヒストリカル！

ダイアナ・パーマー好評既刊

切なく胸が詰まる傑作ロマンス！

ダイアナ・パーマー／香野 純 訳

あなたが見えなくて

ずっと憧れていた男性《ひと》との結婚。それは、切なく孤独なものだった……。

淡い輝きにゆれて

幼いころから好きだった探偵マットがいるシカゴに単身乗り込んだテスだったが……？

定価：本体 各780円［税別］

ランダムハウス講談社文庫の好評既刊

苦情、ドタキャン、神経質な花嫁……
今度は死体まで!?

ウエディング・プランナーは眠れない

現役ウエディング・プランナーの
著者が結婚式の苦悩を描く
ユーモア・ミステリ

ローラ・ダラム
上條ひろみ 訳
定価：本体760円［税別］

BUY THE BOOK BUY THE BOOK

ミステリ書店
シリーズ第1弾

幽霊探偵からのメッセージ

アリス・キンバリー　新井ひろみ 訳
定価：本体780円［税別］

頭は切れるが体が動かない幽霊探偵。体は動くが推理力はいまいちのミステリ店主。新たなる名コンビが贈るミステリ・シリーズ。

伯爵《はくしゃく》と一輪《いちりん》の花《はな》

2006年10月1日　第1刷発行

訳者略歴

英米文学翻訳家。ミステリ，ロマンス，児童書などさまざまな分野の翻訳を手がける。主な訳書に，ダイアナ・パーマー著『あなたが見えなくて』『淡い輝きにゆれて』（ランダムハウス講談社）など。

著者　ダイアナ・パーマー
訳者　香野　純（こうのじゅん）
発行人　武田雄二
発行所　株式会社 ランダムハウス講談社
〒162-0814 東京都新宿区新小川町9-25
電話03-5225-1610（代表）
http://www.randomhouse-kodansha.co.jp
印刷・製本　豊国印刷株式会社

ISBN4-270-10059-1